KB113604

이반 데니소비치, 수용소의 하루

Один День Ивана Денисовича

ODIN DEN'IVANA DENISOVITCHA
by Alexandre Soljénitsyne

세계문학전집 **13**

이반 데니소비치,
수용소의 하루

Один День Ивана Денисовича

알렉산드르 솔제니친

이영의 옮김

민음사

차례

이반 데니소비치, 수용소의 하루   7

작품 해설   231
작가 연보   245

여느 때처럼 아침 다섯 시가 되자, 기상을 알리는 신호 소리가 들려온다. 본부 건물에 있는 레일을 망치로 두드리는 소리다. 손가락 두 마디만큼이나 두껍게 성에가 낀 유리창을 통해 단속적인 음향이 희미하게 들려오는가 싶더니, 이내 조용해진다. 날씨가 춥다 보니 간수도 오랫동안 두드리고 있을 생각이 없는 모양이다.

기상 신호가 울리긴 했지만, 슈호프가 한밤중에 소변을 보러 갔던 그때나 마찬가지로 창밖은 어두웠고, 창밖에 서 있는 가로등 세 개가 내는 누런 불빛만이 창문에 비치고 있다. 그중에서 가로등 두 개는 외부 구역에 있고, 다른 하나는 수용소 내부에 있다.

웬일인지, 오늘은 여느 때처럼 간수가 문을 여는 기척도 없고, 당번들이 변기통을 막대기에 매고 내가는 소리도 들리지 않는다.

슈호프는 기상 신호 소리를 한 번도 놓친 적이 없었고, 언제나 기상 소리에 맞춰 잠을 깨곤 했다. 점호 때까지는 약 한 시간 반 정도 자유 시간이 있다. 수용소 생활에 익숙해진 사람이면, 언제든지 돈벌이를 할 수 있다. 낡은 커버 안감을 이용해 장갑을 만들어 팔 수도 있고, 아침 시간이면 경제적으로 넉넉한 반원이 수북히 쌓인 신발 더미 옆에서 맨발로 신발을 찾느라 애쓰지 않게 밤새 바싹 말린 펠트 장화를 침대 아래 갖다 바친다든지, 아니면 막사마다 돌아다니면서 어디 일손이 필요한 곳이 있으면 청소도 하고 짐을 날라 주는 일도 벌이가 괜찮다. 그것도 아니면, 식당에 가서 식탁 위에 놓인 빈 그릇들을 거둬다가 설거지통에 갖다 둔다든가 하는 일도 꽤 짭짤한 수입을 올릴 수 있다. 그러나 그 일은 지원자가 많아 여간해서 일을 차지하기 힘들다. 그도 그럴 것이, 그 일은 어쩌다 운 좋게 누군가 먹다 남긴 찌꺼기라도 걸리는 날이면, 그릇을 핥는 재미도 있기 때문이다. 슈호프는 그의 옛날 반장인 쿠조민의 말을 항상 명심하고 있다. 1943년을 기준으로 해서 벌써 십이 년째 수용소 생활을 하고 있다는 쿠조민은 수용소의 늙은 늑대로 불리고 있었다. 그는 언젠가 나무를 다 베어 낸 숲속의 공터에서 모닥불을 피우고 앉아서, 전선에서 압송되어 온 새 반원들에게 이런 말을 한 적이 있었다.

"이봐, 이곳에는 법칙이 한 가지 있는데, 그것은 바로 밀림의 법칙이라는 거야. 그러나 이곳에도 사람들은 살고 있지. 수용소 안에서 죽어 가는 놈이 있다면, 그놈은 남의 빈 그릇을 핥는 놈들이고, 맨날 의무실에 갈 궁리나 하는 놈들, 그리고 정보부원들을 찾아다니는 놈들이야."

정보부원을 찾아간 놈은 고자질을 했다는 것이 뻔한 일이다. 그런 놈들은 능수능란하게 자신의 안전을 꾀하는데, 그들의 보신술이란 것은 말하자면, 자기 동료들의 피를 희생해서 얻는 것이다.

슈호프는 항상 기상 신호 소리와 동시에 일어나곤 했는데, 오늘은 웬일인지 좀처럼 자리에서 일어날 생각을 않는다. 그는 어제부터 왠지, 몸이 좋지 않았다. 몸이 으슬으슬하고 오한이 나는 것 같기도 하고, 뼈마디가 쑤셔 오는 것 같기도 하다. 게다가, 어젯밤에는 몸도 제대로 녹이지 못했다. 잠을 자고 있는 사이에도 병이 난 것처럼 한속이 나는가 하면, 다시 나아지는 것 같기도 했다. 밤새 내내, 영원히 아침이 오지 않았으면 하는 바람뿐이었다.

그러나 아침은 어김없이 다시 찾아왔다.

건물 안이라고 해도, 좀처럼 몸이 녹을 기미가 없다. 그도 그럴 것이 유리창은 꽁꽁 얼어붙었고, 건물 전체는 천장 근처의 벽을 따라, 하얀 거미줄 모양으로 성에가 끼어 있을 정도로 밖이나 다름없었기 때문이다.

슈호프는 일어나지 않는다. 그는 담요와 보온용 덧옷을 머리끝까지 뒤집어쓰고, 한쪽 소매를 뒤집어 만든 보온용 발싸개 속에 두 발을 쑤셔 넣은 채, 상단 침대 위에 그대로 누워 있다. 그는 직접 보지 않고, 소리만 듣고도 건물 안에서 일어나는 일이나, 반원들의 동정을 훤히 알 수 있다. 그러니까, 지금은 당번들이 여덟 개의 변기통 중에서 하나를 들고, 힘겹게 복도를 걸어가는 중이다. 가벼운 일이라고 생각해서 노약자들에게 그 일을 시키고 있는데, 어디, 가득 찬 변기통을 한 방울도 흘리지 않고 한번 날라 보라고! 제75반에서는 건조대에서 말린 펠트 장화들을 마룻바닥에 내던지는 소리가 들려온다. 이번에는 우리 반 차례다. (오늘은 건조대에 우리 반원들이 펠트 장화를 말릴 차례다.) 반장과 부반장이 말없이 조용히 펠트 장화를 신고 있지만, 그들의 침상에서 삐걱거리는 소리가 나는 걸로 미루어 보아 모두 훤히 짐작할 수 있다. 부반장은 이제 빵을 타러 갈 테고, 반장은 본부 건물에 있는 생산계획부로 갈 것이다.

그러나 오늘은 다른 날처럼, 단순히 생산계획부의 지시자들에게 가는 것이 아니라는 것을 슈호프는 불현듯 생각해 낸다. 오늘은 중대한 운명이 결정되는 날이다. 상부에서는 슈호프의 반인 제104반을 지금까지 해 왔던 작업장 건설 현장에서 새로운 작업 현장인 '사회주의 생활단지'로 배치시킬 계획 중이다. 이름이 '사회주의 생활단지'지, 그곳은 눈 덮인 허허벌판에 있는 구덩이 하나가 전부다. 무엇보다도 우선, 그곳에서 해야 할 작업은 구덩이를 파고, 말뚝을 박아 죄수 자신들의 탈주를 막기 위한 가시 철조망은 만들고 나서, 건설 작업을 시작하게 되어 있다.

분명한 사실은 그곳에 가면, 한 달 동안 계속 작업을 하게 되는데, 그곳에는 몸을 녹일 만한 곳이 한 군데도 없다는 것이다. 움막 한 채 없는 곳이고, 모닥불을 피우려야 피울 나무 토막 하나 없는 곳이다. 몸을 녹일 유일한 방법은 죽어라고 곡괭이질을 하는 수밖에 없는 곳이다.

반장은 지금, 이 문제를 어떻게든 해결해 보려고 가는 길이다. 우리 반 대신 다른 어수룩한 반을 보내 달라고 할 참이다. 그러나 물론, 빈손으로 그런 부탁을 할 수는 없는 일이다. 돼지 비계 절인 것이라도 반 킬로그램은 갖다 바쳐야, 아니, 어쩌면, 1킬로그램 정도는 갖다 바쳐야 할지 모른다.

그러나저러나 의무실에 가서 작업 면제를 하루 신청해 보는 것이 어떨까. 밑져야 본전 아닌가? 온몸이 이렇게 부서질 것 같으니 말이야.

가만있자, 그런데 오늘 당직 간수는 누구더라?

그렇다, 슈호프는 까만 눈에 키가 크고 호리호리한 상사인 폴토르 이반을 기억해 낸다. 그를 처음 보면 아주 무서워 보이지만, 알고 보면 모든 간수 중에서 가장 유순한 사람이다. 독방에 집어넣는다거나 규율감독관에게 데려가는 법도 없다. 제9동 막사 죄수들이 아침을 먹는 동안은 조금 더 누워 있어도 별 지장은 없을 것이다.

침대가 덜거덕거리는가 싶었는데, 이내 흔들흔들 심하게 흔들리기 시작한다. 두 사람이 한꺼번에 일어난 모양이다. 상단 침대에서는 슈호프의 옆 친구인 침례교도 알료쉬카가 일어나고, 하단 침대에서는 전직 해군 중령인 부이노프스키가 동시에 일어난 때문이다.

늙은 당번들이 변기통을 들어내다가, 누가 더운물을 가져

올 것인가 하는 문제로 서로 말다툼을 하기 시작한다. 그들은 마치, 시골 아낙네들 모양, 이러쿵저러쿵 입씨름을 벌이고 있다. 제20반 소속인 전기용접공이 버럭 소리를 지른다.

"이봐, 거기, 좀 조용히 하지 못해!" 하고는 장화 한 짝을 집어 던진다. "맛 좀 보여 줘, 응?"

장화가 둔탁한 소리를 내며, 기둥에 부딪쳐 떨어진다. 금세 조용해진다.

옆 반에서는 부반장이 투덜거리고 있다.

"바실리 표도르이치! 식량계에 있는 놈들이 또 저울을 속였지 뭐야, 빌어먹을 놈들 같으니, 구백 그램짜리 빵이 네 개 있어야 하는데, 세 개밖에 없지 뭐야. 누구 몫에서 부족량을 떼라는 말이야?"

그는 목소리를 낮춰 이야기하지만, 이미 모든 반원들은 그 소리를 듣고 금세 조용해져서 서로의 눈치를 살피는 중이다. 저녁 식사 때, 누군가는 빵 한 조각을 덜 받게 될 참이다.

슈호프는 톱밥을 넣어 만든 자신의 침대 매트 위에 계속 누워 있다. 오한이 아주 심하게 나든지, 아니면 몸이 가뿐해지든지, 양단간에 해결이 났으면 좋으련만, 이것도 아니고 저것도 아니니 미칠 노릇이다.

침례교도가 중얼중얼 기도문을 외는 동안, 밖에 나갔던 부이 노프스키가 돌아와서 누구에게라고는 할 수 없지만, 유감스럽다는 듯한 목소리로 선포한다.

"적군 수병 여러분, 각오를 단단히 해라! 영하 삼십 도가 넘는다!"

그러자, 슈호프는 의무실에 꼭 가 봐야겠다고 결심한다.

바로 그때, 누군가의 억센 손이 그의 담요와 보온용 덧옷을 확 낚아챈다. 슈호프는 얼굴을 감싸고 있던 작업복을 끌어 내리며 몸을 일으킨다. 상단에 있는 그의 침대와 나란히 얼굴을 들이밀고, 호리호리한 타타르인이 서 있다.

그러니까, 오늘 당직은 슈호프의 예상과는 달리, 이 타타르인인 모양이다. 그는 살그머니 몰래 들어온 것이 분명하다.

"쵀—854번!" 타타르인이 검은 작업복 등 위에 붙인 흰 천에 써 놓은 번호를 읽는다. "삼 일간, 노동영창!"

드문드문 불빛이 빛나고, 빈대가 들끓는 쉰 개의 침대에서 200명의 죄수가 잠자고 있는 어두컴컴한 막사 안으로 그의 쥐어짜는 듯한 목소리가 울려 퍼지자마자, 침대에서 뒹굴던 놈들이 모두 일시에 이불을 박차고 일어나 서둘러 옷을 입기 시작한다.

"아니, 무엇 때문에 영창엘 간단 말입니까, 간수님?" 슈호프는 실제로 자신이 느낀 것보다 더 애절한 감정을 담은 목소리로 묻는다.

노동영창은 영창이라고 해 봐야 식은 죽 먹기다. 더운 음식을 주는 데다, 생각할 시간적인 여유가 전혀 없어 좋다. 그에 비해 중영창은 작업장에도 내보내지 않는다.

"기상 시간이 지났는데도 아직 안 일어났잖아? 자, 사령부로 가!" 타타르인이 천천히 말한다. 왜냐하면, 말하는 그 자신은 물론, 슈호프와 막사 안의 모든 사람들이 무슨 이유로 노동영창에 가야 하는지 잘 알고 있기 때문이다.

수염 하나 없는 타타르인의 쭈글쭈글한 얼굴에는 아무런 표정도 나타나지 않는다. 그는 돌아서서 두 번째 먹이를 노린다. 어떤 놈은 어두컴컴한 곳에서, 어떤 놈은 등불 아래서 첫 번째 침대나, 두 번째 침대나 이미 모두 왼쪽 무릎에 번호가 매겨진 검은 솜바지에 다리를 꿰고 있는 중이고, 이미 옷을 주워 입은 놈들은 옷섶을 여미고 문 쪽으로 달아났다. 타타르인이 나올 때까지 밖에서 기다릴 참이다.

슈호프는 무슨 다른 잘못으로 영창에 가게 되었다면, 이렇게까지는 억울하지 않았을 거라고 생각한다. 그도 그럴 것이, 그는 언제나 맨 먼저 일어났다. 그렇다고 이 타타르인에게 사정을 해 봐야 아무런 소용 없다는 것은 슈호프도 잘 알고 있다. 그러나 순전히 예의상 용서를 구하면서, 어느새 솜바지를 걸치고(바지 왼쪽 무릎 위에도 이미 빛이 바래긴 했지만, 검은 물감으로, 쳬—854번이라는 번호가 쓰인 더러운 흰색 헝겊이 꿰매져 있다.), 보온용 덧옷을(여기에는 앞가슴과 등의 두 곳에 똑같은 번호표가 붙어 있다.) 입은 다음, 마룻바닥에 수북히 쌓여 있던 장화 중에서, 얼른 자기 것을 골라 신고, 모자를 쓰고(모자 앞면에도 똑같은 번호가 적힌 헝겊 조각이 붙어 있다.), 타타르인을 따라 밖으로 나간다.

모든 제104반 반원들은 슈호프가 어떻게 끌려가는지를 보고 있었지만, 누구 하나 그를 변호하러 나서는 사람이 없다. 말해 봐야 아무런 소용이 없을 뿐만 아니라, 또 무슨 말을 한단 말인가! 반장이라도 된다면야, 뭐 한두 마디 해 볼 수도 있겠지만, 공교롭게도 오늘따라 반장은 자리에 없다. 슈호프 자신도 더 이상 아무 말도 하지 않는다. 공연히 타타르인의 비위를 건드릴 필요는 없는 것이다. 아침 식사야, 반원들이 알아서 챙겨 주겠지. 눈치가 빠른 녀석들이니까.

두 사람은 밖으로 나왔다.

숨쉬기조차 힘들 정도로 안개가 자욱하고, 대기는 냉랭하다. 두 개의 대형 서치라이트가 저 멀리 수용소 양쪽 끝에 서 있는 망루에서, 서로 엇갈리며 수용소 안의 모든 곳을 비추고 있다. 그 외에도 수용소 내에 설치된 전등과 영내의 전등들이 환하게 밝혀져 있다. 얼마나 많은 전등불이 환하게 비추고 있는지, 별빛마저 무색하게 만들고 있다.

펠트 장화를 신은 죄수들이 뽀드득 소리를 내며, 이리 뛰고 저리 뛰며 눈 위를 달린다. 화장실에 가는 사람, 물품보관소에 가는 사람, 소포관리소에 가는 사람, 아니면 소포를 받고 곡물을 끓여 달라고 개인 취사장으로 가는 사람, 모두 제각기 볼일에 따라 분주하게 움직인다. 죄수들은 모두 한결같이 어깨를 잔뜩 움츠리고, 머리를 어깨 속에 처넣고 있다. 그렇게까지 날씨가 춥다기보다는 이 혹한 속에서 또 하루 종일을 지내야 한다고 생각하니, 자연히 몸이 움츠러드는 것이다. 타타르인은 기름때가 번들거리는 푸른 깃이 달린 낡은 외투를 두르고 있다. 이따위 추위쯤이야 전혀 아랑곳하지 않는다는 당당한 자세로 꼿꼿하게 걸어간다.

두 사람은 석조 건물로 만들어진 수용소 안의 감옥 주변을 빙 둘러싸고 있는 판자로 만든 높은 울타리를 지나서, 그리고 죄수들이 빵 공장에 침입하는 것을 막기 위해 세워 놓은 가시 철조망을 지나서, 굵은 철사에 묶여 기둥에 매달려 있는 레일 토막이 하얗게 서리에 덮여 있는 본부 건물의 모퉁이를 지나서, 수은주가 너무 떨어지지 않도록 바람막이 속에 걸어 놓은 온도계가 성에가 가득 끼어 달려 있는 또 하나의 기둥 옆을 지나 계속 걸어간다. 슈호프는 행여나 하고 희뿌연 온도계의 유리관을 흘끔 곁눈질해 본다. 만약, 수은주가 영하 사십일 도를 넘어서면 작업장으로 끌려갈 염려가 없기 때문이다. 그러나 오늘은 수은주가 사십 도까지 내려가기는 좀 힘들 것 같다.

본부 건물 안으로 들어서자마자 슈호프는 간수실로 끌려갔다. 길을 오는 도중에도 짐작이 간 사실이지만, 간수실에 들어와서 보니, 자신을 기다리는 것은 영창이 아니라, 단지 간수실의 지저분한 마룻바닥을 청소하는 일이라는 것을 깨달았다. 타타르인은 슈호프에게 이번만은 관대하게 용서를 하겠다고 선포하고, 그 대신 마룻바닥을 깨끗하게 닦으라고 명령한다.

간수실 마룻바닥을 닦는 일은 야외 작업장에 나가지 않는 특별 죄수의 몫이다. 그러니까, 본부 건물 당번이 해야 할 직무인 것이다. 그러나 이 당번은 본부 건물에서 오랫동안 지내다 보니 소장이나 규율감독관이나 정보부원의 방에 자유롭게 드나들며 일을 하게 되고, 그러다 보니 자연히 간수들조차 모르는 어떤 사실을 주워듣기도 하는 일이 빈번해지고, 언젠가부터는 일반 간수들의 방을 청소하는 일 따위는 소홀히 생각하게 되었다. 처음에는 간수들이 한두 번 당번을 불러 주의를 주기도 했지만, 일이 돌아가는 사정을 나중에 알고는, 작업 죄수들 중에서 아무나 하나 잡아다가 청소를 시키게 된 것이다.

간수실의 벽난로에서는 불이 활활 타오르고 있다. 간수 두 사람이 꾀죄죄한 작업복을 걸치고 장기를 두고 있다. 다른 한 사람은 털가죽 외투를 입고 혁대까지 매고 펠트 장화를 그대로 신은 채, 벽 근처에 놓여 있는 폭이 좁은 의자에 누워 잠을 자고 있다. 한쪽 구석에 물통과 걸레가 놓여 있는 것이 보인다.

슈호프는 너무나 기쁜 나머지 타타르인이 용서를 해 준 것에 대해 이런 말까지 할 정도였다.

"감사합니다, 간수님! 앞으로는 절대로 능장을 부리지 않겠습니다."

이곳의 법칙은 아주 간단하다. 즉, 시킨 일을 마치는 즉시, 돌아갈 수 있다는 것이다. 영창에 가는 대신에 간수실 청소를 맡게 되자, 슈호프는 금세 몸이 거뜬해지는 것 같다. 그는 장갑도 끼지 않고(서두르는 바람에 베개 밑에 그냥 두고 왔던 것이다.), 물통을 들고 우물가로 간다.

생산계획부에 다녀온 반장들 몇 명이 기둥 옆에 옹기종기 모여 있다. 그중에 전 소비에트연합의 영웅이었던 젊은 녀석이 기둥 위로 올라가 온도계를 닦고 있다.

아래서는 저마다 떠들어 대고 있다.

"야, 입김 쐬지 않게 조심해. 수은주가 올라가지 않게 말이야."

"저런 멍청한 녀석을 봤나. 수은주가 올라가잖아!"

슈호프의 반장은 그들 틈에 보이지 않는다. 슈호프는 물통을 바닥에 내려놓고, 팔짱을 끼고 서서는 흥미롭다는 듯 그들을 구경하고 있다.

기둥 위쪽에서 허스키한 목소리가 들려왔다.

"이런, 제기랄. 겨우 27.5도밖에 안 돼."

"저놈의 온도계는 순 엉터리야, 항상 거짓말만 한다니까!" 누군가가 이렇게 불평을 한다. "하긴, 수용소에 정확한 걸 달아 놓을 리가 있어?"

반장들이 제각기 흩어져 돌아가자, 슈호프도 물통을 집어 들고 우물로 간다. 모자에 달린 귀덮개가 끈을 매지 않아 팔랑거리고, 귀가 찌릿찌릿 시려 온다.

우물 가장자리가 꽁꽁 얼어붙어, 얼음 구멍 사이로 물통이 간신히 들어갈 정도였다. 두레박 줄 역시 꽁꽁 얼어붙어 막대기나 다름없다.

슈호프는 손에 감각을 완전히 잃은 채, 김이 나는 물통을 들고 간수실로 돌아와, 우물물이 든 물통에 손을 담근다. 손이 조금 녹는 것 같다.

타타르인은 보이지 않고, 간수실에는 다른 간수 네 사람이 있다. 장기를 두던 간수도, 잠을 자던 간수도, 모두 얼굴을 맞대고 둘러앉아서, 일월분으로 수수를 얼마나 받을 수 있을까 하는 의견을 나누고 있는 중이다. (유형지에서는 식량 사정이 항상 좋지 못하다. 식량배급표가 이미 다 떨어지기는 했지만, 유형지 마을 사람들과는 별도로 간수들에게는 싼 가격으로 여러 종류의 곡물을 팔기도 한다.)

"야, 이봐, 문 좀 똑바로 닫지 못해? 바람이 들어오잖아!" 그 중 한 사람이 슈호프 쪽으로 고개를 돌리고 소리를 지른다.

아침부터 펠트 장화를 적셨다가는 큰일이다. 수용소 안을 다 뒤져도, 갈아 신을 신발 하나 찾을 수 없기 때문이다. 슈호프는 수용소 생활 팔 년 동안 신발 때문에 온갖 고초를 다 겪었다. 펠트 장화라고는 구경도 못 한 채 겨울을 꼬박 지낸 때가 있었는가 하면, 어느 땐가는 편상화 한 번 구경하지 못한 적이 있었고, 어느 때는 짚신 쪼가리나 헌 타이어 조각을 바닥에 대서 만든 슬리퍼만으로 지낸 적도 있었다. 요즘에는 그래도 사정이 퍽 좋아진 셈이다. 슈호프는 지난해 시월에 제법 두껍고 코 끝이 딱딱한, 게다가 방한용 각반까지 달린 편상화 한 켤레를 얻게 되었다. (부반장과 함께 사물보관소에서 물품보관 일을 해 준 덕분에 얻게 된 것이기는 하지만 말이다.) 처음 일주일 동안은 굽이 높은 새 편상화를 신고 똑똑 소리를 내며 신나게 돌아다녔다. 십이월에는 또, 펠트 장화가 제때에 맞춰 배급되었다. 그래, 죽으란 법은 없는 모양이다. 그런데 어느 우라질 놈이 경리부장에게 펠트 장화를 지급받은 사람은 편상화를 반납해야 한다고 건의를 한 모양이었다. 죄수가 신발을 두 켤레나 갖고 있다는 것은 규정에 위반되는 일이라나……

결국, 슈호프는 두 개 중에서 하나를 선택해야 할 기로에 서게 되었다. 편상화를 신고 온 겨울을 날 것인지, 아니면 편상화를 반납하고 펠트 장화로 해빙기를 날 것인지 양단간에 결정을 해야 했다. 정성껏 기름칠을 해서, 이제 겨우 신기 편해진 편상화를 반납해야 하다니! 오랜 수용소 생활 동안 이

편상화를 포기한 일처럼 유감스러운 일은 없을 정도였다. 한 곳에 모아 창고에 처박아 둘 것이 뻔하다. 봄이 되어 다시 배급을 해 준다고는 하지만, 자신의 편상화가 원래 주인한테 굴러 들어온다는 것은 어림없는 일이다.

슈호프는 얼른 청소 계획을 세운 다음, 재빨리 펠트 장화를 벗어 구석에 갖다 놓고, 그 속에 발싸개도 집어넣는다. (그때, 숟가락이 마룻바닥으로 쨍그랑 소리를 내고 떨어진다. 불시에 영창에 들어가는 일이 있다손 치더라도 숟가락만은 한 번도 잊어버린 적이 없는 슈호프다.) 맨발로 걸레에 물을 잔뜩 적셔서는 간수들의 펠트 장화를 향해 용감하게 돌진한다.

"이런, 병신 같으니라고, 왜 이러는 거야!" 간수 한 사람이 두 발을 의자 위로 번쩍 들어 올리며 소리를 지른다.

"쌀 때문에 그러냐? 쌀은 배급 기준량이 다르단 말이야. 쌀을 수수와 비교해서 계산하면 안 되지!" 계속해서 대화를 나누고 있다.

"그런데, 물은 왜 그렇게 많이 묻혔냐. 이런 멍청한 놈을 봤나. 마루를 그렇게 닦는 법이 어디 있어?" 간수 한 사람이 호통을 친다.

"이렇게 닦지 않으면, 마루를 깨끗하게 닦을 수가 없습니다. 마루에 진흙이 말라붙어서 떨어지질 않아요……." 슈호프가 대답한다.

"야, 이 자식아, 너는 네 마누라가 마루 닦는 것도 한 번 못 봤냐? 이런, 돼지 같은 놈아!"

슈호프는 물이 뚝뚝 떨어지는 걸레를 들고, 허리를 펴고 일어난다. 슈호프는 몇 개나 빠진 이를 쓱 드러내 보이며 천진난 만하게 웃는다. 그는 43년, 우스치—이지마 수용소에 있을 때, 영양실조로 죽을 고비를 몇 번이나 넘기는 동안, 이를 몇 개 잃었다. 그 전에는 이질을 앓아 위장이 아무것도 받아들이지 못할 때도 있었다. 그때 다행히 죽지 않고 살아남아서, 지금은 말을 할 때 이 사이로 바람이 샌다는 것이 좀 흠이라면 흠이었지만, 별 이상 없이 살고 있다.

"간수님, 마누라와는 41년도에 헤어졌는데, 지금은 얼굴도 기억나지 않습니다." 하고 슈호프가 대답한다.

"어쨌든, 너희들이 마루를 닦는 꼴이란 항상 이 모양이야. 마루 하나 제대로 못 닦는 이런 등신들한테는 정말, 빵이 아깝다니까! 너희 같은 놈들은 쓰레기나 처먹어야 돼."

"도대체 어떻게 닦기에 날마다 닦는데도 이렇게 더러운 거야. 이봐, 췌—845번! 내 말 듣고 있어? 물을 너무 칠하지 말고, 깨끗하게 닦고, 얼른 꺼져 버리란 말이야."

"쌀이란 말이야, 쌀. 쌀과 수수를 혼동하지 말라고!" 그들은 다시 대화를 계속한다.

슈호프는 조심스럽게 일을 처리할 줄 안다.

일이란 것은 마치 막대기와 같아서 양끝이 있는 법이다. 영리한 사람들을 위해서는 신경을 써서 일을 잘해야 하지만, 멍청이들을 위해서 일을 할 때는, 그냥 하는 척만 하면 되는 것이다.

안 그랬더라면, 벌써 오래전에 완전히 뻗어 버렸을 것이 분명하다.

슈호프는 물기가 안 간 곳이 없도록 대강 물기를 칠하고는, 벽난로 뒤에다 축축한 걸레를 그냥 던져 버린다. 그런 다음, 문지방 옆에 있는 펠트화를 가져다가 신고, 물통에 담겨 있던 물은 간수들이 다니는 외부 통로에도 쏟아 버리고, 목욕탕을 지나고, 불도 때지 않고 컴컴한 클럽 건물을 지나, 지름길을 통해 식당 쪽으로 쏜살같이 달려간다.

아직 의무실에 다녀와야 할 판이니, 서둘러야 한다. 다시 온몸이 쑤시는 것같이 아파 온다. 한 가지 더 조심해야 할 일은 식당 근처에서 혼자 얼씬거리는 모습을 간수에게 들켜서는 안 된다는 것이다. 혼자서 식당에 다니는 놈은 당장 잡아다 영창에 넣으라는 수용소 소장의 엄명이 있었다.

오늘따라, 이상하게도 식당 앞은 한산하다. 순번을 기다리며 항상 서 있던 줄도 없다. 그는 기분 좋게 안으로 들어간다.

식당 안은 마치 목욕탕 안처럼 김이 자욱하게 서려 있다. 문에서 밀려드는 냉기와 야채수프를 끓일 때 나는 김 때문에 눈앞이 보이지 않을 정도다. 식탁에 앉아서 한참 먹고 있는 반이 있는가 하면, 통로에 서서 이리저리 밀리며 자리가 나기를 기다리는 반도 있었다. 각 반에서 두서너 명씩 선출된 식사당번들이 하나둘씩, 목재 쟁반에 죽그릇과 야채수프 그릇을 담아서, 자기 반원들의 자리를 찾느라고 고래고래 소리를 지르며 아우성이다. 그러나 아무리 해도 소리가 들리지 않는다. 이런 멍청이가 있나! 야, 뭐 이런 자식이 있어? 야, 여기 있다! 이거 받아. 어어, 차판을 밀면 어떡하란 말이야. 조심해. 조심하란 말이야! 다른 한 손으로 목덜미를 후려쳐. 목덜미를 말이

야! 잘한다! 통로에 그렇게 서 있으면 어떡해? 어디 핥아먹을
데 없나 하고 쳐다보지 마, 이 자식아!

저쪽 편 식탁에 앉은 젊은 녀석 한 놈이 숟가락을 들기 전
에 먼저, 성호를 긋고 있다. 그렇다면 저 녀석은 분명, 서부 우
크라이나 녀석이다. 그리고 들어온 지 얼마 안 되는 신참 녀석
이 틀림없다.

왜냐하면, 러시아 사람들은 어느 쪽 손으로 성호를 그어야
하는지도 이미 오래전에 잊어버렸으니까 말이다.

식당 안은 추워서 모자를 그냥 쓰고 밥을 먹는 사람이 더
많을 정도다. 그러나 아무도 서둘러 먹지 않는다. 모두들 시
꺼먼 양배추 건더기를 이리저리 들춰 가며, 밑바닥에 가라앉
은 썩은 생선 부스러기들을 발라 먹고 있으며, 생선 가시를 식
탁 위에 뱉어 내고 있다. 생선 가시가 식탁 위에 수북히 쌓일
때쯤이면, 새로 교대해 들어온 다른 반원들이 식탁 위에 쌓인
가시들을 마룻바닥으로 쓸어내 버리고, 다시 생선 뼈들을 뱉
어 내기 시작한다.

그러나 식사를 하면서, 생선 가시를 바로 바닥에 버리는 것
은 어쩐지 예의에 벗어나는 행동으로 간주하고 있다.

넓은 식당 바닥에는 기둥 같기도 하고, 받침대 같기도 한
것이 두 줄로 죽 늘어서 있는데, 그중의 한 기둥 옆에 슈호프
와 같은 반원인 페추코프가 슈호프의 아침 식사를 지키고 앉
아 있다. 페추코프는 반원들 중에서 슈호프보다 더 낮은 계급
에 속하는 죄수다. 모두들 똑같은 검은 옷 위에 번호표를 달
고 있어서 똑같이 보이지만, 알고 보면 이만저만 차이가 나는

것이 아니다. 서열이 이만저만 다른 것이 아니다. 예를 들면, 전직 해군 중령인 부이노프스키 같은 사람에게는 남의 밥그릇을 지키고 앉아 있으라고 할 수가 없는 것이다. 또한 슈호프만 하더라도 모든 일을 가리지 않고 전부 하는 것은 아니다. 슈호프보다 더 낮은 반원이 있는 까닭이다.

페추코프는 슈호프를 발견하자, 후 하고 한숨을 쉬고는 자리를 비켜 준다.

"다 식어 버렸어. 대신 먹어 치울까 하고 생각하던 중이었지. 나는 자네가 영창에 간 줄 알았지 뭐야."

그러고는 페추코프는 돌아서서 나가 버린다. 죽이든 야채국이든 간에 슈호프가 자기에게 조금이라도 남겨 줄 리가 없다는 것을 알고 있기 때문이다.

슈호프는 펠트 장화에 꽂혀 있던 숟가락을 뽑아 든다. 이 숟가락이야말로 그에게는 아주 소중한 물건이다. 북부 수용소를 전전하는 동안 한 번도 떨어져 본 적이 없던 그런 소중한 물건이다. 슈호프 자신이 직접 알루미늄 전선을 녹여 모래에 부어 만든 숟가락으로 손잡이에는 '우스치―이지마, 1944년'이라는 글자까지 새겨져 있다.

그러고 나서 모자를 벗는다. 그러자 박박 깎은 머리통이 드러난다. 날씨가 춥다고는 하지만 남들처럼 모자를 쓰고 식사를 할 수는 없다. 그는 야채수프 그릇에 재빨리 숟가락을 넣고 휘저어 야채수프 바닥에 가라앉아 있는 것이 뭔가 하고 살펴본다. 보통 수준 정도는 된다. 물론 처음 수프를 퍼 주었을 때보다야 못하겠지만, 그렇다고 그렇게 심한 정도는 아니었다.

페추코프가 국그릇을 지키면서 감자 한 덩어리 정도 낚시를 했으리라는 것은 짐작 가는 일이다.

야채수프는 따뜻하다는 것이 유일한 장점인데, 다 식어 버렸으니, 오늘은 그나마도 운이 없는 날이다. 그러나 슈호프는 맛을 음미하며, 천천히 먹기 시작한다. 설사, 지붕이 불탄다고 해도, 서두를 생각이 전혀 없는 것이다. 수용소 생활에서 잠자는 시간을 제외하면, 아침 식사 시간 십 분, 점심과 저녁 시간 오 분이 유일한 삶의 목적인 것이다.

야채수프는 하루하루가 똑같은 것이다. 단지, 그해에 월동용으로 무슨 야채를 저장해 두었는가 하는 것이 다를 뿐이다. 지난해에는 소금에 절인 당근이었다. 그래서 작년 구월부터 이듬해 오월까지 매일 당근수프를 먹어야 했다. 금년에는 겨우내 시꺼먼 양배추수프뿐이다. 수용소에서 가장 배부른 달은 유월이다. 모든 야채가 동이 나고, 빻은 곡류로 수프를 끓여 주기 때문이다. 가장 굶주리는 달은 칠월로 그때는 야채 대신 쐐기풀을 끓여 주기 때문이다.

생선이라고 해 봐야 살점보다 가시가 더 많다. 얼마나 오랫동안 끓여 대는지, 살집은 모두 떨어져 나가 형체를 분간할 수 없고, 머리와 꼬리만 간신히 남아 있기 일쑤다. 슈호프는 통통 불은 머리 부분을 꼭꼭 씹은 다음, 꽉 깨물어서 나오는 국물을 쪽쪽 빨고는 나머지는 식탁 위에 뱉는다. 슈호프는 생선의 어느 부위이건 가리지 않고, 지느러미건 꼬리건 눈깔이건 닥치는 대로 먹어 치웠다. 그러나 생선 눈깔은 제자리에 붙어 있을 때에 한해서만 먹었고, 만약 너무 끓인 탓에 커다란 눈깔만 따로 떨어져서 둥둥 떠 있을 때는 먹지 않는다. 그의 이런 결벽은 곧잘 웃음거리가 되고는 한다.

막사에서 빵을 지급받지 못한 탓에 오늘 아침은 빵을 먹지 않았으니, 빵 한 덩어리를 절약한 셈이다. 빵은 나중에 따로 먹을 수가 있다. 그렇게 하는 것이 훨씬 더 배가 부르다.

두 번째 요리로는 마가라로 만든 죽이다. 죽은 식어 버려 한 덩어리로 뭉쳐져 있다. 슈호프는 그것을 일일이 잘게 부수기 시작한다. 마가라는 식었을 때뿐만이 아니라 따뜻할 때도 아무 맛이 없고 배도 부르지 않아서, 사실 그렇게 할 필요도 없는 것이었다.

말이 죽이지, 마가라는 수수처럼 노르스름한 무슨 풀 같은 것을 썰어 넣은 것으로, 어떤 중국 사람이 곡분 대신 그것을 써서 죽을 쑤는 것을 생각해 냈다고 말한다. 어쨌든, 끓여서 300그램만 되면 그걸로 족했다. 죽이든 죽이 아니든, 죽이라고 하면 그만인 것이다.

숟가락을 혀로 깨끗이 핥고는 전에 있었던 펠트 장화 속에 다시 집어넣고, 슈호프는 모자를 쓰고 의무실을 향해서 걸어간다.

수용소 밖은 아직 어두웠고, 전등만이 예전처럼 별빛마저 희미하게 만들며 빛을 발하고 있다. 또한 두 개의 대형 서치라이트 역시 여느 때와 같이 수용소 구내를 교대로 비추며 환하게 빛나고 있다. 이곳에 처음으로 수용소가 설치되었을 때는 밤이 되면, 실전에 쓰는 로켓탄을 밤새도록 쏘아 올리고는 했다. 하얗고 파랗고 붉은 조명탄들을 무수히 쏘아 올려 수용소는 진짜 전쟁터처럼 느껴질 정도였다. 그러나 얼마 후부터는 조명탄을 쓰지 않게 되었다. 너무 비싼 탓이었을까?

　주위는 기상 소리가 들렸을 때와 다름없이 한밤중처럼 어두웠다. 그러나 조금 경험이 있는 사람의 눈에는 작업 전에 실시하는 점호가 곧 시작될 것이라는 사실을 여러 가지 징조를 통해 알아챌 것이다. 흐로므이의 조수가(식당 당번인 흐로므이는 그를 먹여 주면서 자신의 조수로 쓰고 있다.) 불구자들이 있는 제6호 막사로 아침을 먹으라고 부르러 간다. 그러니까, 영외로 나오지 않는 사람들을 데리러 가는 것이다. 턱수염이 더부룩하게 난 늙은 화공은 문화교양부로 번호를 쓸 물감과 붓을 타러 가는 길이다. 그때, 타타르인이 폭넓은 걸음걸이로 중앙통로를 가로질러 본부 건물 쪽으로 부지런히 걸어가고 있다. 죄수들의 그림자는 눈에 띄지 않는다. 모두들 침대로 기어 들어가 잠시나마 몸을 녹이고 있는 모양이다.

　타타르인을 발견하자, 슈호프는 얼른 건물 뒤로 몸을 숨겼다. 이번에 벌써 두 번째로 부딪히게 되면, 영락없이 다시 물통을 나를 판이었으니까. 어떤 경우에도 절대로 방심해서는 안 된다. 혼자 다니다가 간수에게 들키면 재미없다. 항상 사람들이 많이 있는 곳에 몸을 숨기고 있는 것이 가장 좋은 방법이다. 일을 시킬 사람을 찾고 있는지도 모르고, 울분을 터뜨릴 상대라도 찾고 있는지 누가 알겠는가. 각 숙소에는 엄한 명령이 하달되었는데, 그것은 누구든지 간수를 만나면 다섯 발 앞에서 모자를 벗고 기다렸다가 간수가 두 번째 발걸음을 뗀 후에야 모자를 쓸 수 있다는 것이다. 간수들 중에는 그런 명령에도 아랑곳하지 않고, 장님처럼 전혀 상관하지 않고 다니는 간수가 있는가 하면, 어떤 간수들은 이것을 재미로 삼는 놈도 있었다. 그놈의 모자 때문에 얼마나 수많은 죄수들이 영창을 살았는가 말이다! 그래, 모퉁이에 서서 다 지나갈 때까지 기다리는 것이 상책이다.

타타르인이 지나갔다. 슈호프는 의무실로 다시 걸음을 재촉하다가 문득, 키다리 라트비아인과 했던 약속이 생각났다. 슈호프는 오늘 아침 점호 시간 전에 제7호 막사로 잎담배를 두 컵 사러 가겠다고 약속했던 것이다. 이 라트비아인은 엊그제가 고향에서 보내온 소포를 받았는데, 오늘 아침에 못 가면 사기 힘들지도 모르고, 이 기회를 놓치면 또 다음 소포가 올 때까지 최소한 한 달은 담배 냄새 한 번 못 맡게 될지도 모를 일이다. 그가 갖고 있는 담배는 질이 좋고 아주 독하지도 않은 데다, 냄새가 향긋하고 빛도 거무스름한 게, 보기에도 썩 괜찮았다.

슈호프는 갑자기 발을 멈추고는 제자리걸음을 하며, 잠시 서성댔다. 제7호 막사로 되돌아갈까? 의무실이 바로 눈앞에 있는 데 말이야. 그러고는 이내 의무실 현관 쪽으로 발길을 돌린다. 발밑에서 유난스레 눈이 뽀드득거리는 소리가 들린다.

의무실은 여느 때와 같이 발을 들여놓기가 거북할 정도로 깨끗하다. 벽은 하얀 에나멜 페인트로 칠해져서 눈이 부실 정도다. 게다가 가구도 모두 흰색이다.

그러나 진찰실의 문들은 모두 잠겨 있다. 의사들이 아직 잠자리에서 일어나지 않은 것이 분명하다. 니콜라이 브도부쉬킨이라는 젊은 조수 한 사람만이 당직실을 지키고 앉아 있다. 그는 새하얀 가운을 걸치고, 흰색 책상 위에 앉아 뭔가 열심히 쓰고 있다.

그 외에는 아무도 눈에 띄지 않는다.

슈호프는 상관 앞에서 늘상 하던 버릇대로 모자를 벗어 든다. 그는 수용소 생활에서 익숙해진 습관으로 인해 보지 말아야 할 것까지 보고 말았다. 이 니콜라이라는 사람은 행간을 정확하게 잡아 띄어쓰며, 종이 가장자리의 여백을 적당하게 맞추고, 첫 행을 꼬박꼬박 대문자로 글자를 쓰면서, 시를 쓰고 있다. 물론, 슈호프는 금세 이 사람이 공적인 일을 하는 것이 아니라, 뭔가 다른 일을 하고 있다고는 눈치챘지만, 그 정도까지 하릴없이 앉아 있으리라고는 짐작하지 못했다.

"저기, 니콜라이 세묘느이치…… 다름이 아니라, 몸이 좀 아픈 것 같은데……." 그는 마치, 남의 물건을 탐내고 있기라도 하는 사람 모양, 양심껏 있는 그대로 이야기했다.

브도부쉬킨이 작업을 하다가 말고, 천천히 고개를 든다. 그의 눈은 아주 큼지막하다. 머리에 쓰고 있는 모자도, 그가 입고 있는 가운도 모두 새하얗다. 그 어디에도 번호표는 붙어 있지 않다.

"아니, 왜 지금에야 오는 거요, 어제저녁에 오지 않고 말이오. 아침에는 진료가 없다는 사실을 모르고 있습니까? 작업에서 제외된 사람의 명단은 벌써 생산계획부로 넘어갔어요."

슈호프 역시 그것을 모를 리가 없다. 알고 있었지만, 어제저녁이라고 해도 작업을 면제받기란 쉬운 일이 아니라는 것을 알고 있었다.

"하지만, 니콜라이…… 어젯밤엔 거기가 그렇게 심하게 아
프지 않아서, 그만……."

"거기라니, 어디가 아프단 말이오?"

"그러니까, 어디라고 꼭 집어서 말하기는 그렇고, 하여간 온
몸이 쑤시고 아프단 말입니다……."

슈호프는 물론, 걸핏하면 의무실 문을 드나드는 그런 부류
의 사람이 아니라는 것을 브도부쉬킨은 알고 있다. 그러나 아
침에는 두 사람에게만 작업 면제를 허용할 수 있고, 이미 두
사람이 선정되고 난 후였다. 이 두 사람을 벌써 종이에 적어
연녹색 책상 유리 밑에 놓아두었던 것이다.

"그렇다면, 조금 일찍 올 것이지, 점호 시간이 다 되어 오면
어떡하란 말이오? 어쨌든 체온이나 재 봅시다."

브도부쉬킨은 가제에 싸서 소독기 안에 넣어 두었던 온도
계를 꺼내, 물기를 닦고 슈호프에게 내밀었다.

슈호프는 체온계를 받아 들고, 벽 옆에 놓인 의자 가장자리
에, 그것도 마루로 주저앉지 않을 만큼만 간신히 엉덩이를 걸
치고 앉는다. 그는 일부로 그런 자세를 취한 것은 아니었지만,
결과적으로 자신은 이런 의무실에 들락날락하는 사람이 아니
고, 여기에 온 것도 단지 어쩔 수 없어서 온 것일 뿐임을 나타
내는 결과가 되었다.

브도부쉬킨은 하던 일을 다시 계속한다.

의무실은 수용소 안에서 가장 외진 곳에 따로 떨어져서,
여기까지는 아무런 소리도 들리지 않았다. 괘종시계의 종소

리마저 들리지 않았다. 죄수들을 위해 시계를 달아 놓을 필요
는 없는 법이다. 시간이야 상관들만 알고 있으면 되니까 말이
다. 심지어, 이곳은 쥐 새끼조차 설치는 법이 없었다. 의무실
에서 일부러 기르는 고양이에게 쥐 새끼들이 모두 잡아먹힌
모양이다.

이처럼 깨끗하고 환하고 조용한 곳에 꼬박 오 분이나 앉아
있을 수 있다는 것이 슈호프에겐 꿈만 같다. 사방을 둘러보아
도 사면에는 하얀 벽뿐이다. 슈호프는 자신이 입고 있는 옷을
내려다보았다. 가슴에 매달려 있는 번호표는 반쯤 지워져 있
다. 또, 지적당하기 전에 새로 써 달라고 해야겠다. 그러고는
한 손으로 턱을 만져 보았다. 수염이 더부룩하게 덮여 있다. 저
번 목욕할 때 깎고는 아직 안 깎았으니, 벌써 열흘은 된 성싶
었다. 그렇다고 수염이 무슨 일을 방해하는 일은 없으니까, 문
제될 것은 없다. 사나흘 후엔 목욕을 하러 갈 테니, 그때 깎아
도 별 무리는 없겠다. 괜스레 이발소에 가서 순번을 기다릴 필
요가 뭐 있겠는가. 게다가 굳이 모양을 내고 만나야 할 상대
도 없으니까 말이다.

그다음에 브도부쉬킨의 희디흰 모자를 바라보고 있으려니,
로바치 강변의 야전병원에 후송되었던 일이 기억났다. 슈호프
는 전투에서 턱에 부상을 당해 그 병원으로 후송되었지만, 병
원에 도착하자마자 자진해서 복귀해 버렸다. 흔한 기회도 아
니었는데, 슈호프는 아무런 미련도 없이 복귀해 버린 것이다.
얼마나 애석한 일인가. 한 닷새쯤은 편히 누워서 생활할 수 있
을 텐데 말이다.

그러나 지금은 어떻게 하면 수술할 필요는 없는 병에 걸려서 죽지 않을 정도로만 아파 누워 일이 주, 아니면 한 삼 주 정도 이런 곳에 입원해 있을 방법이 없을까 하고 궁리를 해 보는 것이었다. 그렇게만 된다면, 희멀건 야채수프만 먹는대도 여한이 없겠다고 생각한다.

그러나 슈호프는 이곳에서는 그것마저 기대할 수 없다는 것을 상기해 냈다. 지금은 입원을 했다고 해서 아무 일도 하지 않고 그냥 누워 있을 수 없게 되어 버린 것이다. 얼마 전에 스테판 그레고리치라는 의사가 새로 부임해 왔는데, 그는 아주 성미가 급하고 말이 많은 데다 열성적인 성격이었다. 자기가 앞장서서 무슨 일이든지 척척 해내는가 하면, 환자들까지 가만히 내버려 두지 않고, 의무실 부속지로 내몰아 작업을 시키기가 일쑤였다. 울타리를 세운다든가 길을 닦는다든가 화단에 흙을 나른다든가 하는 일로 환자들을 달달 볶는가 하면, 겨울에는 또 보설 작업을 한다고 야단을 치면서 병을 치료하는 데는 노동이 가장 좋은 방법이라고 말하고는 했다.

말이 너무 많이 일을 해서 죽는다는 사실을 모른단 말인가. 하지만, 아무리 진리라고 하더라도 알아먹어야 진리라고 할 수 있지 않은가. 몸소 벽돌 쌓는 일이라도 한번 해 보면 좀 기가 죽을지도 모를 텐데.

……그런데, 브도부쉬킨은 여전히 펜을 놀리고 있다. 그는 지금, 잔돈벌이를 하고 있는 참이다. 그러나 슈호프 같은 사람은 이해하기 힘든 일이다. 그는 어제 새로 완성한 장시를 정서하고 있는 참이다. 오늘, 노동요법의 대가인 그의 상관 스테판

그레고리치에게 이 시를 보여 주겠다고 약속했다.

물론 이런 일이야 수용소 안에서나 가능한 일이지만, 스테판 그레고리치가 브도부쉬킨에게 견습의사 경력이 있다고 자칭하게 하여, 지금의 직책을 준 것이다. 무식한 죄수들을 실습 대상으로 삼아 브도부쉬킨이 정맥주사 놓는 법까지 습득하게 된 것도, 모두 이 의사가 온 이후에 일어난 일이었다. 하기야, 상대가 모두 착한 품성을 갖고 있던 터라, 견습의사가 아닌 사람이 견습의사로 둔갑한 사실을 의심하는 사람은 하나도 없을 정도였다. 니콜라이는 사실 문학부 학생이었고, 대학 이 학년 때 체포되어 이곳으로 오게 되었던 것이다. 스테판 그레고리치는 자유의 몸일 때는 쓸 수 없었던 것을 감옥에서 써 보게 하자는 의도를 갖고 있었다.

……얼음이 꽁꽁 얼어 희뿌옇게 보이는 이중 유리창을 통해 점호 신호가 희미하게 들려온다. 슈호프는 한숨을 내쉬며 의자에서 벌떡 일어선다. 아직 오한이 있다고는 하지만, 그것으로 작업을 면제받기는 틀린 일이다. 브도부쉬킨은 체온계를 받아 들고, 흘낏 바라본다.

"이런, 이것도 아니고 저것도 아닌데. 37.2도군. 38도만 돼도, 누가 뭐라고 못 할 텐데. 내 힘으로는 작업을 면제시킬 도리가 없고, 자신이 책임을 진다는 조건 아래서는 여기 남아 있어도 무방합니다. 나중에 진찰을 받고 환자로 결정되면 물론 아무런 문제가 없겠지만, 만약에 아무렇지도 않다는 판결이 나는 날이면, 태업이라는 죄목으로 영창 생활을 면치 못할 거란 말입니다. 그냥 작업하러 나가는 것이 더 현명한 일일 것 같은데……."

슈호프는 아무 말 없이 머리조차 숙이지 않고, 모자를 깊이 눌러쓰고는 밖으로 나왔다.

배가 따뜻한 놈들이 한데서 떠는 사람의 심정을 무슨 수로 이해하겠는가?

혹한이 온몸을 움츠리게 한다. 살을 에는 차가운 공기가 슈호프를 엄습해서 기침이 나올 지경이었다. 기온은 영하 27도였고, 슈호프는 열이 37.2도였다. 자, 이젠 누가 누구를 이길 것인가?

슈호프는 자기 막사로 달려왔다. 중앙 통로에는 사람의 그림자 하나 보이지 않는다. 수용소는 완전히 정적에 싸여 있다. 항상, 작업에 나가기 직전의 한순간은 이렇게 쥐 죽은 듯이 고요하다. 이미 벼룻줄은 풀어지기 시작했는데도 아무런 기색도 없이 마치 작업이 없는 날이라도 되는 듯 그런 모습을 하고 있다. 경호병들은 따뜻한 병사에서 총대에 기대어서 고개를 끄덕끄덕하며 졸고 있다. 그들 역시, 이렇게 추운 날씨에 망루에서 발을 동동 구르며 망을 본다는 것이 지독하게 싫은 것이다. 중앙위병소에서는 위병들이 난로에 석탄을 집어넣고 있다. 간수실에서는 간수들이 신체검사를 나가기 전에 마지막으로 피우는 시가를 아쉬운 듯이 피우고 있다. 그런가 하면, 죄수들은 누더기를 있는 대로 모두 겹쳐 입고 노끈으로 돌돌 동여맨다. 얼굴은 눈만 빠끔히 내놓고, 어떻게든 추위를 막아 보려고 헝겊으로 만든 마스크를 뒤집어쓰고 있다. 간수가 "일어나!" 하고 불호령을 내리기까지는 펠트 장화를 신은 채로, 침대에 그대로 누워 있을 요령이다.

제9호 막사는 모두 선잠을 즐기고 있다. 제104반도 마찬가지였다. 부반장인 파블로만 연필을 손에 들고 중얼거리며 뭔가 계산에 열중하고 있다. 또 한 사람은 슈호프의 옆자리에 있는 침례교도인 알료쉬카로, 상단 침대에서 복음서를 절반가량 베껴 놓은 수첩을 들고 읽고 있다.

슈호프는 가능한 한 빨리, 발소리를 죽이며, 부반장의 침대 쪽으로 달려간다.

파블로가 고개를 든다.

"이반 데니소비치 아닙니까? 아니, 아직 살아 있었군요?"(서부 우크라이나인은 수용소에 끌려와서도 상대방에게 부칭을 쓰고, 존대말을 쓰는 버릇을 버리지 못하고 있다.)

이렇게 묻고 나서, 슈호프의 몫으로 책상 위에 남겨 놓았던 빵을 내밀었다. 게다가 빵 위에는 흰 설탕이 한 덩어리 얹혀 있다.

슈호프는 매우 서두르고 있었지만, 예의에 맞게 공손하게 대답한다. (부반장도 상관이라면 상관이라고 할 수 있다. 어느 때는 수용소 소장의 말보다도 그의 말 한마디가 더 위력을 가질 때가 있는 법이다.) 급하게 서두르고는 있었지만, 그 틈에도 슈호프는 빵 위에 얹혀 있던 설탕을 입에 집어넣는다. 혀로 설탕을 가만히 녹이며, 한쪽 발을 벌써 자신의 침대 위로 올라가는 계단 위에 올려놓고 있다. 집합 명령이 떨어지기 전에 침대를 정리해야 한다. 그는 잠자리를 이리저리 정리하면서도, 그사이에 규정된 대로 빵이 550그램이 되는지, 무게를 재어 보는 것을 잊지 않는다. 이 규정량을 그는 감옥에서도 수용소에서도 한 번도 저울로 달아 보지는 못했지만, 그는 워낙 소심한 성격이라 불평을 한다거나 따지고 들 만한 위인이 되지 못했다. 더구나 빵공장에서 일일이 정확한 양을 재어 빵을 자르다 보면, 빵공장에서 배겨 날 도리가 없다는 것쯤은 모든 수용소 사람들이나 슈호프가 이미 오래전부터 잘 아는 사실이다. 그래서 양이 부족한 것은 기정사실이라 치고, 이제 문제는 얼마나 부족한가 하는 것에 관심이 집중되는 것이다. 그래서 매일 빵을 받아 들면, 거의 본능적으로 손바닥에 빵을 올려놓고, 양이 얼마인지부터 재어 보는 것이 습관이 되어 있다. 오늘은 그리 많이 부족한 것 같지는 않은데? 어쩌면, 거의 규정량에 달할지도 모르겠는데?

"한 이십 그램 정도 부족한 것 같군." 슈호프는 이렇게 결론을 내리고, 빵을 반쪽으로 자른다. 점심 때 먹을 요량으로 빵 한 조각은 윗도리의 안주머니에 넣는다. (이 주머니는 그가 직접 헝겊을 대고 꿰매 만든 것이다. 죄수용 옷은 아예 처음 나올 때부터 호주머니가 달려 있지 않았다.) 아침 식사분에서 절약을 한 빵 한 조각을 어떻게 할까 그는 생각한다. 지금 여기서 먹어 버릴까? 하지만 곧 작업이 시작된다. 급하게 먹어 치우면 먹은 것 같지도 않은 법이다. 그럼, 사물함 속에 넣어 둘까? 아니다. 감춰 둔 물건들이 없어지고는 해서 당번들이 호되게 얻어맞은 적이 있으니, 그것도 안심할 것이 못 된다. 이렇게 넓은 막사는 아주 한길이나 마찬가지니까 말이다.

이반 데니소비치는 빵을 두 손에 든 채로 장화를 벗기 시작했다. 그 속에 발싸개와 숟가락을 그대로 남겨 둔 채, 발만 쏙 빼고는 맨발로 상단 침대로 올라간다. 그러고는 매트에 뚫린 구멍을 헤집고 톱밥 사이에다 빵을 얼른 집어넣는다. 그러고는 모자 속에서 바늘과 실을 꺼내 든다. (이것은 언제나 모자 깊숙이 넣어 둔다. 검사가 있을 때는 모자도 항상 살펴보기 때문이다. 언젠가 한 번은 검사를 하던 간수가 바늘에 손을 찔리는 바람에 슈호프는 단단히 혼쭐이 난 적도 있었다.) 한 땀, 한 땀, 한 땀⋯⋯ 이렇게 빵을 쑤셔 넣은 매트의 구멍이 점점 작아진다. 어느새 입안에 있던 설탕은 녹아서 없어졌다. 슈호프는 신경이 아주 곤두서 있다. 언제 작업계원이 문을 열고 들어와 고함을 칠지 모를 일이다. 슈호프의 손가락은 재빠르게 움직이고, 머리는 벌써 그다음에 할 일을 생각하고 있다.

침례교도는 눈으로만 복음서를 읽는 것이 아니라, 이젠 제법 소리까지 내며 읽고 있다. (아마도 슈호프가 듣기를 바라며 일부러 그러는지도 모른다. 이 침례교도들의 전도열은 아주 유명할 정도니까.)

"오직, 너희 중의 누구든지 살인이나 도둑질이나 악행을 행하지 말 것이며, 남의 일을 간섭하는 자로 고난을 받지 말려니와 만일 그리스도인으로 고난을 받은즉 부끄러워하지 말고, 도리어 그 이름으로 하나님께 영광을 돌리라."

그걸 보면, 알료쉬카 녀석은 참 용하다는 생각이 든다. 이 수첩을 얼마나 교묘하게 숨겨 놓는지, 검사에 한 번도 들킨 적이 없다.

여느 때와 같은 빠른 동작으로 슈호프는 가로질러 놓은 횡

목에 겉옷을 걸어 놓고, 매트 밑에 있던 벙어리 장갑과 낡은 발싸개 한 켤레, 그리고 허리띠로 사용하는 노끈과 양쪽에 끈이 달린 마스크를 꺼낸다. 톱밥이 들어 있는 침대 매트를(톱밥은 아주 무거웠고 한데 뭉쳐 있었다.) 평평하게 다듬은 다음, 담요를 둘둘 말아 침대를 정리하고, 베개도 제자리에 갖다 놓았다. 그런 다음 그는 맨발로 아래로 내려와 신을 신기 시작한다. 먼저 깨끗한 새 발싸개를 두르고, 다음엔 더러운 헌 발싸개로 그 위를 싼다.

그때, 반장이 목청을 한 번 가다듬고는 벌떡 일어나서 지시를 내린다.

"이제 그만 졸고 일어나! 제104반! 모두 밖으로 나와!"

그러자 졸던 녀석들이나 안 졸던 녀석들이나 할 것 없이 모든 반원들이 일어나서 하품을 하며 입구로 몰려간다. 반장은 벌써 십구 년이나 수용소 생활을 하고 있는 사람으로, 단 일 분이라도 점호 시간 전에 미리 반원들을 불러내는 법이 없다. 그가 "밖으로 나와!" 하고 말하는 순간이 바로 점호 시간이다.

반원들은 묵묵히 무거운 다리를 끌고 한 사람 한 사람 밖으로 나간다. 먼저 복도를 지나고, 다음엔 현관을 지나 현관 계단을 지나간다. 그러면, 이때 제20반 반장도 추린의 어투를 흉내내 "밖으로 나가!" 하고 소리친다. 슈호프는 간신히 발싸개를 두 켤레 감고 나서 펠트 장화를 신은 다음, 겉옷을 걸치고는 노끈으로 허리띠를 동여맨다. (가죽 혁대를 가진 사람도 있었지만, 수용소 안에서는 금지되어 있기 때문에 모두 압수당했다.)

어쨌든 슈호프는 준비를 다 마치고, 맨 꼴찌로 현관 앞을 걸어가는 자기 반원들을 따라잡는다. 등에 번호표를 붙인 반원들이 문을 지나, 현관 계단을 따라가고 있다. 있는 대로 누더기를 껴입고 둔한 몸으로 어슬렁거리며 걷고 있는 죄수들은 가지런한 대열은 아니었지만, 그런대로 줄을 지어 앞사람을 재촉하는 일 없이 무거운 걸음으로 뽀드득거리는 눈 밟는 소리만 내며 천천히 걸어간다.

동녘 하늘이 푸르스름해지고 밝아 오긴 했지만, 아직 수용소 주변은 어두컴컴하다. 뼈를 에는 가느다란 동풍이 뼈 속에 스며드는 것 같다.

점호를 하러 가는 순간만큼 괴로운 순간도 없을 것이다. 어둡고, 춥고, 배는 허기진 데다, 오늘 하루를 또 어떻게 지내나 하고 생각하면 눈앞이 캄캄하다. 혀가 얼어붙어 서로 말하기조차 귀찮다.

중앙 통로에서는 할당계 부주임인가 하는 놈이 초조하게 기다리고 있다.

"이것 봐, 추린! 도대체 얼마나 기다려야 하는 거야? 왜 이렇게 꾸물거리는 거야?"

추린뿐만 아니라 슈호프도 이 부주임이란 놈을 무서워한다. 그는 이렇게 호통을 치고는 말없이 앞장서서 걷는다. 반원들이 그 뒤를 따라 눈을 밟으며 걸어간다. 사각사각, 뽀드득뽀드득.

돼지 비계 절임 일 킬로는 갖다 바친 게 분명하다. 제104반은 오늘도 여느 때와 다름없이 이웃 반원들과 함께 건설 작업 현장에 배치된 걸 봐서 말이다. '사회주의 생활단지' 건설장으로는 어느 어수룩한 반을 쫓아 보냈겠지. 오, 오늘 같은 날, 그런 곳으로 끌려간다는 것은 얼마나 가혹한 일인가! 바람까지 부는 영하 27도의 날씨에, 불을 피울 곳은커녕, 바람막이도 없는 곳으로 말이다!

돼지 비계는 반장에게 필수 불가결한 것이다. 생산계획부에 갖다 바치기도 해야 하지만 제 뱃속에도 집어넣어야 하니까 말이다. 하기야, 반장쯤 되면 자기 앞으로 오는 소포를 못 받는다고 해도, 돼지 비계쯤이야 떨어질 날이 없다. 반원들 중 누구라도 소포를 받으면 반장에게 반드시 인사를 해야 하는 까닭이다.

그렇지 않고는 무사히 넘어가지 않는다.

작업계 주임이 칠판에 인원수를 적는다.

"추린, 자네 반에 병결 한 명 있고, 나머지 모두 스물세 명 맞지?"

"네. 스물세 명입니다." 반장이 머리를 끄덕인다.

누가 안 나왔지? 판텔레프 놈이군. 뭐, 그놈이 병결이라구?

반원들이 모두 여기저기서 쑤군대기 시작한다. 저런, 개자식이 있나, 판델레프 놈이 또 작업에 나오지 않았군. 아프긴 어디가 아프단 말이야. 틀림없이 보안부원이 잡아 둔 거지. 그녀석, 또 누군가를 밀고하는 모양이군.

낮 시간엔 얼마든지 그 녀석을 붙들어 매 놓을 수 있다. 세 시간을 붙들어 놓는다 해도 누구의 눈에도 띄지 않고, 아무도 눈치채지 못한다.

의무실을 이용해서 눈속임을 하자는 속셈이다……

중앙 통로는 죄수들의 검은색 겉옷으로 가득 메워졌다. 각 반별로 신체검사를 받으러 가느라 천천히 앞쪽으로 밀려가기 시작한다. 슈호프는 겉옷에 번호표를 다시 써서 붙이려고 했던 것을 문득 상기했다. 그는 빽빽하게 들어찬 죄수들 틈을 비집고 황급히 건너편으로 간다. 화공이 있는 곳에서는 다른 죄수 두세 명이 줄을 서서 순번을 기다리고 있다. 슈호프도 그 뒤로 줄을 섰다. 이놈의 번호표는 정말이지 하나도 쓸모없는 물건이다. 이 번호표를 달고 있으면, 멀리서도 간수들의 눈에 띄게 마련이고 또 작업장에 나가서는 경호원들에게 지적당하기 쉽다. 게다가, 제때 번호표를 다시 써 붙이지 않으면, 당장에 불호령이 떨어진다. 너 이 자식, 당장 영창행이야. 왜 번호표가 이 모양이야?

수용소에는 이른바 화공이란 사람이 셋 있다. 그들은 감독관들에게 보수도 없이 그림을 그려 줘야 할 뿐 아니라, 아침마다 작업 출동 전에 돌아가면서 죄수들의 번호표를 새로 써 줘야 한다. 오늘은 수염이 하얀 늙은 화공이 당번이다. 붓으로 모자 위의 번호표에 숫자를 써넣고 있는 폼은 마치, 신부가 이마에 성유를 바르고 있는 모습 같다.

화공은 글자를 써넣다가 장갑을 낀 손에 입김을 분다. 털실로 짠 얇은 장갑을 낀 손이 얼어서 숫자를 제대로 써넣을 수가 없다.

화공이 슈호프의 겉옷 위에 '췌—854'라고 번호를 새로 써 준다. 슈호프는 앞섶을 여밀 새도 없이 허리띠로 쓰이는 노끈을 들고 자기 반원들이 있는 쪽으로 달려간다. 금세 신체검사를 받아야 하기 때문이다. 슈호프는 자기 반원인 체자리가 담배를 피우고 있는 것을 발견했다. 그것도 파이프에 담은 것이 아니라 궐련을 피우고 있다. 그렇다면, 한 모금 얻어 피울 수도 있다. 그러나 슈호프는 직접 청하지는 못하고, 그의 옆에 바짝 다가서서 약간 등을 돌리고는 곁눈질로 그를 쳐다보고 있다.

그는 무관심한 척 딴 데로 시선을 돌리고 있었지만, 체자리가 한 모금 한 모금 담배 연기를 빨아들일 때마다(체자리는 뭔가 생각에 잠긴 채 이따금씩 담배 연기를 빨아들이고 있다.) 불그스름한 빛을 띠며 담배가 타 들어가고, 그때마다 그 부분이 재로 변해 가는 것과, 담뱃대 물부리 쪽으로 점점 타 들어가면서 담배가 짧아지는 것에 신경을 쓰지 않을 수 없다.

이때, 늑대란 별명을 가진 페추코프가 담배 냄새를 맡고 달려와서, 체자리 앞에 곧바로 오더니 그의 입을 똑바로 쳐다보며 눈에 불을 켜고 서 있다.

슈호프에겐 잎담배 한 부스러기조차 남아 있지 않았다. 저녁까지는 어디서 구해 볼 도리가 전혀 없다. 그는 이 순간 얼마나 기대를 하고 있었는지 몸이 부들부들 떨리고, 그 순간 자유보다도 이 담배꽁초 한 모금을 빠는 것이 더 절실할 정도였지만, 페추코프처럼 염치없이 남의 입을 쳐다볼 정도로 자신을 비하시킬 생각은 없었다.

체자리는 온갖 잡다한 피가 다 섞인 그야말로 잡종이었다. 그리스인도 아니고 유태인도 아닌 데다 집시도 아니었다. 도대체 무슨 족속인지 알 수 없는 그런 족속이었다. 나이는 아직 어렸다. 예전에는 영화를 찍는 일을 했다고 한다. 그러나 첫 작품을 다 완성하기도 전에 사상면에 의심을 받아 투옥되었다. 그는 까맣고 번들거리며 무성하게 난 수염을 기르고 있다. 그는 수염을 그대로 계속 기르고 있었는데, 그 이유는 수용소에 들어올 때 수염 난 상태로 사진을 찍은 때문이었다.

"체자리 마르코비치! 한 모금만 빨게 해 주게!" 결국 더 이상 참을 수 없었던지 그가 입을 열었다.

그의 얼굴은 담배를 피우고 싶은 욕망과 기대로 잔뜩 일그러져 있다.

……체자리는 내리깔고 있던 눈썹을 천천히 치켜올리며, 페추코프를 바라본다. 그가 평소에 파이프를 애용하는 것은 담배 꽁초를 달라고 자꾸 귀찮게 구는 녀석들 때문이었다. 그는 담배가 아까워서라기보다는 자신의 상념이 중단되는 것을 싫어했던 것이다. 담배를 피우게 되면 어떤 상념이 떠오르고 떠오른 상념을 통해 무엇인가를 발견하려 한 때문이었다. 그런데 궐련을 피워 물면, 불을 당기는 순간부터 "마지막 한 모금만 남겨 주게." 하는 주위의 게걸스러운 시선을 받게 되기 때문이다.

……체자리가 슈호프에게 돌아서며 말했다.

"이반 데니소비치! 자, 한 모금 피우게!"

그는 이렇게 말하고, 호박으로 만든 짧은 물부리에서 엄지손가락으로 꽁초를 뽑아 들었다.

슈호프는 약간 당황한 채(물론, 체자리가 먼저 권하기를 애타게 기다리고 있었다. 그러나 막상 상대방이 이렇게 말하자 약간 당황했다.), 감사하다는 손짓을 얼른 하고는, 한 손으로 꽁초를 잡고 다른 한 손으로는 행여나 꽁초가 땅에 떨어질까 봐 받치면서 받아 들었다. 체자리가 물부리째 주지 않았다는 것을 못마땅하게 여기지는 않았다. (모든 사람의 입이 깨끗하다고는 할 수 없으니까 말이다.) 게다가, 거의 꽁초만 남은 담배를 들고 있어도 뜨거운 줄 모르는 자신의 손을 부끄러워하지도 않았다. 중요한 것은 체자리가 늑대 페추코프를 무시하고 자신에게 꽁초를 주었다는 사실이고 담뱃불에 입이 타기 전까지의 그 짧은 순간 동안, 담배 연기를 삼킬 수 있다는 사실이다. 뻑뻑 담배 연기를 빨아들이자, 굶주린 온몸 전체로 담배 연기가 퍼져 나간다. 머리와 발끝까지, 구석구석 뻗어 나간다.

황홀감에 온몸이 떨리고 있는 순간, 슈호프는 저쪽에서 웅성거리는 소리가 들려오는 것을 들었다.

"속옷까지 모조리 검사한다!"

죄수 생활이란 언제나 이런 것이다. 슈호프는 이런 생활에 익숙해진 지 이미 오래다. 요컨대, 걸리지 않도록 요령껏 조심하면 되는 것이다.

그런데 속옷이라니? 속옷은 간수들한테나 주는 배급이 아닌가?! 그게 아니다…….

신체검사가 아직 끝나시 않은 반은 두 반밖에 없었다. 제104반 반원들은 모두 그쪽을 바라보았다. 그때, 무슨 이유 때문인지 본부 건물에서 나온 규율감독관인 볼코보이[1] 중위가 간수들에게 소리를 질렀다. 그러자 허술하게 신체검사를 하던

---

1) 늑대라는 어원을 가진 성씨.

간수들이 갑자기 무시무시하게 변해서 죄수들에게 호랑이처럼 덤벼들어 설치기 시작하며 호통을 쳤다.

"속옷을 모두 벗어!"

죄수나 간수들은 말할 것도 없이 수용소 소장까지도 이 볼코보이를 함부로 대하지 못한다는 소문이다. 볼코보이란 성을 주신 하느님도 꽤 재미있는 사람이다. 이름 그대로 그는 영락없는 늑대였다. 가무잡잡한 피부에, 기다란 얼굴, 험상궂은 표정, 재빠른 동작 등이 영락없는 늑대다. 막사 뒤에서 불쑥 나타나서는 벽력같이 호통을 치고는 한다. "이놈들아, 왜 몰려 있는 거야?" 그의 눈을 피해 달아나기란 불가능한 일이다. 예전에는 채찍까지 들고 다녔다는 말이 있다. 가죽끈을 꼬아 만든 채찍을 항상 들고 다니며, 아무 데서나 죄수들을 마구 후려치곤 했다는 것이다. 저녁 점호 때라든가 추위를 덜어 보려고 죄수들이 몸을 붙이고 옹기종기 앉아 있으면, 살그머니 등 뒤로 다가와서 느닷없이 채찍으로 목덜미를 후려치곤 했다는 것이다. "망할 놈의 새끼들아, 왜 줄을 안 맞추고 있어?" 하고 호통을 친다는 것이다. 이렇게 호통을 치면, 죄수들은 순식간에 흩어져 버리고, 재수없이 얻어맞은 녀석들은 목덜미를 잡고 흐르는 피를 훔치면서도 말 한마디 못 한다는 것이다. 그래도 영창에나 안 보내면 다행이었다.

그런데 웬일인지 지금은 채찍을 들고 다니지 않는다.

추위가 심할 때면, 꼭 저녁때뿐만 아니라 아침에도 심하게 신체검사를 하지 않는 법이다. 죄수들은 맨 위에 걸친 겉옷의 앞섶을 열고, 양쪽으로 벌린다. 그런 자세로 다섯 명씩 서 있는 간수들 앞으로 줄을 지어 나가 선다. 간수들은 장갑을 낀 손으로 노끈으로 동여맨 죄수들의 앞섶을 툭툭 쳐 보고는 오른쪽 무릎 위에 유일하게 달린 호주머니를 눌러 본다. 무슨 수상한 것이 들어 있는 것 같으면 검사할 생각은 않고, 무심한 어조로 그저 묻는다. "이게 뭐야?" 하고 말이다.

아침부터 죄수들한테서 찾아낼 것이 무엇이겠는가? 칼이라도 찾아내겠다는 것인가? 천만에. 칼은 저녁에 수용소 안으로 들여오는 법이지, 밖으로 내가는 물건이 아니다. 아침 검사 때는 빵을 한 삼 킬로그램쯤 내가지 않나 하는 것을 살피는 법이다. 그 빵을 들고 탈출하지는 않을까 염려해서 말이다. 전에 한번은 점심으로 각자 가지고 나가던 200그램짜리 빵까지 신경을 곤두세우고는 했다. 그래서 생각해 낸 것이 각 반별로 나무 상자를 만들어, 반원들의 빵을 한데 모아서 가지고 나가라는 지시가 있을 정도였다. 이 때문에 원래가 같은 빵 덩어리에서 나온 것이라, 어느 빵조각이 자기 것인지 분간할 수 없었고, 작업장에 나가면서도 죄수들은 내내 자기 빵이 어느 것인지 어떻게 구별할 수 있을까 하는 괜한 걱정을 해야 했다. 그 때문에 말다툼이 그칠 새가 없었으며, 대판 싸움이 벌어지는 일도 한두 번이 아니었다. 그러다가 어느 날인가, 작업장에서 세 명의 죄수들이 자동차를 탈취해 탈주를 했는데, 그때 빵상자까지 들고 가 버렸던 것이다. 그제서야 상관들이 정신이 들었는지, 나무 상자를 모두 회수해서 위병소 난로 속에 던져 버리고 말았다. 다시 각자 빵을 지참하기로 했다.

또 한 가지, 아침에 검사해야 할 사항은 죄수복 속에 혹시

민간인 옷을 입지는 않았는가 하는 것이다. 벌써, 민간인 옷은 모두 회수했다. 형기가 모두 끝날 때까지 수용소에서 보관하기로 되어 있다. 그러나 형기가 끝난 죄수는 아직 한 명도 없다.

그리고 또 한 가지는 편지를 들고 나가서, 자유민을 통해 편지를 보내지는 않나 하는 것을 검사하는 것이다. 하지만, 한 사람 한 사람 편지까지 검사하려 들면, 오전 내내 검사를 해도 끝나지 않을 것이다.

그런데 볼코보이 중위의 호령이 떨어지자, 간수들은 일제히 장갑을 벗고, 겉옷의 노끈을 풀고, 속옷의 앞 단추를 모두 끄르라는(이쯤 되면, 막사에서 지니고 왔던 마지막 온기까지 모조리 빼앗기게 되는 것이다.) 불호령을 내렸다. 그러고는 온몸을 샅샅이 뒤지기 시작한다. 죄수들에게 허락된 속옷은 위아래 모두 한 가지씩뿐이다. 더 입은 놈이 있으면, 당장 벗겨 내라는 것이 볼코보이의 명령이라고 반원들의 입을 통해 전해졌다. 먼저 검사를 받은 반은 얼마나 다행인가! 몇몇은 벌써 문을 빠져나가기도 했다. 남아 있는 놈들은 벌거숭이가 될 판이다. 속옷을 더 꺼입은 녀석들은 추위 속에서 얼어야 한다.

엄격한 검사가 시작되자, 간수들에게도 곤란한 일이 생겼다. 문을 통과하던 죄수의 대열이 끊어지자, 위병소의 위병들이 성화를 부리며 간수들을 재촉한다.

"빨리, 내보내라! 빨리! 빨리!"

볼코보이도 할 수 없이 제104반에 관대한 조치를 취하기로 했다. 규정 외의 속옷을 입은 놈은 그것을 체크해 두었다가 저녁에 사물보관소로 자진해서 가져오도록 하고, 사복을 숨겨둔 상황과 이유에 대해 사유서를 써서 가져오도록 했다.

슈호프는 수용소에서 배급받은 것 외에는 하나도 더 껴입지 않았다. 말하자면, 아무리 검사를 한들 추호도 거리낄 것이 없었다. 그러나 체자리는 플란넬로 만든 셔츠를, 부이노프스키는 조끼와 털 목도리를 체크당했다. 부이노프스키는 참지 못하고 볼코보이에게 대들었다. 부이노프스키는 자신의 수뢰정 위에서는 용감한 용사였겠지만, 수용소 생활은 아직 석 달이 안 된 애송이였으니까 그럴 만도 하다.

"이런 추위에 사람들에게 옷을 벗으라고 말할 권리가 있습니까? 당신은 형법 제9조를 모른단 말입니까?"

그들은 권리를 갖고 있으며, 그 법 조항도 알고 있다. 그런데 그것을 제대로 모르는 녀석은 바로 이 애송이 녀석뿐이다.

"당신들은 소비에트 시민이 아닙니다." 전직 해군 중령이 덧붙였다. "당신들은 공산주의자들이 아니란 말입니다."

형법을 들먹이는 것 정도는 볼코보이도 참을 수 있었을지 모른다. 그러나 그다음 말을 들은 그는 화가 머리끝까지 났다.

"네놈은 중영창 열흘이야!"

그러고는 옆에 서 있던 간수장에게 낮은 목소리로 말했다.

"저녁에 수속해!"

아침에는 보통 영창에 집어넣는 일이 없다. 작업 인원이 줄어들기 때문이다. 녹초가 되도록 온종일 부려 먹고, 저녁에 영창에 집어넣곤 했다.

감옥은 수용소 영내에 있는 중앙 통로의 왼쪽에 있었다.

통로를 중앙에 두고 양쪽으로 만들어진 석조 건물이었다. 두 번째 건물은 하나로는 죄수를 다 수용하기가 힘들어 작년 가을에 증축한 것이다. 내부는 견고하게 칸막이를 한 열여덟 개의 독방으로 만들어져 있다. 수용소 내에 있는 다른 건물은 모두 나무로 만들어져 있었는데, 이 감옥만은 유독 석조 건물이었다.

속옷까지 스며든 한기는 이제 달리 떨쳐 버릴 방법이 없다. 아무리 앞섶을 여며 봐도 별 도움이 안 된다. 슈호프는 등짝이 시려 견딜 수 없다. 지금, 의무실에 누워 한잠 푹 잘 수만 있다면 얼마나 좋을까? 더 이상 아무 바랄 것이 없을 것 같다. 담요가 묵직한 것이면, 더 이상 바랄 것이 없겠지.

죄수들이 문 앞에서 단추를 끼우고 끈을 매느라 야단이다. 문 밖에서는 경호병들이 재촉을 해 댄다.

"빨리빨리 해!"

등 뒤에서는 작업 할당원들이 재촉해 댄다.

"빨리빨리 못 해!"

문들을 지난다. 그다음은 광장을 지났고, 다시 문들을 지난다. 위병소 옆에는 양쪽으로 난간이 죽 이어져 있다.

"정지!" 위병이 소리친다. "염소 떼들 모양, 그게 뭐야! 다섯 명씩 줄을 서란 말이야!"

벌써 날이 밝아 오고 있다. 위병소 뒤로 경호병들이 피워 놓은 모닥불이 점점 꺼져 가고 있다. 그들은 점호 시간 전이면 항상 모닥불을 피웠다. 몸도 녹이고 숫자를 정확하게 세기 위해서다.

한 경호병이 소리를 높여 절도 있게 외친다.

"1열! 2열! 3열⋯⋯."

위병의 호령에 따라, 다섯 명씩 횡대를 이루고 앞으로 나간다. 앞에서 보나 뒤에서 보나 머리가 다섯이고 잔등이 다섯, 그리고 발이 열 개다. 틀릴래야 틀릴 수가 없다.

반대쪽에 있는 점검 위병 역시, 말없이 숫자를 확인하고 있다.

게다가 중위가 서서 또 확인하고 있다.

이 사람은 수용소 측의 중위다.

여기서는 죄수 한 사람의 숫자가 황금보다 더 중하다. 철조망 밖에서 죄수의 머릿수가 하나라도 모자라면, 그들 자신의 목이 달아날 판이다.

이렇게 위병소를 통과하면 다시 한 반으로 대열을 정리한다.

이젠 경호대 하사가 점검할 차례다.

"1열! 2열! 3열⋯⋯."

여기서 다시 다섯 명씩 횡렬을 이루어 걸어간다.

반대쪽에서는 경호대 부관이 눈을 번득이며 수를 세고 있다. 그는 경호대 측에서 나온 중위다.

절대로 인원수에 오차가 있어서는 안 된다. 머릿수에 하나라도 오차가 생기는 날이면, 자기 머리로 그것을 보충해야 한다.

쭉 늘어서 있는 경호병들! 난방발전센터로 가는 작업대를 반원형으로 둘러싸고, 자동소총의 총구를 죄수들에게 들이댄다. 잿빛 군견을 거느린 경호병도 눈에 보인다. 그중 한 마리가 허옇게 이를 드러낸다. 마치 죄수들을 조소하는 것 같다. 경호병들은 거의가 가죽으로 된 반코트를 입고 있다. 기다란 털가죽 외투를 입은 사람은 여섯 명밖에 없다. 이 털가죽 외투는 망루 근무를 하는 사람들이 돌려 가며 입는 것으로 되어 있다.

다시 한번 인원점검이 있다. 난방발전센터의 작업대에서 일하게 될 반원들을 다시 한번 모아서 5열 종대로 정렬시킨 다음, 인원수를 확인하는 것이다.

"하루 중에 제일 추울 때는 해가 뜨기 직전이야." 부이노프스키가 불쑥 입을 열었다. "밤새껏 내려간 기온이 마지막 고비에 이를 때거든."

전직 해군 중령 부이노프스키는, 곧잘 남에게 뭔가를 설명하는 버릇이 있다. 그는 어느 해, 어느 날의 일력이건 정확하게 외우고 있다.

그는 이곳에 수용된 뒤로 볼이 홀쭉해진 것이 눈에 띌 정도로 살이 빠졌다. 그러나 원기만은 여전하다.

수용소 밖으로 나오자, 한풍이 정면으로 몰아쳐서 아무리 추위에 단련된 슈호프라고는 하지만 얼굴이 찢겨 나갈 정도로 얼얼하다. 난방발전센터의 작업장까지는 줄곧 바람을 안고 가야 할 판이다. 슈호프는 바람막이용으로 준비해 둔 마스크를 사용하기로 했다. 대부분의 다른 죄수들과 마찬가지로 슈호프도 바람에 대비하여 양쪽으로 끈이 달린 마스크를 들고 다닌다. 이런 마스크 하나만 가려도 얼굴은 한결 훈훈하다. 슈호프는 마스크를 눈이 있는 데까지 온통 가리고, 귀밑으로 해서 뒤통수로 끈을 잡아당겨 묶었다. 그다음에는 방한모에 달린 귀싸개를 내려서 귀를 가리고, 모자의 차양도 밑으로 내려 이마를 가린다. 앞에서 보면, 눈만 빠끔하게 보인다. 겉옷에 달린 깃도 세운다. 허리께도 질끈 동여맨다. 이젠, 만반의 준비가 다 된 셈이다. 한 가지 아쉬운 것이 있다면, 장갑이 얇아서 손가락이 시려 오는 것뿐이었다. 두 손을 마구 문질러 대고 손뼉을 쳐 본다. 이제 잠시 후면 손을 모두 뒤로 하고 걸어가는 동안 내내 그 자세로 가야 한다는 것을 알고 있기 때문이다.

경호대장이 매일 외워 진절머리나는 그 알량한 죄수의 '기도문'을 낭독한다.

"죄수들, 잘 들어! 행군하는 중에는 종대의 질서를 엄격히 유지하라! 함부로 종대 간의 사이를 벌어지게 하거나 좁히거나 대오를 흐트린다거나 잡담을 한다거나 좌우로 얼굴을 돌리거나 하는 일은 엄격히 금한다! 뒷짐 진 채로 행군하라! 오른쪽이든 왼쪽이든 대열에서 한 발짝이라도 이탈하는 자는 탈주하는 것으로 보고 경고 없이 즉각 발포한다! 종대 앞으로 갓!"

선두의 두 경호병이 출발한 모양이다. 종대의 앞쪽이 서서히 움직이기 시작한다. 이깨의 율동이 짐차 뒤로 전파되어 온다. 경호병들은 종대에서 좌우로 이십 보, 상호 거리 십 보의 간격을 유지하며, 격발장치가 되어 있는 자동소총을 들고 대열을 감시하면서 앞으로 전진하고 있다.

벌써, 일주일 동안이나 눈이 내리지 않았다. 길에 덮인 눈은 발에 다져져서 돌처럼 딱딱하다. 수용소를 우회해서 돌자 바람이 비스듬하게 몰아쳐서 사정없이 얼굴을 친다. 손을 뒤로 하고, 얼굴을 가능한 한 숙이고 대열이 행진하고 있다. 마치 장례식 행렬을 보고 있는 듯하다. 눈에 들어오는 것은 앞에 걸어가는 두세 사람의 뒷발꿈치와 꽁꽁 다져진 발밑의 눈뿐이다. 지금은 자신이 그 눈을 밟고 있는 것이다. 얼마 동안은 이따금 경호병들이 "유—48번! 손을 뒤로 돌려!"라든가, "베—502번! 대오를 맞춰!" 하고 소리를 질러 댄다. 그러나 조금 지나면, 경호병들의 고함 소리도 뜸해진다. 강한 한풍이 시야를 가려 눈을 뜰 수 없기 때문이리라. 그들은 마스크를 쓰는 것조차 금지되어 있다. 경호병 노릇도 쉬운 일이 아니다…….

날씨가 따뜻할 때면, 대열은 와자지껄 잡담을 하기가 일쑤다. 경호병이 소리를 치든 말든 듣는 척도 않고 계속 지껄여 대기 일쑤다. 그러나 오늘같이 추운 날이면 몸을 잔뜩 웅크리고 앞사람의 등에 바싹 붙어서 바람을 피하느라 정신이 없다. 그러고는 제각기 생각에 잠겨 있다.

그러나 죄수들은 생각조차 자유롭지가 못하다. 그 생각이라는 것이 언제나 제자리에서 뱅뱅 돌게 마련이다. 누군가 매트 속에 감춰 둔 빵 조각을 뒤지지는 않을까? 저녁에 의무실에 가서 작업 면제를 받을 방법이 없을까? 중령을 기어이 영창에 집어넣을까, 아니면 용서를 해 줄까? 체자리는 도대체 어디서 그 하얗고 포근한 셔츠를 손에 넣었을까? 틀림없이 사물보관소에 뇌물을 집어 주고 얻은 것이겠지, 그렇지 않고서야 어디에서 그걸 손에 넣을 수 있단 말인가?

아침에 빵도 먹지 않고 죽으로만 때웠고, 그나마 차가운 것을 먹은 데다 날씨마저 추워서, 슈호프는 벌써 허기가 지기 시작한다. 그는 공연히 식욕을 자극시키는 일은 하지 말아야겠다고 생각하고, 수용소 생각은 그만두고 어떻게 하면 빨리 집으로 편지를 써 보낼 것인가에 대해 생각하기로 한다.

대열은 죄수들이 이전에 세워 놓았던 목공소를 지나 주택구를 지났으며(이 건물 역시 죄수들이 지었지만, 살고 있는 사람들은 자유인들이다.), 새로 지은 클럽을 지났다. (이 건물 역시, 기초 공사부터 시작하여 벽을 바르는 일까지 모두 죄수들이 했지만, 여기서 상영되는 영화는 자유로운 세계에 살고 있는 사람들만이 볼 수 있다.) 대열은 다시, 바람이 곧장 불어오고 멀리 동쪽으로 아침 노을이 붉게 떠오르는 들판으로 나왔다. 저 멀리까지 눈 덮인 광야가 펼쳐져 있다. 좌우로는 나무 한 그루 보이지 않는다.

1951년 새해가 되어 슈호프는 연간 두 통의 편지를 보낼 수 있게 되었다. 지난해 칠월에 한 번 편지를 보냈다. 그리고 시월에는 그 답장을 받았다. 우스치—이지마에 있을 때는 지금 이곳의 규칙과는 달리 편지를 보내고 싶으면 한 달에 한 번이라도 가능했다. 하지만, 도대체 편지에 무슨 말을 쓴단 말인가? 슈호프는 지금이나 그때나 편지를 쓰는 일이 드물다.

슈호프가 집을 떠난 것은 1941년 6월 23일이었다. 일요일 아침에, 폴롬냐 교회에서 예배를 마치고 온 사람들의 입을 통해서 전쟁이 일어났다는 소식을 들었다. 폴롬냐 우체국에 이 소식이 맨 먼저 전해졌다는 것이다. 그러나 쳄게뇨보 마을엔 전쟁이 일어났던 그때까지 라디오를 갖고 있는 집은 하나도 없었다. 편지에 의하면, 지금은 집집마다 유선 라디오가 왕왕

거리고 있다는 것이다.

요즘에는 편지를 쓰는 일이 마치 깊은 연못에 돌 던지기나 다를 게 없다. 돌이 바닥에 가라앉긴 하지만 아무런 소리도 내지 않는다. 지금은 어느 반에서 일하고 있다느니, 그 반의 반장이 안드레이 프로코피예치라느니, 그 사람이 어떤 사람이라느니 하는 것을 편지에 쓸 수는 없는 일이 아닌가. 지금은 고향에 있는 가족들보다 같은 반에서 일하는 라트비아 출신인 킬리가스와 할 말이 더 많은 것이다.

그들은 일 년에 두 번 편지를 쓴다. 하지만 그것만으로 그들이 어떻게 살아가는지 도무지 이해할 수가 없다. 콜호스[2] 위원장이 새로 왔다느니, 이웃에 있는 몇 개의 콜호스가 합해서 하나가 됐다느니 하는 것이 고작이다. 콜호스 위원장은 한 해에 한 번씩 바뀌는 모양이고, 콜호스는 예전에도 한 번 합쳐졌다가 다시 분할되었다고 하지 않았는가 말이다. 그 밖에 아무개가 작업량을 완수하지 못했다고 할당받은 개인 부지를 150평방미터나 압수당했다느니, 또 아무개는 자기 집 바로 옆에 개인 부지를 할당받았다느니 하는 소식이 전부다.

슈호프가 특히 납득이 안 되는 점이 있다면, 전쟁 이후로 콜호스 인원이 단 한 명도 늘지 않았다는 아내의 편지였다. 젊은이든 젊은 아가씨든 무슨 구실이든지 붙여서, 도시에 있는 공장이나 이탄을 캐는 채굴장 같은 데로 빠져나가 버리고, 아무도 없다는 것이다. 전쟁에 나간 남자들 중 절반은 영영 돌

---

2) 소련의 집단 농장.

아오지 않았다는 것이다. 게다가 돌아온 사람이라 해도 콜호스의 일에는 관심이 없고, 살기는 콜호스에 살아도 일은 다른 곳에 가서 한다는 것이다. 지금 콜호스에서 일하는 남자라고는, 반장인 자하르 바실리치와 여든네 살이나 됐는데도 얼마 전에 장가를 들어서 벌써 아들까지 두었다는 목수인 치혼 두 사람이 전부라는 것이다. 콜호스를 이끌어 나가는 사람들은 1930년대 이후로 일을 해 온 중년의 여자들이라는 것이다.

슈호프는 그 편지의 내용 중에서 콜호스에서 살면서 다른 데 가서 일한다는 내용이 아무래도 이해가 가지 않았다. 개인 농업도 해 보고 콜호스 생활도 모두 경험해 보았지만, 자기 마을에서 일하지 않는 그런 남자들이 있다는 것은 영 이해가 가질 않는다. 그렇다면, 품팔이라도 한다는 말인가. 아니, 그렇다면 풀 베는 때는 어떻게 한단 말인가.

아내의 편지를 보면, 품팔이가 없어진 것은 벌써 오래전의 일이라고 했다. 지금은 목수일을 하는 이도 없고(그의 마을은 옛날부터 목수장이들이 목수일을 하기로 유명한 곳이었다.), 버드나무 가지로 바구니를 짜는 일도 치워 버린 지 오래고, 이젠 아무도 그런 일을 하지 않는다는 것이다. 그리고 요즘 새로 유행하는 일로는 카펫을 염색하는 것인데, 벌이가 세법이라고 한다. 전쟁에 나갔다 돌아온 어떤 사람이 날염하는 본을 가지고 돌아와서 일을 시작한 것이 계기가 되었는데, 이 새로운 일은 벌이가 좋아 점점 더 번창했고, 지금은 제법 솜씨가 뛰어난 염색가가 많아졌다는 것이다. 이 사람들은 그 어디에도 속하지 않고, 그 어디에서도 일하지 않으면서, 풀베기 때나 농번기 때만 한 달간씩 콜호스 일을 거들 뿐이라는 것이다. 그 대가로 나머지 열 달 동안의 콜호스 신분증을 배급받는다는 것이다. 어떤 콜호스인들은 개인적인 휴가를 받고 있고, 미납금도 없다는 것이다. 그들은 전국 방방곡곡을 돌아다니고, 때로는 시간이 아까워 비행기까지 타고 다닌다는 것이다. 가는 곳마다 벽걸이용 카펫을 염색해 주고 엄청난 돈을 벌어들인다는 것이다. 그도 그럴 것이, 다 낡은 카펫에 염색을 해 주면 오십 루블씩 받는데, 염색을 하는 데는 한 시간도 채 안 걸린다는 것이다. 이반이 돌아오면 염색가를 만드는 것이 아내의 소망이라고 했다. 그렇게 되면, 아내 혼자 힘으로 꾸려 온 궁색한 생활도 면하게 될 것이고, 아이들도 실업학교에 입학할 수 있게 되고, 금세라도 쓰러질 것 같은 오두막도 헐어 버리고 새집을 지을 수 있는 것이다. 염색하는 사람치고 집을 새로 짓지 않은 사람은 아무도 없다는 이야기다. 예전에는 5000루블이면 철도 가까운 곳에 집을 지을 수 있던 것이, 지금은 2만 5000루블은 있어야 한다고 한다.

그래서 그는 어떻게 나 같은 사람이 염색가가 될 수 있단 말인가, 그림이라고는 조금도 소질이 없다는 것을 알고 있지 않느냐 하고 아내에게 물어보았다. 그리고 그 훌륭한 벽걸이 카펫을 어떻게 염색한다는 것이냐, 무늬는 어떤 것을 그려 넣느냐 하고 물어보기도 했다. 아내의 답장은 이러했다. 본을 대고 문지르기만 하면 되는 거라서, 바보가 아닌 이상 누구든 그림이나 무늬를 그려 넣을 수 있다는 것이다. 무늬는 세 가지가 있다고 한다. 기병 장교가 말을 타고 있는 트로이카 무늬와

사슴을 그린 무늬, 그리고 페르시아 당초 무늬가 있다는 것이다. 모두 세 가지뿐이지만, 어디를 가든 환영을 받으며 인기가 대단하다고 했다. 진짜 새 벽걸이를 사려면 몇천 루블씩 줘야 하는데, 단돈 오십 루블만 내면 멋지게 새것 같은 벽걸이를 만들어 주기 때문이다.

슈호프는 멀리서나마 그 벽걸이를 한번 봤으면 하고 생각했다.

이반 데니소비치는 감옥과 수용소를 전전하면서 내일은 무엇을 어떻게 할 것인가, 내년에 또 무엇을 어떻게 할 것인가 하는 계획을 세운다든가, 가족에 생계를 걱정한다든가 하는 버릇이 아주 없어지고 말았다. 그를 위해서 모든 문제를 간수들이 대신 해결해 주는 것이다. 그는 오히려 이런 것이 훨씬 마음 편했다. 아직도 형기를 마치려면 겨울을 두 번, 여름을 두 번, 그러니까 이 년은 더 있어야 한다. 그러나 이 벽걸이 문제가 그를 여간 초조하게 하는 것이 아니다.

돈벌이가 쉽고 수입이 짭짤하다는 것은 분명하나 사실인 모양이다. 또한 고향 친구들에게 뒤떨어진다는 것은 참을 수 없는 일이다. 그러나 이반 데니소비치는 이 벽걸이 염색일이 그리 썩 마음에 들지 않았다. 그런 일을 하자면 양심이 불량해야 할 것이고, 윗사람들에게 뇌물도 갖다줘야 할지 모른다. 슈호프는 이 세상에 태어난 지 사십 년이 되었고, 이빨도 반은 빠지고 없고, 머리숱도 얼마 되지 않은 이날까지 살아오면서, 뇌물이라는 것을 줘 본 적도 없고 받아 본 적도 없다. 수용소에 들어와서도 그짓만은 끝내 배우지 못했다.

쉽게 번 돈은 오래가지 않는 법이다. 자기가 힘들어서 번 돈이라는 실감도 나지 않는 법이다. 노동 없이는 열매가 없다는 옛말은 하나 그른 데가 없다. 아무리 기운이 없다 해도 무슨 일이든 남보다 못하진 않는다고 자부하는 슈호프다. 세상 밖으로 나가면 하다못해 빵공장에라도 취직할 수 있고, 목공소에서 일할 수도 있고, 땜질도 할 수 있을 것이다.

다만, 시민권을 상실한 사람은 어디로도 갈 수 없고, 집으로도 돌려보내지 않는다. 그렇게 되면 어쩔 수 없이 벽걸이 카펫 염색가라도 되는 수밖엔 별도리가 없잖은가.

그동안 대열은 목적지에 도달했고, 넓은 공사장의 한쪽 끝에 위치해 있는 위병소 앞에서 일단 정지한다. 털가죽 외투를 입은 두 명의 경호병이 철조망을 따라, 저쪽 끝에 서 있는 감시용 망루 쪽으로 간다. 망루마다 경호병들이 올라선 다음에야, 죄수들을 공사장 안으로 들여보낸다. 자동소총을 어깨에 멘 경호대장이 위병소 쪽으로 걸어간다. 위병소 굴뚝에서는 연기가 모락모락 솟아나고 있다. 이곳에서는 군인이 아닌 민간인 수위들이 판자나 시멘트 같은 물자의 도난을 방지하기 위해서 밤낮 지키고 있는 것이다.

가시 철조망으로 만든 문을 지나, 그리고 공사장 전체를 지나고, 저 멀리 보이는 철조망을 지나서, 철조망의 한쪽으로 순식간에 붉고 거대한 태양이 떠오른다. 슈호프와 나란히 서 있던 알료쉬카가 뜨는 해를 바라보며 즐거운 듯 입가에 미소를 짓는다. 뺨은 움푹 들어갔고, 무슨 돈벌이 하나 제대로 못 하고 배급에만 매달려 겨우 살아가는 처지에 뭐가 즐겁다고 웃는단 말인가. 일요일이면 수용소 안에 있는 다른 침례교도들과 함께 모여 저희들끼리 수군거리곤 한다. 수용소에서의 그들의 생활이란 물 만난 오리 같다.

얼굴을 가리고 있던 마스크가 입김에 흠뻑 젖어 군데군데 얼어붙었다. 슈호프는 마스크를 벗어 목에 걸고는 바람을 등지고 선다. 어디가 딱히 구멍 나서 바람이 들어오는 건 아니었지만, 장갑이 부실해서 손가락이 잔뜩 얼었고, 왼발은 전혀 감각이 없다. 왼쪽 펠트 장화가 타서 두 번째로 다른 천을 대고 꿰맨 때문이다.

허리나 등, 그리고 어깨까지 온몸이 뻐근한데, 이런 몸으로 작업을 어떻게 한단 말인가?

몸을 돌리자, 바로 반장의 얼굴과 마주쳤다. 슈호프의 대열 바로 뒤에 서서 오고 있는 중이다. 어깨가 떡 벌어진 반장은 아주 건장하게 보인다. 묵묵한 표정으로 서 있다. 그는 농담으로 자기 반원들을 웃기는 그런 부류의 반장은 아니다. 그러나 그는 자기 반원들의 식량 할당량에 대해서는 아주 신경을 쓰는 편이다. 그는 벌써 두 번째 형기를 살고 있는데, 교정 노동 수용소 본부의 아들이란 별명을 달고 있을 정도로, 수용소의 생활에는 통달한 사람이다.

수용소 안에서 반장이란 아주 절대적인 존재다. 좋은 반장을 만나게 되면 이제 두 번째 생을 산다고 해도 무방하지만, 나쁜 반장을 만나면 영락없이 나무옷[3]을 입게 마련이다. 슈

---

3) 관을 뜻한다.

호프는 우스치—이지마에서부터 반장과 아는 사이였지만, 그때는 같은 반이 아니었다. 일반 수용소인 우스치—이지마에서 형법 제58조에 의거한 죄수들을 중노동 수용소인 이곳으로 쫓아 보냈는데, 그때 추린이 슈호프를 자기 반으로 넣어 준 것이다. 슈호프는 수용소 소장이니 생산계획부의 간수들이니 현장감독이니 기사니 하는 사람들과 직접 만나 교섭하는 일은 없다. 반장이 만사를 대신 해결해 준다. 이런 반장을 만나면 그야말로 마음 든든하다. 그 대신 반장이 눈짓이나 손끝만 까딱해도 명령에 순종해야 한다. 수용소에 있는 다른 모든 사람을 속일 수는 있지만, 반장인 추린을 속여서는 절대 안 된다. 그러면, 최소한 목숨을 부지하는 데는 아무 이상이 없다.

슈호프는 어제 작업했던 곳에서 또 작업을 할 것인지, 아니면 딴 데로 옮기는 것인지 반장에게 물어보고 싶었다. 하지만, 고상한 생각에 잠겨 있는 그를 방해할까 봐, 말을 걸기가 난처하다. '사회주의 생활단지' 건을 해결한 반장은 지금, 작업량 조정에 대해서 미리 머리를 짜내고 있을지도 모른다. 앞으로 닷새 동안은 이 작업 조정의 결과에 따라 식량 배급이 달라지기 때문이다.

반장은 마마투성이 얼굴을 하고 있다. 바람을 정면으로 받고 있으면서도 눈 하나 깜짝하지 않는다. 얼굴 거죽이 참나무 껍데기처럼 단단하다.

죄수들은 장갑 낀 손으로 손바닥을 탁탁 치며, 제자리걸음을 하고 있다. 이런, 염병할 바람 같으니라구! 지금쯤이면, 여섯 곳의 망루로 경호병들이 벌써 다 올라갔을 텐데, 왜 빨리 작업장으로 들여보내 주지 않는지 모르겠다. 경계심이 이만저만이 아니다.

어떻게 된 거야? 마침내 경호대장과 인원 점검원이 위병소에서 나와 문 앞에 선다. 문이 열린다.

"5열 종대로 정렬! 1열! 2열……"

마치 무슨 열병식에라도 나가는 모양, 죄수들이 발을 맞춰 앞으로 걸어 나간다. 작업장 안으로 들어가기만 하면, 그때는 물 만난 물고기처럼 자유롭게 행동할 수 있다.

위병소를 통과하여 조금 더 들어가면, 낮은 현장 사무실 건물이 있고 그 앞으로 현장감독들이 나와서 반장들을 불러낸다. 아니 불러내지 않아도 이쪽에서 알아서 제 발로 그쪽으로 간다. 죄수 출신의 십장들도 감독들에게 간다. 저 녀석들은 같은 형제인 동료 죄수들을 개만도 못하게 취급하면서, 마구 부려먹는다. 저런, 짐승만도 못한 놈들!

여덟 시, 아니 여덟 시 오 분은 됐을 것이다. (조금 전에, 이동 발전소에서 기적 소리가 울린 것을 봐서 말이다.) 현장감독들은 되도록이면 시간을 낭비하지 않으려고, 죄수들이 불이 있는 곳을 좇아 뿔뿔이 흩어져 달아나는 것을 막아 보려 하지만, 죄수들은 죄수들대로 하루 온종일을 보내려면 아직도 시간이 얼마나 많은데 서두르냐는 식으로 한껏 늑장을 부리고 있다. 작업장으로 들어가기만 하면, 누구를 막론하고 허리를 굽히며 걷는다. 여기저기 흩어진 나뭇조각들을 주워다가 불을 지피려는 것이다. 나뭇조각을 주워서는 제각기 어디든 구멍 속으로 숨어 버리기 일쑤다.

추린은 부반장인 파블로를 데리고 사무실로 갔다. 체자리도 대열을 이탈하고 그쪽으로 달려간다. 체자리는 부자 죄수다. 한달에 두 번 이상 소포를 받을 정도다. 그것으로 필요한 곳이면 어디든지 뇌물을 써서 공사장에서도 작업량 계산계 조수로 따뜻한 사무실에 앉아 적당히 시간만 보내면 되는 것이다.

제104반의 나머지 반원들도 재빨리 불 있는 곳을 찾아 도망친다.

안개가 자욱한 텅 빈 작업장 위로 붉은 태양이 떠올랐다. 조립식 건물이 이어진 판자들 위로 눈이 뒤덮여 있는 것이며, 작업을 하다 둔 석조 창고 토대석 옆에 핸들이 부러진 굴착기가 방치된 채 뒹굴고 있는 것이며, 공사중에 있는 배수로, 여기저기 파헤쳐진 구덩이들, 자동차수리공장 위로 홀로 높이 서 있는 기둥, 저쪽 언덕 위로 반쯤 올리다 그만둔 난방발전센터의 2층 건물 따위가 햇빛에 드러나기 시작한다.

죄수들이 불을 쬘 곳을 찾아 모두 사라져 버린 공사장에는 여섯 개의 망루에 올라선 보초병들과 사무실 주변을 오고 가는 몇 사람의 그림자를 제외하고는 아무도 눈에 띄지 않는다. 이 순간이야말로 우리의 사유 시간이라고 할 수 있다. 현장 주임 감독이 각 반별 작업 할당량을 전날 저녁에 미리 정해 놓으라고, 오래전부터 몇 번씩이나 엄하게 지시를 내렸지만, 전혀 실행될 기미가 없다. 왜냐하면, 밤새 내 상부의 방침이 완전히 반대로 뒤바뀔 수 있기 때문이다.

아, 이 순간만은 완전히 우리의 것이다! 윗사람들이 상의를 하고 있는 동안 아무 곳이나 따뜻한 곳을 찾아 불 옆에 앉아 조금 후에 시작될 고된 노동의 시간에 대비하는 것이다. 운이 좋아 난로 옆에라도 앉게 되면, 발싸개라도 풀어서 불을 쬔다. 그러면 하루 종일 발가락들도 따뜻하게 지낼 수 있다. 난로가 없어도 이 순간의 자유로움이란 너무나 행복한 것이다.

제104반원들은 텅 빈 자동차를 수리하는 공장 안에 들어가 있다. 이곳은 제38반이 콘크리트 판 제조장으로 사용하고 있는 곳인데, 작년 가을에는 유리창까지 달아 놓았다. 한쪽에는 콘크리트 판들이 틀 속에 들어 있는 채 놓여 있고, 다른 한쪽에는 망상의 보강 철재 같은 것이 놓여 있었다. 천장은 높고 바닥은 맨 흙바닥이라서 그다지 따뜻하지는 않았지만, 그래도 이 건물은 석탄을 아끼지 않고 때는 바람에 훈훈하다. 이렇게 석탄을 허비하는 것은 죄수들을 따뜻하게 해 주자는 것이 아니라, 콘크리트 판이 얼지 않게 하기 위해서이다. 온도계까지 걸려 있는 데다가, 어쩌다 일요일에 작업을 하지 않을 때에도, 공사측의 인부가 계속해서 불을 지핀다.

제38반 반원들은 다른 반원들을 난롯가에 얼씬도 못 하게 한다. 저희들끼리 난로를 에워싸고 발싸개까지 말리고 있다. 그렇다고 불평할 처지도 못 된다. 구석자리나마 만족할 도리밖에 없다.

슈호프는 금세 터질 것 같은 닳아 빠진 솜바지를 걸친 엉덩이를 나무 틀 가에 얹고 앉아서 벽에 등을 기댔다. 조금 있다가 옆으로 몸을 돌리려 했더니, 위에 걸쳐 입은 겉옷과 보온용 덧옷이 이상하게 당기며, 왼쪽 가슴이 무슨 단단한 건물에 짓눌리는 것 같다. 무엇인가 살펴보니, 점심용으로 안주머니에 넣어 둔 빵 덩어리였다. 여느 때 같으면, 점심용으로 가져온 빵을 작업 전에 먹어 치우는 일이란 절대 없는 슈호프였다. 하지만, 다른 때 같으면 조반을 먹을 때 빵 반 조각을 먹고 나오곤 한다. 오늘처럼 식은 죽만 먹고 나오지는 않는다는 말이다. 슈호프는 그제서야 빵을 아낀다는 계획이 결코 빵을 아낀 셈이 아니라는 것을 톡톡히 깨달았다. 호주머니 속에서 따뜻하게 데워진 빵을 지금 먹고 싶은 생각이 굴뚝 같았다. 그러나 점심때까지는 아직 다섯 시간이나 남아 있다. 그때까지 견딜 수 있을지 모르겠다.

어깨가 결리는가 싶더니, 이젠 다리가 아파 온다. 언제부터인가 다리가 약해질 대로 약해졌다. 아아, 난로 옆에라도 있을 수 있다면, 얼마나 좋을까!

슈호프는 장갑을 벗어 무릎 위에 올려놓고는 보온용 덧옷의 앞섶을 풀어 헤쳤다. 그런 다음 입김에 얼어붙은 마스크를 목에서 풀어내고, 그것을 손으로 부벼 편 다음, 호주머니에 쑤셔 넣었다. 그런 다음, 그것으로 빵을 싸서 겨드랑이 속에 끼워 넣는다. 부스러기 하나라도 떨어뜨리지 않으려는 것이다. 그런 다음 빵을 조금씩 물어뜯어 오물오물 씹기 시작한다. 따뜻한 곳에 들어 있었던 탓인지 빵은 전혀 얼지 않았다.

슈호프는 수용소에 들어온 이후로 전에 고향 마을에 있을 때 배불리 먹던 일을 자주 회상하고는 한다. 프라이팬에 구운 감자를 몇 개씩이나 먹어 치우던 일이며, 야채를 넣어 끓인 죽을 냄비째 먹던 일, 그리고 식량 사정이 좋았던 옛날에는 제법 큼직한 고깃덩어리를 먹었던 때도 있었고, 게다가 배가 터지도록 우유를 마셔 대던 일이 눈앞에 어른거렸다. 그렇게 먹어 대는 것이 아니었는데 하고 후회를 해 본다. 음식은 그 맛을 음미하면서 천천히 먹어야 제 맛을 알 수 있는 것이다. 말하자면, 지금 이 빵 조각을 먹듯이 먹어야 하는 법이다. 입안에 조금씩 넣고, 혀끝으로 이리저리 굴리면서, 침이 묻어나도록 한 다음에 씹는다. 그러면, 아직 설익은 빵이라도 얼마나 향기로운지 모른다. 수용소에서 생활한 지 만 팔 년째, 그러니까 벌써 구 년째로 접어들고 있다. 그동안 슈호프가 먹은 것이 무엇인가. 옛날 같으면 입에 대지도 못할 그런 것들을 먹고 있는 것이다. 그렇다고 그것이 싫증이 났다거나 하는 것은 아니다. 천만에 말씀이다.

이렇게 200그램짜리 빵 한 덩어리에 온 정신이 팔려 있는 슈호프 옆에는 제104반 전원이 모두 똑같이 이 빵에 넋을 잃고 보고 앉아 있는 것이다.

형제처럼 꼭 닮은 에스토니아인 두 사람이 콘크리트 판 위에 나란히 앉아서, 물부리에 끼운 담배 한 개비를 돌려 가며 한 모금씩 빨고 있다. 이 에스토니아인들은 둘 다 살갗이 희고 키가 크며, 바짝 마른 데다, 코가 길고, 큰 눈을 가진 녀석들이다. 이 녀석들은 한시도 떨어지지 않고 꼭 붙어 다니고는 한다. 한 사람이 없으면 마치 살 수 없을 것처럼 말이다. 반장은 한 번도 그들을 떼 놓을 생각을 하지 않았다. 그들은 항상 반씩 나눠 먹었고, 침대도 위아래로 한 칸에서 잤다. 그들은 대열에 서 있을때나, 집합할 때, 아니면 밤에 잠자리에 들 때, 항상 옆사람을 밀어붙이며 작은 목소리로 서로 부르거나, 대화를 주고받았다. 그러나 그들은 이전에는 전혀 서로 모르는 사이였고, 제104반에서 서로 알게 된 처지였다. 한 사람은 발트해 연안에서 고기를 잡던 어부였고, 또 한 사람은 1917년 소비에트 정부가 처음으로 에스토니아에 정부를 수립했을 때 아직 어린애였다. 그때 부모를 따라 스웨덴으로 피난했다가 어른이 된 후에 다시 에스토니아로 돌아와 대학을 졸업했다고 한다.

민족을 구별하는 따위의 일은 무의미한 것이다. 어느 민족인가를 떠나서, 항상 나쁜 놈들이 있기는 마찬가지다. 그러나 슈호프가 아는 한에서 에스토니아인치고 나쁜 인간을 한 사람도 본 적이 없다.

모두들, 콘크리트 판이나 나무 틀이나 방바닥에 주저앉아서 일어날 기색이 없다. 아침에는 혀 끝도 풀리지 않는지, 저마다 생각에 잠긴 채 말없이 앉아 있다. 늑대란 별명을 가진 페추코프가 어디서인지, 꽁초를 잔뜩 주워 왔다. (타구 속에 들어간 꽁초까지 서슴지 않고 빼 오는 놈이다.) 무릎 위에 꽁초를 모두 까 놓고, 종이에 그것을 말고 있는 중이다. 바깥세상에 있을 때, 페추코프에게는 자식이 셋 있었다. 그러나 그가 체포되자, 이 세 자식들 모두 그를 버리고, 그를 부인했다. 그의 아내 역시, 다른 사람과 재혼하고 말았다. 그래서 그는 도움을 받을 만한 사람이 하나도 없었고, 소포 따위는 아주 포기한 사람이다.

부이노프스키는 한참이나 페추코프를 곁눈으로 바라보다
가 결국 한마디 한다.

"이봐, 이 녀석아, 그 더러운 꽁초는 뭣 하러 주워 오냐. 그
러다가 매독이나 옮으면 어쩔 테냐. 당장 버리지 못해!"

해군 중령이라면 웬만한 군함의 함장이다. 그래서 그놈은
명령하는 것이 아주 버릇이 되어 있다. 그는 자기 반원들과 이
야기를 나눌 때도 항상 명령조로 말하기 일쑤다.

그렇다고 페추코프가 부이노프스키에게 기가 죽을 아무런
이유가 없다. 중령한테도 소포가 올 기미는 없으니 더욱 그렇
다. 그는 이가 다 빠져 움푹해진 입에 독기를 품고, 조소를 띠
며 대꾸한다.

"그러지 마시오, 함장! 자네도 한 팔 년 갇혀 있어 보라고!
꽁초에 눈이 벌게질 테니 말이야. 이 수용소에서 자네보다 더
높은 계급에 있었던 작자들도 많이 보아 왔지만, 결국……"

그렇기는 하지만 이 중령 녀석은 견딜지도 모른다고 페추코
프는 속으로 생각하고는 말꼬리를 흐린다.

"뭐라고, 무슨 일이야?" 귀가 좀 어두운 세니카 클레프신이
끼어든다. 부이노프스키가 아침 점호 때 간수한테 들킨 이야
기를 하고 있는 줄 안 모양이다. "그렇게까지 덤벼들 필요는 없
었잖아!" 하고 머리를 설레설레 흔들며 말한다. "그냥, 넘어갈
수도 있었을 텐데 말이야."

세니카 클레프신은 조용한 사람이었고 이미 모든 것을 체
념한 듯했다. 1941년도에 전선에서 귀 한쪽이 터져 버렸다. 그
후 포로가 되었다가 탈주했고, 다시 붙잡혀 부헨발트에 투옥

되었다. 거기서 기적적으로 살아남게 된 그는 지금은 이 수용소에서 조용히 형기를 치르고 있는 중이다. 흥분하는 게 아니라고 말하는 것은 그가 항상 입버릇처럼 하는 말이다.

사실, 그건 옳은 말이다. 억울한 일을 당해도 참고 있는 것이 상책이다. 공연히 대들거나 따졌다가는 손해 보는 것은 자신뿐이다.

알료쉬카가 얼굴을 가리고 말없이 잠자코 앉아 있다. 또, 기도를 하고 있는 모양이다.

슈호프는 하마터면 자기 손가락마저 깨물었을 정도로 빵에 정신이 팔려 있었지만, 반원형의 빵 껍질 부분은 남겨 두었다. 대접 밑바닥에 눌어붙은 죽을 긁어 먹는 데는 이 빵 껍질이 최고다. 그는 먹다 남은 껍질을 나중에 점심시간에 먹기로 하고, 예의 그 마스크에 싸서 보온 재킷 안주머니에 넣었다. 추위를 대비해서, 보온용 덧옷과 겉옷을 바싹 여미고는 노끈으로 질끈 동여맸다. 이젠 작업할 준비가 된 것이다. 이젠 작업장으로 쫓겨 간다 해도 별 탈이 없다. 그러나 가능하면 더 시간을 끌기 바라는 마음은 굴뚝 같다.

제38반 반원들은 난로 옆에서 일어나 각자 맡은 일에 착수했다. 콘크리트를 믹서에 붓는가 하면, 물을 길으러 나가는 사람, 아니면 보강 철재를 가지러 가는 사람들로 부산하다.

그런데, 제104반의 반장인 추린이나 부반장인 파블로는 좀처럼 나타나지 않는다. 겨울에는 노동 시간이 여섯 시까지 제한되어 있다. 이렇게 앉아서 쉬는 시간이라고 해 봐야 고작 이십 분을 못 넘기는 시간인데도, 굉장히 많은 시간을 놀고 있었던 것처럼 느껴지고, 저녁이 아직 멀지 않았다는 느낌이 들 정도였다.

"에이, 눈보라 한 번 불지 않는군!" 토실토실하고 얼굴이 불그스레한 라트비아 출신인 칼리가스가 한숨을 쉬며 뇌까렸다. "겨울 내내 한 번도 눈보라가 치질 않으니, 원. 이게 무슨 겨울이야, 그래!"

"그래…… 눈보라라…… 눈보라라…… 한 번쯤 불어와도 좋을 거 아냐!" 다른 반원들도 한숨을 쉬며 맞장구를 친다.

이 지역에서는 눈보라가 치면 작업이 중지될 뿐만 아니라, 막사 밖으로 나가는 것조차 금지되어 있다. 막사에서 식당까지 가는 데도 쳐 놓은 동아줄을 잡고서야 겨우 찾아갈 지경이었다. 한두 명의 죄수쯤 눈 속에 파묻혀 죽는다 해도 그리 문제될 건 없다. 개한테 뜯어 먹히라고 내던져 버리면 그만이다. 그러나 혹여라도 탈주자가 나온다면 어떡하나? 물론, 그런 경우도 있었다. 눈보라가 치면 아주 가느다란 싸라기눈이 내리게 마련이지만, 그래도 그것을 긁어모아 다지면 큰 눈덩어리가 된다. 이것을 발판으로 해서 철조망을 뛰어넘어 도망친 것이다. 그러나 물론 멀리까지 도망치진 못했다.

물론, 눈보라가 친다고 해서 죄수들에게 무슨 이익이 될 만한 것은 하나도 없다. 막사의 문은 잠기고, 석탄도 떨어지게 마련이다. 막사 안에 있던 따뜻한 공기도 틈으로 들어오는 냉기 때문에 금세 냉랭해지고 만다. 곡분의 보급도 중단되는 바람에 빵이 부족해지고, 식당에서 주는 부식도 떨어지게 마련이다. 게다가 눈보라로 인해 작업이 중단되는 날에는 사흘이

되었건 일주일이 되었건 이날을 휴일로 계산해서, 일요일에도 작업장으로 내몰기 일쑤다.

그래도 죄수들은 여전히 이 눈보라를 고대하고 기다리고 있다. 바람만 조금 세게 불어도 혹시나 하고 하늘을 쳐다본다. 날려라! 날려!

물론, 눈보라를 두고 하는 말이다.

왜냐하면, 땅에 있는 눈이 날리는 정도의 눈보라로는 본격적인 눈보라가 시작되었다고 생각할 수 없기 때문이다.

그사이 제38반의 난롯가로 슬그머니 다가간 친구들도 있긴 했지만, 이내 쫓겨나고 만다.

그때, 추린이 나타났다. 얼굴이 잔뜩 흐려 있다. 반원들은 그의 얼굴에 나타난 표정을 보고 뭔가 빨리 해야 할 일이 있나 보다고 짐작한다.

"자, 자, 그럼, 제104반 모두 여기 있지?"

이렇게 말하기는 했지만, 그렇다고 인원을 점검할 기색은 보이지 않는다. 추린 밑에서 도망칠 놈이 어디 있단 말인가! 곧바로 인원 배치가 이루어진다. 우선, 에스토니아인 두 사람과 클레프신, 그리고 고프치크는 근처에 있는 커다란 모르타르를 중앙난방시설로 나르라는 명령을 받는다. 이걸 보니, 오늘 작업은 작년 가을에 세우다가 중단했던 중앙난방시설을 짓는 일이라는 것을 짐작할 수 있다. 그다음 두 사람은 공구반으로 배치되었다. 공구반에는 부반장 파블로가 이미 연장을 받으러 가 있다는 것이다. 그리고 네 사람은 중앙난방시설 주변, 그러니까 기계실의 입구와 내부, 그리고 계단의 제설 작업을 하고,

다른 두 명은 기계실의 난로에 불을 지피라고 지시한다. 어디 서든 판자 조각을 구해다가 석탄에 불을 지펴야 하는 것이다. 중앙난방시설에 썰매로 시멘트를 나르는 사람이 한 사람, 물을 길어 올 사람이 두 사람, 모래를 나를 사람이 두 사람, 모래에서 눈을 털어 내고 망치로 잘게 부술 사람이 한 사람 배치되었다.

모든 배치가 끝난 다음, 남은 사람은 제104반에서 가장 솜씨가 있는 슈호프와 킬리가스뿐이다. 이 두 사람을 반장이 앞으로 불러내서 지시를 내린다.

"자, 자네들은 말이야! (그렇다고 그가 이 두 사람보다 나이가 더 많은 것도 아닌데, 그는 '자네들은'이라고 부르는 것이 몸에 배었다.) 점심시간 다음부터, 제6반에서 작년 가을에 하다 그만둔 2층 벽에 벽돌을 쌓아 올리도록 하게나. 그리고 지금은 우선 기계실에 불을 피우도록 하게. 거기 큰 창이 세 개 있는데 말이야. 그것들을 먼저 뭘로든 막아 보는 게 좋을 것 같아. 인원은 몇 명 더 보충을 해 줄 테니, 뭘로 막을 것인가를 잘 좀 생각해 보란 말이야. 기계실에서 시멘트 반죽을 해야 할테니, 난방에 신경을 써야 한단 말일세. 안 그러면, 염병할, 모두 얼어 버리고 말 거야!"

그리고 또 뭔가 다른 말을 하려고 하는 찰나에, 얼굴이 불그스레한 것이 꼭 새끼 돼지 같은, 열여섯밖에 안 되는 고프치크가 헐레벌떡 그에게 달려왔다. 다른 반에서 시멘트를 이길 통을 내주지 않아서 싸움이 벌어졌다고 전했다. 추린이 번개처럼 그쪽으로 달려갔다.

이렇게 추운 날씨에는 작업을 시작하기가 좀처럼 쉽지 않다. 막상 일을 시작하면, 그다음엔 그다지 어렵지 않은데 말이다.

슈호프와 킬리가스는 서로 얼굴을 마주 보았다. 그들이 짝을 이뤄 작업을 해 본 것은 한두 번이 아니었다. 그들은 서로를 대목과 블록공으로서 아주 존경하고 있던 터이다. 눈 덮인 텅 빈 공사장에서 창문을 막을 만한 것을 구한다는 것은 쉬운 일이 아니다. 그러나 킬리가스가 제안을 했다.

"바냐! 조립식 주택이 있는 곳에 굵은 루핑을 두루마리로 말아 놓은 것이 있는 곳을 알고 있어, 내가 일부러 감춰 뒀단 말이야! 어때, 가 보겠나?"

킬리가스는 라트비아인이라고는 하지만, 제 나라 말처럼 러시아어를 잘한다. 그의 이웃 마을이 러시아 정교로 개종한 마을이라서, 어린 시절부터 그곳에서 러시아어를 배웠다고 한다. 수용소 생활이 이 년밖에 안 됐지만, 알 건 다 아는 친구다. 눈치껏 손에 넣지 못하면, 아무것도 얻을 수 없다는 것을 터득한 셈이다. 킬리가스의 이름은 요한이었다. 요한과 이반은 같은 어원이라서 그 역시 이반의 애칭을 사용해서 그를 바냐라고 부른다.

그들은 루핑을 가지러 가기로 했다. 그러나 슈호프는 그 이전에 먼저, 자동차수리공장 부속 건물에 들러서, 자기 흙손을 가지고 오기로 한다. 블록공에게는 두말할 나위 없이 길이 잘 든 가벼운 흙손이 필요하다. 그러나 어느 작업장에서도, 아침에 공구반에서 받아 온 연장은 밤에는 반드시 반납해야 하는 것이 관례로 되어 있다. 그 때문에 다음 날 작업을 하기 위해 연장을 배급받을 때는 어떤 연장이 걸리는가 하는 것은 순전히 그날 운수에 달린 것이다. 슈호프는 그래서 하루는 공구의 수량을 교묘하게 속여 빼돌린 다음 아무도 모르는 곳에 몰래 숨겨 두고, 벽돌 쌓는 일이 생기면 가져와서 그걸 사용하고는 한다. 만약 제104반이 '사회주의 생활단지' 건설장으로 작업을 나갔다면 흙손은 필요 없었겠지만, 오늘은 흙손이 필요한 것이다. 그는 돌을 들어내고 그 속에 손가락을 집어넣어, 마치 무슨 보물 단지라도 되는 것처럼 흙손을 꺼낸다.

슈호프와 킬리가스는 자동차수리공장을 지나서, 조립식 건물이 있는 곳으로 걸어갔다. 그들이 뿜어내는 입김이 마치 수증기를 내뿜는 것처럼 보인다. 이제, 태양은 완전히 떠올랐지만, 구름 속에 숨어 버리기라도 한 듯 희끄무레했고, 태양의 좌우로는 기둥 같은 것이 비스듬히 서 있는 것처럼 보인다.

"아니, 저기 기둥이 서 있는 것 아냐?" 슈호프가 킬리가스를 보고 말했다.

"기둥이 있어서 무슨 손해 날 일 있겠나." 킬리가스가 히죽 웃으며 말했다. "저 기둥과 기둥 사이에 철조망을 치진 못할 테니 말이야."

킬리가스는 농담을 하지 않고는 단 한마디도 말을 못 하는 성미였다. 그래서 반원들은 그를 매우 좋아한다. 특히, 수용소 내의 라트비아인들은 그를 매우 따르는 편이다. 킬리가스의 생활 수준이라고 한다면, 보통은 넘는다. 한 달에 두 번씩 식량 소포를 받고는 한다. 불그스레한 두 볼이 수용소의 죄수답지 않다. 그쯤 되면, 농담도 나올 법하지 않은가.

작업장 부지는 꽤 넓었다. 이쪽 끝에서 저쪽 끝으로 횡단하려면 시간이 꽤 걸린다. 가는 도중에 제28반을 만났다. 구덩이를 파는 일을 또 맡게 된 모양이다. 구멍은 그리 크지 않다. 가로 50센티미터, 깊이 50센티미터 정도 될 뿐이다. 이 땅은 여름에도 돌처럼 단단했는데, 지금 같은 겨울엔 그나마 아주 꽁꽁 얼어붙어서 파헤치기가 이만저만한 일이 아니다. 곡괭이를 내리쳐도 끝이 미끄러지고 불똥만 튈 뿐이고, 땅에는 흔적조차 안 날 정도다. 죄수들은 각자 자기가 파야 할 구덩이 앞에서 엄두도 못 내고 망연하게 서 있을 뿐이다. 몸을 녹일 장소도 없었지만, 제자리를 떠도 좋다는 명령도 없다. 할 수 없이, 또 한 번 곡괭이질을 해 보지만, 여전히 꿈쩍하지 않는다. 곡괭이질을 해서 몸에 열이라도 내 보는 것이 유일하게 동사를 막는 방법이다.

그중에 슈호프와 친분이 있는 브야트카인도 끼여 있다. 슈호프가 한마디 충고를 한다.

"구멍에 불을 피워 보면 어떻겠소? 그러면, 땅이 좀 녹아서, 한결 쉬울 텐데 말일세."

"그런 명령을 받지 못했어." 브야트카인이 한숨을 쉬며 대답한다. "게다가 나무가 있어야 불을 피울 수 있을 것이 아니오."

"찾아봐야지."

그러고는 침을 탁 뱉고는 그만이었다.

"이것 봐, 바냐. 상관들이 머리가 좋은 놈들이었다면, 이 엄동설한에 곡괭이로 구덩이를 파라고 하지는 않았을 거야."

킬리가스는 뭐라고 몇 마디 더 불평을 하고는 입을 다물었다. 이런 추위에 입을 계속 놀리기도 쉽지 않다. 두 사람은 걸음을 재촉하여 조립식 건물의 판자벽들이 있는 곳으로 계속 걸어갔다.

슈호프는 킬리가스와 일하는 것을 좋아했다. 킬리가스에게 단점이 하나 있다면, 그 녀석이 담배를 피우지 않는다는 한 가지 사실이다. 그 때문에 그에게 보내는 소포에는 담배가 없다.

킬리가스는 정말 빈틈없는 녀석이다. 둘이서 판자를 한 장 들어 올리고, 그다음 판자를 들어 올리려니까, 그 속에 지붕을 덮을 때 쓰는 루핑 한 두루마리가 보인다.

두 사람은 그것을 끌어 올렸다. 하지만, 이것을 어떻게 운반할 것인가 하는 것이 다음 문제였다. 망루에 있는 경호병은 염려할 필요가 없다. 그들의 임무는 탈주병을 감시하는 것이라서, 죄수들이 작업장에 있는 판자벽을 모조리 뜯어다 불쏘시개를 한다 해도 간섭할 입장이 아니다. 또한 수용소의 간수를 만난다 해도 그리 문제될 건 없다. 그들은 그들대로 자기한테 필요한 물품이 없나 하고 눈에 불을 켜고 찾아다니는 놈들이니까 말이다. 게다가 일반 죄수들은 조립식 건물 따위에는 전혀 관심이 없다. 반장들도 죄수들과 마찬가지다. 그러나 민간인 현장감독과 죄수 중에서 뽑힌 십장들, 그리고 키가 멀대처럼 큰 쉬쿠로파젠코라는 놈은 이야기가 좀 다르다. 특히 이 쉬쿠로파젠코라는 놈은 똑같은 죄수이긴 하지만, 다른 죄수들이 함부로 재료를 집어 가지 못하게 조립식 건물을 지키는 임무를 띠고 있는 놈이라 여간 만만치가 않다. 그 녀석은 이것으

로 자기 작업량을 대신하는 팔자 늘어진 녀석이다. 사방팔방
이 확 트인 곳으로 나가기만 하면, 제일 먼저 그놈의 눈에 띄
기 십상이다.

"이것 봐, 바냐. 이 두루마리를 가로로 들고 가면 금세 눈에
띄고 말 거야." 슈호프가 머리를 짜냈다. "그러니까, 길게 세워
서 옆에 끼고 가는 거야. 옆에 세우고 몸으로 가리고 가면, 먼
데서 보일 리가 없지 않겠나."

슈호프가 이런 묘안을 생각해 내긴 했지만, 두루마리를 옆
으로 세워서 가져가려면, 손에 쥘 곳이 마땅치 않다. 그래서
두 사람은 꼭 붙어서, 그 사이에 두루마리를 세우고 걸어가기
로 했다. 멀리서 보면 그저 두 사람이 꼭 붙어서 함께 가는 것
처럼 보일 것이다.

"그렇기는 하지만, 창문에 붙여 놓으면, 현장감독들이 어차
피 보게 될 텐데 그럼, 어떡하지?" 슈호프는 그것이 염려되는
모양이다.

"우리가 무슨 상관인가?" 킬리가스가 놀라워하며 반문한
다. "그때는 시치미를 뚝 떼면 그만 아닌가. 우리가 오기 전부
터 이렇게 되어 있었어요, 이걸 떼야 하나요? 하면서 말이야."

그것도 맞는 얘기 같다.

그건 그렇다 치고 얇은 장갑 속에 든 손가락이 완전히 얼어
붙어서 좀처럼 말을 듣지 않아 큰일이다. 게다가 왼쪽 펠트 장
화가 온전치 못한 탓인지 자꾸만 발이 시리다. 손가락이야 일
을 열심히 하다 보면 풀리겠지만, 문제는 이 구멍 뚫린 펠트
장화다.

온통 눈밭을 지나다 보니, 공구반에서 중앙난방장치 쪽으로 썰매 자국이 드러나 보인다. 아마 시멘트를 벌써 운반해 간 모양이다.

중앙난방장치는 나지막한 언덕 위에 설치되어 있는데, 그 뒤로는 작업장 부지의 경계선이 나타난다. 꽤 오랫동안 이곳에는 발길이 끊어진 모양으로, 그쪽으로 가는 길은 사람이 지나간 발자국 하나 없이 그대로 눈이 쌓여 있다. 그 길 위로 썰매가 지나간 자국이 눈에 띄게 두드러져 보이고, 그 옆으로 사람이 지나간 발자국이 눈 속에 푹푹 빠져 있는 채로 새 길을 만들어 놓았다. 우리 반원들이 지나간 것이 분명하다. 중앙난방장치가 있는 곳에 자동차가 들어올 통로에서는 반원들이 나무삽으로 눈을 치우느라 한창이다.

중앙난방장치에 설치된 승강기만 움직여 준다면, 일은 훨씬 수월할 것이다. 언젠가 모터가 불에 탄 일이 있는데, 그 후에 수리를 한 것 같지는 않다. 만약 그렇다면 블록이건 모르타르건 할 것 없이 일일이 모두 등에 지고 2층으로 날라야 한다는 것을 의미한다.

중앙난방장치는 벌써 두 달이 되도록 잿빛 해골 모양 눈 속에 그대로 방치되어 있다. 그러던 것이 오늘 제104반이 처음으로 작업을 하러 온 것이다. 반원들이야, 어디 한 군데 믿을 만한 구석이 없다. 굶주린 배를 노끈으로 질끈 동여매고, 추위에 벌벌 떨고 있다. 난방은 고사하고 어디 한 군데 불을 쪼일 만한 곳도 없다. 어쨌든 제104반은 이곳으로 쫓겨 왔고, 새로운 생은 다시 시작되는 것이다.

기계실 바로 입구에 모르타르 통이 뒹굴고 있다. 부피가 워낙 커서, 온전한 상태로 운반하기는 글렀구나 하고 생각했는데, 아니나 다를까 부서져 있다. 반장이 욕지거리를 해 대고 있긴 했지만, 그 역시 누구를 탓할 수 없다는 것쯤은 잘 알고 있다. 이때, 킬리가스와 슈호프가 루핑을 사이에 낀 채 다가왔다. 반장은 그것을 보고는 좋아라 하고, 즉시 작업 배치를 다시 한다. 슈호프에겐 빨리 난로를 피울 수 있도록 난로의 연통을 고치라고 지시했다. 킬리가스는 두 에스토니아인들과 같이 모르타르 통을 수리하고, 세니카 클레프신은 자를 갖고 루핑을 붙일 가로장을 만들도록 지시한다. 루핑의 폭이 유리창의 절반도 되지 않았기 때문이었다. 그런데 가로장을 만들 재료는 또 어디서 구한단 말인가? 창문을 막을 것이라고 현장감독에게 말해 봐야 들은 척도 않을 것은 뻔한 일이다. 반장이 주위를 둘러본다. 반원들도 주위를 둘러본다. 방법이 전혀 없는 것은 아니다. 2층으로 올라가는 층층대에 손잡이 대신 붙어 있는 판자를 두 개 떼 내서 쓰면 될 성싶다. 조심해서 오르내리기만 하면, 판자 한둘 뜯어 냈다고 밑으로 떨어질 염려는 없다. 달리 다른 방법이 있는 것도 아니다.

그런데 무엇 때문에 수용소 생활을 십 년씩이나 한 죄수가 작업에 열을 올린단 말인가? 못 하겠다고 버티면 그만 아닌가? 저녁까지 이럭저럭 시간을 보내다 밤이 되면, 그때부턴 죄수들 세상이 아니던가 말이다.

어림없는 얘기다. 그렇게 게으름을 피우지 못하게 하기 위해서 반이라는 것을 생각해 낸 것이 아닌가 말이다. 똑같은 반이라도 이반에겐 이반대로, 표트르는 표트르대로 임금을 지불해 주는 그런 자유 세상에 있는 반하고는 성격이 전혀 다르다. 수용소에선 상관이 감독을 하지 않아도 반원들끼리 채근을 하며 작업을 하도록 만들어 놓았다. 반 전원이 상여 급식을 타 먹게 되느냐, 아니면 배를 주리게 되느냐 하는 문제가 걸린 것이다. 이것이 수용소의 반이라는 제도다. 어, 이놈이 게으름을 피우네, 네놈 때문에 반원들이 모두 배를 곯는다는 것을 몰라? 한눈 팔지 말고 빨리 일하지 못해! 이런 식으로 서로를 감시하는 것이 바로 반이다!

더구나, 오늘 같은 날은 한눈 팔 시간이 없다. 아프건 말건, 뛰고 달리란 말이야. 만약, 두 시간이 지난 후까지 난방이 안 되면, 죽도 밥도 안 된다는 말이다.

연장은 파블로가 이미 갖다 놓았다. 갖고 싶은 연장을 고르기만 하란 말이다. 연통도 몇 개 준비되었다. 물론, 양철공용 전용 도구는 없지만, 수리공용 노루발 장도리와 도끼는 마련되어 있다. 어떻게든 해 볼 수는 있을 것이다.

슈호프는 장갑 낀 손을 탁탁 두드리고 나서, 연통을 연결하기 시작한다. 손이 곱으면, 다시 한번 손을 탁탁 치고 작업을 계속한다. (흙손은 가까운 곳에 감춰 두었다. 반원들을 못 믿는 것은 아니지만, 그렇다고 한순간도 방심해서는 안 된다. 킬리가스라 해도 완전히 신뢰할 수는 없다.)

그런 다음, 모든 잡념은 일시에 사라져 버린다. 슈호프는 아무 생각도 하지 않고, 어떤 것에도 신경을 쓰지 않고, 다만 구부러진 연통이 어떻게 하면 연기가 새지 않을까 하는 것에만 온 신경을 곤두세우고 있다. 창문 밖에 연통을 매달 때 필요한 철사를 어디서든 구해 보라고 고프치크를 보냈다.

벽돌로 된 굴뚝이 달린 납작한 난로가 기계실 한쪽 귀퉁이에 놓여 있다. 난로 위에는 빨갛게 녹이 슨 널따란 철판이 놓여 있다. 얼어붙은 모래를 얹어서 녹이고 말리는 데 안성맞춤이다. 그 난로에는 벌써 불이 타고 있다. 전직 해군 중령과 페추코프가 그곳으로 모래를 실어 나르고 있다. 실어 나르는 일이야, 누구든 할 수 있다. 그래서인지 반장은 그런 일은 으레 예전에 행세깨나 했던 사람에게 맡기고는 한다. 페추코프는 전에 어느 높은 관청에서 일했고, 전용차까지 타고 다닐 정도였다는 것이다.

페추코프는 처음 들어온 날부터 해군 중령에게 노골적으로 적의를 표시하고 호통을 쳐 대고는 했는데, 어느 날인가 중령한테 호되게 얻어터지고 이를 몇 개 부러뜨린 다음부턴 아주 잠잠해졌다.

모래를 얹어 놓은 난로 주변은 어느새 몸을 녹이려고 달려든 반원들에게 둘러싸였다. 그러자 반장이 버럭 고함을 지른다.

"이 자식들아! 한 대 얻어터져야 정신을 차릴 거야? 먼저, 일할 채비부터 해야 할 것 아니야?"

주저앉으려는 개한테는 채찍이 최고라는 말이 있다. 추위가 아무리 무섭다고는 해도 반장만큼은 아니다. 모여 있던 반원들이 제각기 흩어져 작업대로 간다.

슈호프는 반장이 파블로에게 소곤거리는 말을 들었다.

"자네는 여기 남아서, 잘 감시하게. 나는 작업량 조정 문제를 해결하러 갔다 올 테니까 말이야."

작업 자체보다 더 중요한 것이 이 작업량 조정이다. 능력이 있는 우리 반장은 작업량을 조정하는 데 굉장히 신경을 쓴다. 작업량을 어떻게 조정하느냐에 따라 급식량이 늘기도 하고 줄기도 하니, 아주 중요한 것이라고 하지 않을 수 없다. 다 끝내지 못한 일도 다 끝낸 것처럼 속여야 하기도 하지만, 작업량이 낮은 일을 더 높이기 위해 교섭을 해야 한다. 그 모든 것이 완전히 반장의 지혜에 달려 있다. 작업 조정원들에게도 늘 뭔가 갖다 바쳐야 한다. 그들이라고 맹물만 먹고 살라는 법은 없으니까.

그러면 이렇게 이루어진 계획량 초과에 따른 이익은 누구를 위한 것인가? 그것은 수용소를 위한 것이다. 수용소에서는 이런 방법으로 건설 공사에서 수많은 이익금을 얻게 되고, 그것으로 장교들에게 보너스를 지급하는 것이다. 규율감독관 볼코보이의 채찍 수당도 이렇게 만들어지는 것이다. 그리고 죄수들은 저녁 식사 때 200그램짜리 빵을 보너스로 받는 것이다. 말하자면, 200그램의 빵이 수용소의 모든 생활을 지배하고 있는 것이다.

양동이 두 개에 물을 길어 왔지만, 오는 도중에 꽁꽁 얼어붙었다. 파블로가 묘안을 생각해 냈다. 먼 데서 물을 길어 오느니, 가까운 데 있는 눈을 긁어모아 녹여서 쓰자는 제안이었다. 눈을 담은 양동이를 난로 위에 올려놓았다.

고프치크가 어디서 구했는지, 알루미늄으로 만든 새 전선을 가져와서 슈호프에게 보고했다.

"이반 데니소비치! 숟가락 만들기에 좋은 전선인데, 어떻게 만드는지 가르쳐 주세요."

슈호프는 장난기가 심한 코프치크를 친자식처럼 귀여워한다. (슈호프에게도 아들이 있었는데, 어렸을 때 죽고 지금은 벌써 다 자란 딸만 둘이 있다.) 코프치크는 숲에 은거 중이던 벤데르파[4]에게 우유를 날라다 줬다는 죄목으로 체포되어 수용소로 끌려오게 되었다. 아직 어린애라고 해도 형기는 어른들하고 똑같다. 온순한 송아지 같은 성격을 지닌 그는 아무에게나 곧잘 응석을 부리고는 한다. 그러나 벌써 교활한 데가 있어서 소포를 받아도 나눠 주는 법이 없고, 이따금 밤이면 혼자서 몰래 우물거리고는 한다.

하긴, 그것으로는 한 사람 입에 풀칠하기도 힘들다.

두 사람은 숟가락을 만들 만큼 전선을 잘라서 한쪽 구석에 숨겨 놓는다. 그런 다음 슈호프는 두 장의 판자를 맞붙여 사다리를 만들고, 코프치크에게 연통을 매달라고 한다. 그는 다람쥐 모양 날쌔게 판자를 타고 올라가 못을 박고, 못에 건 철사를 연결해서 연통에 감는다. 슈호프는 슈호프대로 바쁘다. 오늘은 바람이 그다지 세진 않지만, 당장 내일이라도 어떻게 될지 모르는 법이다. 연기가 거꾸로 내려오기라도 하면 큰일이다. 자기 자신의 몸을 녹일 소중한 난로라는 것을 염두에 둬

---

4) 우크라이나 민족주의자 집단으로 제2차 세계 대전 때 소련과 독일에 가담하지 않고 독자적으로 행동했다.

야 한다.

그러는 동안, 세니카 클레프신이 창문을 막을 가로장을 두 장 준비했다. 가로장을 대는 것도 역시 고프치크가 해야 할 일이다. 코프치크는 벌써 사다리에 올라가 나무를 올려 보내라고 소리치고 있다.

태양은 더 높이 떠올랐다. 안개가 걷히고 기둥도 사라지고 햇살이 기계실 안으로 비쳐 들었다. 그때, 다른 하나의 난로에도 훔쳐 온 장작으로 불을 지피기 시작했다. 이젠 살 만하다!

"정월 해는 고작해야 송아지 뒷다리를 녹여 줄 정도밖엔 안 돼." 슈호프가 혼잣말로 중얼거렸다.

킬리가스도 모르타르 통을 다 수리한 모양이다. 똑딱똑딱 망치질을 하며 부반장 파블로에게 소리를 친다.

"이것 봐, 반장한테 얘기해서 수리비로 100루블은 꼭 받아야겠어. 1루블도 깎으면 안 돼, 알았지?"

"100그램은 줄 거야, 틀림없어!"

파블로가 빙그레 웃으며 말한다.

"검사가 추가로 형기를 불려 줄 거야!" 고프치크가 위에서 소리를 지른다.

"조심해, 거기 만지지 마!" 슈호프가 위를 향해서 소리를 지른다. (루팡을 잘못 자르고 있었다.)

어떻게 잘라야 할지 직접 시범을 보인다.

함석으로 만든 난로 쪽으로 반원들이 모여들자, 파블로가 그들을 쫓아낸다.

킬리가스에게는 조수 한 사람을 더 딸려 주고, 모르타르

통을 만들게 했다. 모르타르를 이 층으로 나르는 데 필요하기 때문이다. 모래 운반을 하는 데 두 사람을 더 추가했다. 위층으로 올라가는 층층대와 발판의 눈을 치우는 데도 사람을 더 배치한다. 그리고 다른 한 사람에게는 건물 안에 남아서, 철판 위에서 다 마른 모래를 모르타르 통으로 옮기는 일을 지시했다.

밖에서 엔진 소리가 들려온다. 블록을 실은 트럭이 눈 덮인 언덕길을 올라오고 있는 모양이다. 파블로가 밖으로 달려나가서, 블록을 부릴 장소를 손짓으로 가리킨다.

창문에는 루핑이 한 장 두 장 엮어지고 있다. 그것으로 추위를 막을 수 있을까? 종이는 종이 아닌가. 하지만 틈은 없으니까, 그런대로 바람은 막을 수 있을 것 같다. 실내가 점점 어두워지고, 난롯가에 불은 점점 밝아지고 있다.

알료쉬카가 석탄을 가져왔다. 한쪽에선 "석탄을 집어넣어!" 하고 소리치고, 다른 한쪽에서는 "넣으면 안 돼. 나무토막만으로도 충분해!" 하고 소리친다.

어느 쪽 말을 들어야 할지 몰라, 그는 머뭇거리고 있다.

페추코프는 난로 옆에 버티고 서서, 불 옆으로 바싹 펠트 장화를 들이대고 녹이고 있다. 저런, 멍청이 같으니라고. 해군 중령이 목덜미를 잡아당기며, 그러다가 신발이라도 태워 먹으면 어쩔 셈이냐고 호통을 친다.

"가서 모래나 나르란 말이야, 이 멍청아!"

해군 중령은 마치 해상 근무를 하는 것처럼 수용소 생활을 한다. 명령이 내리면 그대로 실천하는 것이다! 지난 한 달

동안 중령은 아주 수척해졌다. 그러나 아직 그 기백만은 여전하다.

들쭉날쭉하긴 했지만, 그런대로 유리창 세 개를 루핑으로 모두 가렸다. 이렇게 되자 문 있는 쪽으로만 빛이 새어 든다. 냉기가 스며 들어오는 곳도 문뿐이다. 파블로는 출입구의 상반부도 역시 막아 버리라고 지시한다. 머리를 숙이고 들어오고 나갈 만한 구멍만 있으면 된다는 계산이다. 바로 출입구 상층부를 막았다.

그사이에 덤프차 세 대가 블록을 싣고 와서, 밖에 부려 놓고 갔다. 이번엔 승강기 없이 어떻게 그 블록을 위층으로 들어 올리느냐 하는 것이 문제다.

"이봐, 벽돌공들! 이젠, 슬슬 올라가 볼까!" 파블로가 말한다.

벽돌을 쌓는 일은 명예로운 일에 속한다. 파블로와 함께 슈호프와 킬리가스가 위로 올라갔다. 층층대는 가뜩이나 좁은 데다가 세니카가 손잡이까지 뜯어 낸 바람에 벽 쪽으로 바싹 붙어서 올라가지 않으면 떨어질 염려가 있다. 게다가 층층대 횡목에는 눈이 얼어붙어서 모서리마저 동그랗게 변해, 발판이 없는 거나 마찬가지였다. 그런 마당에 모르타르를 어떻게 들어 올린단 말인가?

그들은 위층으로 올라가 어디서부터 벽돌을 쌓아 올릴 것인지 둘러본다. 삽으로 지금 눈을 쓸어 내고 있는 곳부터 벽돌을 쌓아 올려야겠다. 우선, 전에 벽돌을 쌓다가 그만둔 곳에 얼어붙어 있는 얼음을 망치로 깨 내고, 빗자루로 쓸어 낸

다음에 작업을 시작해야겠다.

어디서부터 벽돌을 쌓아 올려야 할지가 문제다. 밑을 내려다본 다음, 결정을 내린다. 그러니까, 층층대를 오르내리느니보다는, 아래에 네 사람을 배치해서 벽돌을 발판 위에 들어올리게 하고, 그곳에서 위에 있는 두 사람에게 또 들어 올려주고, 그런 다음 위층에 배치된 두 사람이 받아서 벽돌 쌓는 곳까지 운반하게 하는 것이다. 좀 복잡하게 보이기는 했지만, 그것이 훨씬 능률적이다.

위쪽에는 그리 대단하진 않지만, 바람이 불고 있다. 벽돌을 쌓아 올리면 꽤 추울 성싶다. 그러나 쌓아 올린 벽 밑에 웅크리고 앉으면, 바람막이는 될 것도 같다. 햇볕이 드는 벽 쪽은 오히려 따뜻할 정도다.

슈호프는 고개를 들어 문득, 하늘을 쳐다보았다. 그러고는 탄성을 올린다. 구름 한 점 없는 하늘 위로 태양이 벌써 중천에 와 있다. 일을 하고 있노라면, 시간이 어이없이 빨리 지나가고는 한다. 수용소에서의 하루하루가 빨리 지나간다는 생각이 든 것이 한두 번이 아닌 슈호프지만, 형기는 왜 그리 더디게 지나가는지 이해할 수가 없다. 전혀 줄어들 기미가 없다.

위에 있던 세 사람이 밑으로 내려와 보니, 난롯가에는 반원들이 또 몰려와 모여 서 있다. 중령과 페추코프만이 모래를 나르고 있다. 파블로가 버럭 소리를 질러 그곳에 있던 사람들 중에서 여덟 명을 벽돌을 나르라고 쫓아 보낸다. 그리고 두 사람은 모르타르 통에 시멘트를 넣고 모래를 섞으라고 지시했고, 다른 한 명에겐 눈을 퍼다 녹이는 일을, 다른 한 사람에겐 석탄을 실어 나르라고 지시한다. 킬리가스는 자기 팀에게 일을 재촉한다.

"통은 적당히 두들겨 맞추면 될 텐데, 뭘 그리 꾸물거리는 거야!"

"내가 좀 거들어 줄까?" 슈호프가 자청해서 부반장에게 말한다.

"그래 주면, 좋지." 파블로가 고개를 끄덕인다.

그때, 모르타르에 사용할 눈을 녹이려고 낡은 드럼통을 가져왔다. 어디서 들었는지 드럼통을 가져온 녀석들이 열두 시가 됐다고 알려 준다.

"열두 시가 맞을 거야." 슈호프가 말했다. "이렇게 해가 중천에 떠 있는 걸 보니 말이야."

"중천에 해가 걸려 있으면 말이야……." 하고 해군 중령이 끼어든다. "열두 시가 아니고 한 시야."

"아니, 왜 그렇지?" 슈호프가 눈을 치켜뜨며 반박한다. "모든 선조들이 그렇게 알고 있었어. 해가 가장 높이 떠 있을 때가 정오라는 것을 말이야."

"그건 그 사람들의 이야기야!" 중령이 말을 되받아친다. "법령이 있은 다음부터는 오후 한 시가 되었을 때, 해가 가장 높이 떠 있단 말이야."

"아니, 그따위 법령을 누가 만들었단 말이야?"

"소비에트 정부지!"

중령은 모래를 실으러 갔고, 슈호프 역시 더 이상 입씨름을 하고 싶지 않았다. 하지만, 과연 하늘의 법칙마저도 그들의 법령에 따라야 한단 말인가 하고 의아해한다.

한동안을 똑딱거린 다음에 통 네 개를 만들었다.

"됐네, 좀 쉬었다가 하세. 몸 좀 녹이자고." 파블로가 두 벽돌공에게 말한다. "어이, 세니카, 자네도 오후엔 벽돌을 쌓아야 할 테니, 이리 와서 좀 쉬게나!"

정식으로 허가가 내렸으므로, 그들은 난로를 둘러싸고 앉았다. 점심시간 전에 벽돌을 쌓는 일을 시작하기는 아무래도 틀린 것 같다. 모르타르를 반죽하려고 하니 시간이 어중간하다. 만들어 놓는다고 해도 점심을 먹는 동안 모두 얼어 버릴 것이 뻔하다.

석탄이 천천히 타오르기 시작하더니, 이젠 제법 뜨겁게 불이 타오른다. 그렇다고 해도 난롯가에서나 따뜻하지, 기계실 전체의 온도가 변한 것은 아니다.

네 사람은 모두 장갑을 벗고, 난로에 불을 쬐고 있다.

신을 신은 채, 발을 쬐는 건 금물이다. 이 점은 특히 조심해야 한다. 보통 구두면 가죽이 트게 되고, 펠트화는 김이 무럭무럭 나고 축축해지기만 할 뿐, 발가락은 좀처럼 녹으려 들지 않는다. 그렇다고 불 가까이 바싹 갖다 댔다가 불이라도 붙는 날이면, 겨우내 구멍 뚫린 신발을 질질 끌고 다녀야 할 판이다. 신발을 교환한다는 것은 거의 불가능한 일이기 때문이다.

"슈호프야 무슨 걱정이 있나?" 킬리가스가 말을 걸었다. "그렇지 않은가? 슈호프야 벌써 한쪽 발은 고향집 문턱에 걸치고 있는 셈이잖아."

"그렇지, 저쪽 신발을 벗은 발은 수용소에 있는 발이 아니야." 누군가 이렇게 맞장구를 치자 모두들 한바탕 웃어 댔다. (슈호프는 그때, 불에 타 구멍이 뚫린 왼쪽 신발을 벗어 발싸개를 말리고 있던 참이었다.)

"슈호프야 형기가 거의 끝나 가고 있지 않던가."

킬리가스 본인의 형기는 이십오 년이다. 한때는 아주 좋은 때도 있어서, 무조건 십 년이 언도된 적이 있었다. 그런데 1949년 이후부터는 시대가 바뀌어, 일단 걸려들기만 하면 모두 이십오 년이었다. 십 년이라면 어떻게든 죽지 않고 살아 나갈 수도 있겠지만, 수용소에서 이십오 년을 견뎌 보라구?!

저 사람들이 슈호프를 가리키면서, 저 녀석은 출소할 날이 얼마 남지 않았어, 하고 말하는 것을 들을 때면, 그다지 기분 나쁜 것이 아니다. 그러나 슈호프 자신은 어쩐지 그다지 믿어지지 않는다. 슈호프가 직접 본 일로, 옛날 전쟁 중에 형기가 끝난 죄수들을 모두 "추후 상부 방침이 있을 때까지", 그러니까 1949년까지 그냥 아무런 이유도 없이 붙잡아 뒀다. 게다가 더욱 심한 것은, 누군가 삼 년을 언도 받았는데, 형기를 마치고 나서는 다시 오 년으로 추가형을 받은 경우도 있었다. 법률이란 것은 도무지 믿을 것이 못 된다. 십 년을 다 살고 난 다음에, 옜다 이 녀석아, 한 십 년 더 살아라 하게 될지, 아니면 유형살이를 보낼지 누가 알겠는가.

어떤 때는 다른 생각을 하며 기뻐서 어쩔 줄 모를 때도 있다. 어쨌든 형기는 끝나 가고 실패는 점점 풀어지지 않는가 말이다……. 오, 하느님! 내 발로 자유롭게 다닐 때가 있겠습니까? 예?

그러나 그런 이야기를 수용소의 고참들이 있는 데서 한다는 것은 실례가 된다. 슈호프가 킬리가스에게 말한다.

"자네한테 내린 이십오 년의 형기를 자꾸 세려고 하지 마! 이십오 년을 살지 어떨지는 아무도 몰라. 확실한 건 내가 꼬박 팔 년을 살았다는 것뿐이야!"

발밑만 보고 걸어 다니란 말이지. 그러면, 어떻게 이곳엘 들어왔는지, 어떻게 이곳을 나갈 것인지 하는 생각을 할 시간이 없을 테니 말이야.

형식적으로 말한다면, 슈호프가 수용소에 들어온 죄목은 반역죄이다. 그는 그것이 사실이라고, 또 일부러 조국을 배반하기 위해 포로가 되었고, 포로가 된 다음 풀려난 것은 독일 첩보대의 앞잡이 노릇을 하기 위해서였다는 사실도 인정했다. 그러나 어떤 목적을 수행할 계획이었는지는 슈호프 자신도, 취조관도 꾸며 낼 수가 없었다. 그래서 그냥 목적이 있었다는 것만으로 결정을 내렸다.

슈호프는 그저 단순하게 계산 속으로 결정해 버렸다. 즉, 부정하면 죽음을 각오해야 하는 반면, 인정하면 얼마가 됐든지 간에 목숨을 부지할 수는 있었다. 그래서 서명했던 것뿐이다.

사실을 말하자면 이렇다. 1942년 2월, 그가 속해 있던 부대가 북서부 전선에서 완전히 포위되었다. 비행기의 식량 보급도 중단되었다. 아예 비행기라곤 하나도 눈에 띄지 않을 정도였다. 병사들은 죽은 말의 발굽을 칼로 깎아서 그 각질 부분을 물에 불려 먹으며 사는 지경에까지 이르렀다. 탄약도 물론 한 발도 없었다. 그러던 중에 몇 명씩 독일군에게 잡혀 포로가 되었다. 슈호프도 포로 중의 하나였다. 그러나 그는 숲 속에 있었던 이틀 동안만 포로였을 뿐이다. 네 사람의 동료들과 함께 도망쳐 나왔던 것이다. 얼마 동안 숲과 늪을 헤매다가 기적적으로 우군 부대를 만나게 되었다. 그러나 같이 탈주했던 사람들 중에서 두 명의 자동총수는 즉석에서 사살되었고, 세 번째는 부상을 당해 오는 도중 상처가 깊어져서 죽게 되었고, 끝까지 살아남은 사람은 두 사람뿐이었다. 두 사람 모두 조금만 분별이 있었다면, 숲에서 길을 잃었다고 보고해서 그냥 아무 일 없이 넘겼을 것이다. 그런데 독일군의 포로가 되었다가 돌아왔다는 사실을 모두 털어놓은 것이 화근이 되었다. 포로였다고? 이런 죽일 놈들을 봤나! 하고 괘씸하게 생각한 것이다. 만약 다섯 명 모두 살아 있었더라면, 증거를 들어 그들을 믿었을지도 모른다. 그런데 두 사람뿐이라는 것은 영 믿어 주지 않았다. 미리 짜고 속이려 든다고 생각한 것이다.

잘 들리지도 않는 귀로 세니카 클레프신이 포로가 되었다가 탈주했다는 말을 들은 모양이었는지 큰소리로 말했다.

"나는 세 번 포로가 되었다가 세 번이나 탈출을 시도했고, 또 세 번이나 붙잡혔지."

세니카는 참을성이 많은 데다 말수가 적은 사람이다. 남의 말을 들으려고도 하지 않고, 남의 잡담에 끼어들지도 않는 성미다. 그래서 그의 과거는 거의 아무도 모르고 있다. 다만, 부헨발트에 들어갔다는 것과 거기서 지하 조직에 가담하여 폭동을 일으킬 목적으로 무기를 들여왔다는 것과 두 손을 결박당한 채 천장에 매달려 죽도록 얻어맞았다는 것이 고작이었다.

"이봐, 바냐! 팔 년 동안 수용소 생활을 했다고 했는데 말이야, 도대체 어느 수용소에서 생활했나?" 킬리가스가 다시 말을 꺼냈다. "보통 수용소와는 다른 곳인가? 그곳에서 여자들과도 함께 지냈고, 또 번호표도 달지 않았을 테지? 여기 같은 중형 수용소에서 팔 년을 썩어 보게! 지금껏 한 놈도 살아남지 못했어."

"여자들하고 같이? ……여자들이 아니라 통나무들하고 같이 살았지!"

슈호프는 난로 속에서 타오르는 불길을 무심히 바라보았다. 북방에서 지낸 칠 년간의 세월이 아련히 떠오른다. 그곳에서 삼 년간은 산판에서 통나무와 침목 나르는 일을 했다. 지금 타오르는 불길처럼 그때에도 이렇게 혀를 날름거리며 모닥불이 타올랐다. 다만 숲이었고, 지금처럼 낮이 아니라 밤이었다는 것만 다를 뿐이었다. 그곳에서는 낮에 작업량을 다 채우지 못한 반은 밤중에도 산판에 남아서 계속 일을 해야 했다.

자정이 다 되어서야 수용소로 돌아왔고, 이튿날 아침이면 다시 새벽부터 산판으로 끌려 나가야 했다.

"이것들 봐. 꼭 그렇지도 않았어……. 오히려 여기가 더 편해." 슈호프가 낮은 목소리로 말했다. "그래도 여기서는 죄수들이 작업을 마쳤건 못 마쳤건 막사로 보내 주는 데다, 최소한 100그램의 빵은 보장되어 있잖은가! 특수 수용소라고는 하지만 그것이 무슨 대수인가. 그리고 뭐 번호표가 무슨 소용인가. 번호표가 무거워서 달고 다니기 힘든 것도 아니고 말이야."

"여기가 더 나은 편이라고!" 페추코프가 끼어들었다. (때가 점심 휴식 시간이라서, 모두들 난로 옆으로 모여든 것이다.) "누워서 잠을 자다가도 칼에 찔려 죽어 가는데 여기가 더 낫다는 거야……."

"칼에 찔려 죽은 놈은 사람이 아니라 밀정놈이었지!" 파블로가 손가락을 들어 페추코프를 위협하며 말했다.

사실, 수용소 안에 무슨 새로운 현상이 시작된 건 사실이었다. 아주 유명한 밀정 두 놈이 아침 기상 시간에 즈음해서 칼에 찔려 죽은 사건이 있었다. 그다음에는 평범하고 아무런 죄없는 작업반원이 또 당한 일이 있었는데, 아마 자리를 잘못 안 모양이었다. 그러자, 밀정 한 놈은 영창을 자청해서 석조 건물의 독방 감옥으로 도망가 버렸다. 기특한 일이다. 일반 수용소에서는 그런 놈을 본 적이 없다. 하긴 이곳에서도 그런 일은 처음 있는 일이었다.

그때, 갑자기 이동발전소의 기적 소리가 들려왔다. 이 기적 소리는 경쾌하고 힘차게 소리를 내지 못하고, 처음엔 마치 목청을 가다듬기라도 하는 듯 약간 쉰 소리로 울려 왔다.

이제, 반나절이 지났다! 점심시간이다!

에이, 공연히 시간을 낭비했군. 미리 식당에 가서 줄이라도 맡아 두었으면 좋았으련만! 식당 하나에 열한 개 반이 배정되었다. 게다가 식당엔 두 반만이 겨우 들어갈 수 있을 뿐이다.

반장은 아직 돌아오지 않고 있다. 파블로가 반원들을 잽싸게 둘러보고는 곧 결정을 내렸다.

"슈호프와 고프치크는 나와 함께 식당으로 가자고. 그리고 킬리가스, 자네는 준비가 되는 대로 고프치크를 보낼 테니 반원을 인솔해서 식당으로 오게."

그들이 난롯가에서 물러나자 금세 다른 반원들이 그 자리를 비집고 들어가느라 소란이다. 마치, 계집을 둘러싸고 있기라도 하듯, 둥그렇게 난로를 에워싸고 독점할 기회를 노리고 있다.

"이제 그만하고, 담배나 피우세!" 몇 사람이 이렇게 소리를 친다.

그러자 모두들, 서로 누가 담배를 피우지 않나 하고 쳐다보고 있다. 그러나 아무도 담배를 꺼낼 생각을 하지 않는다. 없어서 그러는 건지, 아니면 남에게 보여 주기 싫어서 그냥 쥐고만 있는 건지 모를 일이다.

파블로와 함께 슈호프가 밖으로 나갔고, 그 뒤를 고프치크가 토끼 모양 깡총깡총 뛰면서 따라가고 있다.

"날씨가 좀 풀린 것 같아요." 슈호프가 어림짐작으로 말했다. "영하 18도는 될 것 같아요, 그 이하는 아니에요. 벽돌을 쌓기에는 좋은 날씨죠."

그들이 뒤를 돌아다보았을 때는, 작업자들이 벌써 발판 위에 벽돌을 꽤 많이 올려다 놓았다. 위층에 있는 지붕 위까지 올려다 놓은 것도 있었다.

슈호프는 눈을 가늘게 뜨고 하늘을 보며, 해군 중령이 말한 그 법령인가 뭔가 하는 것을 생각하며, 태양의 위치를 가늠해 본다.

바람이 막 몰아치는 허허벌판으로 나오니, 온몸이 움츠러들고 살이 떨어져 나갈 것 같다. 지금은 정월이 아니던가.

작업장 식당은 난로를 중심으로 판자를 둘러싸고, 그 틈새를 녹슨 양철 조각으로 막아 놓은 작고 엉성한 판잣집이었다. 내부 역시 판자로 막아서 한쪽은 부엌으로 사용하고, 한쪽은 식당으로 사용하고 있다. 이쪽이나 저쪽이나 모두 마루도 없는 흙바닥이다. 흙바닥을 밟고 다니다 보니, 여기저기 흙바닥이 움푹움푹 패어 있다. 게다가 부엌이라고 해 봐야 네모난 난로가 하나 있을 뿐이고, 그 위에는 큰 솥이 하나 놓여 있는 것이 전부다.

이 부엌을 관리하고 있는 사람은 취사요원 한 사람과 위생사 한 사람이 고작이다. 취사요원은 아침에 수용소에 있는 본부 식당에서 껍질째 빻은 곡분을 받아 가지고 나온다. 일인당 50그램이니까, 한 반당 1킬로그램쯤 된다. 전체 작업장 인원들을 계산해 보면, 1푸드[5]가 약간 못 나가는 양이다. 취사요원은 3킬로미터나 떨어진 작업장까지 그 곡분 가루를 메고 오려 들지 않는다. 그는 개인 조수에게 들려 가지고 온다. 허리를 부러뜨릴 일이 뭐 있단 말인가. 작업원들의 몫에서 조금 떼어 개인 조수에게 죽 한 그릇만 퍼 주면 그만이다. 물을 날라 오는 일도, 장작을 나르는 일도, 난로에 불을 때는 일도 취사요원이 직접 할 필요가 전혀 없는 것이다. 어차피 자기 밥그릇에서 나가는 것도 아닌데, 인색할 필요가 없다. 모두 죽 한 그릇씩만 더 퍼 주면 만사가 해결된다. 점심은 모두 식당에서만 먹게 되

---

5) 옛날 러시아 중량 단위로 1푸드는 16.38킬로그램이다.

어 있다. 죽그릇도 매일 수용소 본부에서 날라 온다. (작업장에 그릇을 놓아두면, 민간인들이 와서 모두 집어 가게 마련이다.) 이때 가져오는 그릇은 오십 개가 미처 안 되기 때문에 한쪽에서는 먹고 난 그릇을 재빨리 씻어, 돌려야 할 판이다. (그렇게 그릇을 가져오는 녀석들에게도 모두 죽 한 그릇씩은 더 퍼 주게 마련이다.) 식당에서 죽그릇을 들고 나가지 못하게 하기 위해서 또 한 명의 개인 조수가 문 앞에 서서 지켜보았지만, 아무리 눈을 부릅뜨고 있어도, 여전히 그릇은 밖으로 빠져나가기 일쑤다. 문지기의 눈을 피해 몰래 가져 나가는 경우도 있지만 이런저런 이유를 붙여 문지기를 설득해서 가지고 나가는 경우도 있다. 그래서 작업장을 한 바퀴 빙 돌면서 그릇을 걷어 올 또 한 명의 조수가 필요하다. 게다가 그 그릇을 씻어 부엌으로 갖다줄 조수도 또 필요하다. 이놈이든 저놈이든 간에 어쨌든 또 죽 한 그릇씩을 퍼 줘야 한다.

그러다 보니 취사부가 하는 일이란 솥에 곡분과 소금을 넣는 일이고, 기름 덩어리에서 솥에 들어갈 기름 덩어리와 자기 몫으로 좀 더 질이 좋은 기름 덩어리를 분리하는 일이 고작이다. (질 좋은 기름이 죄수들 입에 들어가는 일은 전혀 없다. 질이 좋지 않으면 배급받은 기름 덩어리가 모두 솥에 들어가게 된다. 그래서 죄수들은 본부 식당에서 지급되는 기름 덩어리가 질이 나쁜 것이기를 바랄 정도이다.) 하기야, 죽을 저으면서 익었나 안 익었나를 확인하는 일도 취사부가 하는 일 중의 하나다. 그런데 이 위생사란 작자는 그나마도 할 일이 없는 놈이다. 가만히 앉아서 쳐다보는 것이 일이다. 죽이 다 끓으면 위생사에게 먼저 맛을 보인다. 맛을 본다기보다는 배가 터지도록 처먹는다는 것이 옳은 말이다. 그런 다음 취사부란 놈 역시 배가 터지라고 먹어 댄다. 그러면 식당 당번인 작업반장이 들어와서 시식을 하게 된다. 식당 당번은 매일 교대로 바뀌는데, 그날 당번이 죽이 죄수들 먹기에 적당한지를 검사하는 것이다. 그놈도 최소한 두 그릇은 먹는 것이 관례로 되어 있다.

당번 반장이 시식을 끝낼 때면, 점심 식사 시간을 알리는 기적이 울린다. 각 반의 반장이 차례로 창구에 가서 취사부가 떠 주는 죽그릇을 받는다. 죽이라고 해 봐야, 겨우 밑바닥이 보이지 않을 정도밖에는 안 된다. 그렇다고 해서 이러니저러니 따지려 들었다가는 괜히 손해 보는 것은 자기 쪽이다.

멀리 펼쳐진 허허벌판 위로 언제나 바람이 불어 댄다. 여름엔 건조하고 뜨거운 열풍이 몰아치고, 겨울에는 살을 에는 냉랭한 한풍이 몰아친다. 옛날부터 이곳은 불모의 땅이었다. 그런데, 겹겹이 에워싸인 수용소의 철조망 안에서야 더 말할 나위가 없다. 빵은 빵공장에나 가야 볼 수 있고, 귀리는 곡식창고에나 가야 볼 수 있을 정도다. 등뼈가 부서져라 하고 땅을 판다 해도, 땅에 배가 닿을 정도로 김을 맨다 해도 단 하나의 낟알도 얻을 수 없는 곳이다. 상부에서 정해 준 배급을 제외하고는 더 이상 아무것도 얻을 수 없는 곳이다. 그나마 그 규정량마저도 취사부니 개인 조수니 그리고 어영부영하면서 펜대나 놀리고 있는 놈들에게 이리 뜯기고 저리 뜯겨 정작 본인에게 돌아오는 것이란 거의 없다. 가로채는 것은 여기 작업장에서도 수용소 안에서도 그리고 그보다 더 먼저 곡식창고에서부터 이미 배급량을 빼돌리는 것은 예사로 되어 있다. 공교롭게도 남의 것을 훔치는 놈일수록 땅을 파는 일과는 먼 놈들인 것이다. 군말 말고 땅이나 파고 주는 것이나 받고 꺼지라는 식이다. 냉큼 죽을 받아 들고 창구에서 물러나란 말이다.

강한 놈은 살아남고, 약한 놈은 죽는 법이다.

파블로는 슈호프와 고프치크와 함께 식당 안으로 들어섰다. 식당 안은 빽빽하게 사람들이 들어차 있다. 사람들의 등에 가려서 식탁이고 걸상이고 눈에 보이지 않을 정도다. 앉아서 먹고 있는 패들도 눈에 띄었지만, 대부분은 그냥 서서 먹고 있다.

아침 내내 추운 데서 구덩이를 파고 있던 제82반 반원들은 신호가 떨어지자마자 제일 먼저 들어온 모양이다. 그들은 대부분 이미 식사를 끝낸 후였는데도 좀처럼 의자에서 일어날 기색이 없다. 그도 그럴 것이 이 추위에 밖에 나가면 어디서 몸을 녹인단 말인가? 다른 반원들이 빨리 일어나라고 소리를 질러 댔지만, 여전히 버티고 있다. 나가서 추위에 떠느니 욕을 먹으면서라도 식당 안에 있는 것이 훨씬 낫기 때문이다.

슈호프와 파블로는 팔꿈치로 사람들을 밀고 들어섰다. 제대로 온 것 같다. 지금 창구에서 죽그릇을 받고 있는 반만 빼면, 한 반밖에 줄이 없는 상태다. 저쪽 반도 부반장이 와서 기다리고 있다. 그렇다면 나머지 다른 반들은 모두 그 뒤 차례가 되는 것이다.

"그릇 줘! 그릇!" 창구에 얼굴을 내밀고 취사부가 고함을 친다. 누군가 벌써, 그에게 그릇을 갖다준다. 슈호프도 얼른 그릇을 모아다가 창구 안으로 넣어 준다. 죽 한 그릇을 더 먹자고 하는 것이 아니라 서두르기 위해서다.

칸막이 한쪽에서는 취사부 개인 조수 몇 사람이 그릇을 닦고 있다. 저 녀석들은 물론 죽 한 그릇에 눈이 어두워서 일을 하고 있는 놈들이다.

파블로 앞에 서 있는 다른 부반장이 죽그릇을 받을 차례다. 파블로가 얼른 소리를 친다.

"고프치크!"

"여기 있어요!" 문 쪽에서 그가 대답한다. 새끼 염소 소리 같은 그의 가느다란 목소리가 들려온다.

"반원들을 데려와!"

그러자 쏜살같이 달려간다.

그런데, 중요한 사실은 오늘 죽이 아주 질이 좋다는 것이다. 귀리죽이다. 귀리죽은 좀처럼 보기 드물다. 보통 하루에 풀죽이 두 차례 나오거나 멀건 보리죽이 고작이다. 귀리죽은 낱알도 섞여 있고 됨직해 보이는 것이 먹고 나면 배가 제법 든든해서 좋다.

슈호프는 어릴 적에 말에게 귀리를 먹이고는 했다. 그때만 해도 슈호프 자신이 이런 몇 숟가락의 귀리죽에 어쩔 줄 모르고 행복에 겨워하게 되리라는 사실은 꿈에도 몰랐다.

"그릇 줘! 그릇!" 창구에서 재촉한다.

드디어 제104반 차례가 돌아왔다. 앞에 서 있던 부반장 파블로가 '반장' 몫으로 2인분의 죽을 받아 들고 창구에서 물러난다.

그것도 다른 죄수들 몫에서 뗀 것이다. 그러나 이번에도 그 누구 하나 시비를 거는 사람은 없다. 원래, 반장에게는 두 사람 몫을 주게 되어 있다. 그래서 반장이 먹든 부반장에게 양보를 하든 그것은 반장 자유다. 추린이 파블로에게 넘겨준 것이다.

지금부터 슈호프는 바쁘게 움직여야 한다. 슈호프는 식탁 한 모서리를 밀고 들어가서 허술하게 보이는 두 놈을 쫓아내고, 번듯한 작업원에게는 정중하게 양해를 구한 다음, 죽그릇 열두 개를 늘어놓을 수 있는 식탁을 마련한다. 그것들을 잘 놓은 다음, 그 위에 여섯 개를 더 얹고, 그다음에 다시 두 개의 죽그릇을 더 올리면 된다. 장소를 확보하고 나면 이제 파블로에게서 죽그릇을 받아 그와 함께 죽그릇을 확인하고, 다른 한편으로는 다른 반원들이 죽그릇을 훔쳐 가지 못하게 잘 살피고 있어야 한다. 또한 옆사람의 팔꿈치에 부딪혀 죽그릇을 쏟지 않도록 조심하는 것도 잊어서는 안 된다. 옆자리에서는 다른 반원들이 식사를 마치고 일어나고 다른 반원들이 자리를 차지하고 앉아서 죽을 먹기 시작했다. 그러므로 경계선을 잘 기억해 두어야 한다. 이쪽 반원들의 죽그릇을 슬쩍할지도 모르는 일이다.

"둘! 넷! 여섯!" 취사부가 칸막이 뒤에서 죽그릇을 세고 있다. 그는 항상 한 번에 두 그릇씩 세면서 준다. 이렇게 하는 것이 훨씬 편리하다. 한 그릇씩 세다가는 실수를 하게 마련이다. 슈호프는 그것을 받아 식탁 위에 올려놓는다. 슈호프는 소리를 내서 계산하지는 않지만, 속으로 계산하는 것은 두 사람보다 더 정확하다.

"여덟! 열!"

그런데 무슨 일인지 고프치크는 도무지 반원들을 데리고 나타날 생각을 하지 않는다.

"열둘! 열넷……." 계속해서 수를 세고 있다.

그런데 그때, 취사장에 그릇이 동이 났다. 슈호프가 파블로의 어깨 너머로 취사장 안을 슬쩍 들여다보니, 취사부가 죽그릇을 창구에 올려놓은 채로, 딴 데 정신을 팔고 있다. 아마도 뒤를 돌아보며 그릇을 빨리 닦으라고 고함을 치고 있는 중인 모양이다. 그때, 빈 그릇이 몽땅 창구 안으로 들어갔다. 취사부는 죽이 담긴 그릇에서 손을 떼고는 빈 그릇을 들어 뒤로 건네준다.

슈호프는 식탁에 쌓아 둔 자기 반원들의 죽그릇을 그냥 놔둔 채, 재빨리 한 발로 의자를 건너뛰어서는 창구에 있는 죽그릇을 앞으로 당겼다. 그러고는 취사부에게라기보다는 파블로에게 낮은 목소리로 말한다.

"이번에 열넷이야!"

"잠깐만! 어디로 가져가는 거야?" 취사부가 소리를 질렀다.

"저건, 우리 반 거야." 파블로가 대답한다.

"너희 반 것이든 어쨌든, 계산을 정확히 해야 할 것 아냐?"

"이번이 열네 번째야!" 파블로가 어깨를 한 번 들썩해 보이고는 말한다. 자신이 죽그릇 수를 속이려고 한 것은 아니었다. 부반장의 위신도 있는 일이니까 말이다. 그러니 자신은 죄가 없다. 슈호프가 말한 대로 따라 한 것밖에는 아무 죄도 없는 것이다. 일이 크게 벌어지면 슈호프에게 덮어씌우면 그만이다.

"열넷은 벌써 나갔잖아!" 취사부가 언성을 높였다.

"그래서 어쨌다는 거야. 세긴 셌지만, 손으로 집고 준 건 아니었잖아!" 이번에는 슈호프가 대신 답변을 했다. "못 믿겠다면, 이리 와서 직접 확인해 보면 될 것 아냐? 자, 여기 모두 있으니까 와서 보란 말이야!"

슈호프가 취사부에게 소리쳤다. 슈호프는 자기 쪽으로 사람들을 밀치고 들어오고 있는 두 에스토니아인을 발견하고는 그들에게 벌써 죽그릇을 하나씩 안긴 후였다. 그런 다음, 식탁 앞으로 벌써 돌아왔고, 다시 한번 수를 세는 것도 이미 끝낸 상태였다. 아무도 죽그릇에 손을 대지는 않았다. 훔치려면 충분히 훔칠 수도 있었을 텐데 말이다.

취사부가 불그레한 얼굴을 창구 밖으로 쑥 내밀고는 물었다.

"죽그릇들은 어디 있어?" 그가 으름장을 놓는다.

"여기 있어, 자, 보라고!" 슈호프가 소리쳤다. "이것 봐, 여기 두 사람 좀 비켜 줘!" 슈호프는 누군가를 밀어내고는 다시 말했다. "봐, 여기 두 개 있잖아!" 그는 위층에 올려놓았던 죽그릇을 번쩍 들어 올려 보이며 말했다. "밑에 네 그릇씩 해서 세 줄이 틀림없잖아."

"반원들은 다 왔어?" 취사부가 여전히 의심스럽다는 듯한 표정으로 조그만 창구에 얼굴을 바싹 들이밀고 물었다. 솥에 죽이 얼마나 남았는지 보이지 않게 하기 위해서 창구 구멍은 아주 작게 뚫어 놓았다.

"아직 반원들은 안 왔어." 파블로가 고개를 저었다.

"반원들은 아직 안 왔는데, 왜 죽은 벌써 타 놓고 지랄이야!" 취사부는 화가 났는지 버럭 소리를 지른다.

"오고 있다! 저기 반원들이 오고 있어!" 슈호프가 소리쳤다.

그때, 출입구 쪽에서 해군 중령이 들어오면서 고함을 치는 소리가 들려온다.

"왜 식탁에는 눌어붙어 있어? 먹었으면, 빨리 꺼지지 못하고 말이야! 다른 사람도 앉아야 할 것 아니야!"

취사부는 뭐라고 계속 중얼거리기는 했지만, 어쩔 수 없다는 듯 구부렸던 허리를 쭉 펴고는 말했다. 창구에 그의 손이 다시 나타났다.

"열여섯! 열여덟……."

그러고는 마지막으로 한 그릇에 곱빼기로 담아 준다.

"스물셋! 다 나갔어, 다음 반!" 하고 소리친다.

반원들이 몰려들기 시작했다. 파블로는 한 사람 한 사람에게 죽그릇을 배정한다. 다른 쪽에 앉은 반원들에겐 다른 사람들의 머리 위로 죽그릇을 건네 보낸다.

의자 하나에 여름이면 다섯 명씩도 앉을 수 있지만, 겨울에는 옷을 두껍게 껴입어서 그런지 네 사람이 간신히 앉을 정도인 데다가 숟가락질하기도 힘들다.

슈호프는 취사부를 속여 두 그릇이나 횡령한 죽그릇 중에서 최소한 한 그릇은 자기 몫으로 떨어지겠지 하는 생각으로 우선 자기 죽그릇을 얼른 받아 들었다. 그는 오른쪽 무릎을 배 가까이 들어 올리고는, 펠트화 속에서 '우스치―이지마 1944년'이라고 적힌 숟가락을 얼른 꺼낸다. 그런 다음 모자를 벗어 왼쪽 겨드랑이에 끼고, 숟가락으로 죽그릇의 가장자리부터 먹어 들어가기 시작한다.

이제, 죽을 먹는 이 순간부터는 온 신경을 먹는 것에 집중해야 한다. 얇은 그릇의 밑바닥을 싹싹 긁어서 조심스럽게 입 속에 넣은 다음, 혀를 굴려서 조심스레 천천히 맛을 음미하며 먹어야 한다. 그러나 파블로에게 죽그릇이 벌써 비었다는 것을 보여 주고, 한 그릇을 더 배당받기 위해서는 오늘만은 좀 서두를 필요가 있다. 게다가 두 에스토니아인들과 같이 들어온 저 페추코프 녀석은 두 그릇을 더 타 냈다는 것을 이미 눈치채고, 파블로 맞은편에 서서 자기 죽그릇을 비우며, 아직 주인을 찾지 못한 네 그릇의 귀리죽 임자가 누가 될 것인가 하고 잔뜩 눈독을 들이고 있다. 그는 파블로에게 한 그릇이 아니면 반 그릇이라도 좋으니 자기도 빼놓지 말라는 듯, 압력을 가하고 있다.

그러나 거무스름한 얼굴의 젊은 파블로는 곱빼기가 담긴 자기 죽그릇을 천천히 비우고 있다. 그의 표정으로 보아서는, 옆에 누가 서 있는지, 2인분의 귀리죽이 아직 주인을 못 만나고 있다는 것을 알고 있기라도 한지 도무지 감을 잡을 수가 없다.

슈호프는 죽그릇을 다 비웠다. 귀리죽을 먹으면 워낙이 뱃속이 든든한 법인데, 오늘은 처음부터 두 그릇을 기대하고 있었던 때문인지, 여느 때처럼 그렇게 포만감이 들지도 않는다. 슈호프는 겉옷의 앞섶 호주머니에서 얼지 않게 흰 마스크에 싸 놓았던 반원형의 빵 껍질을 꺼냈다. 그는 그것으로 그릇 밑바닥이나 옆구리에 눌어붙은 찌꺼기를 아주 정성스럽게 싹싹 훑기 시작한다. 그런 다음 껍질에 묻어난 죽 찌꺼기를 혀로 한 번 핥은 다음, 다시 그것으로 죽그릇을 닦았다. 죽그릇은 물로 씻은 것처럼 깨끗해졌다. 희뿌연 흔적이 남아 있긴 했지만, 그것은 어쩔 수 없는 노릇이다. 그는 어깨 너머로 그릇을 거두는 놈에게 넘겨주고, 모자를 벗은 채 잠시 그대로 앉아 있다.

죽그릇 수를 속인 것이야 슈호프였지만, 죽그릇의 주인은 엄연히 부반장이다.

파블로는 얼마간 더 뜸을 들인 다음에 자기 죽그릇을 다 비웠다. 그릇을 핥을 생각은 않고, 숟가락만 핥고는 숟가락을 챙겨 넣고 성호를 긋는다. 그런 다음, 아직 손도 대지 않은 죽그릇 네 개 중에서 두 개를 약간 옮겨 보이며(옮길 자리도 없을 정도로 좁은 곳이었으니까.) 슈호프에게 전해 준다.

"이반 데니소비치! 한 그릇 더 하게. 그리고 한 그릇은 체자리에게 전해 줘." 하고 말했다.

슈호프는 현장 사무소에 있는 체자리에게 죽 한 그릇을 갖다줘야 한다는 것을 기억하고 있기는 했다. (체자리는 수용소 안에서는 물론이고, 이런 작업장에서도 식당에서 식사를 하는 법이 없다.) 그러나 파블로가 두 그릇을 자기한테 건네주는 순간에는 정말이지 심장이 다 멈춰 버릴 정도였다. 두 그릇을 다 나에게 준단 말인가 하는 생각이 순간적으로 일었기 때문이다. 그러나 이젠 심장이 다시 정상적으로 뛰기 시작한다.

이제 그는 자기가 정당하게 차지한 여분의 죽그릇을 들고, 옆에서 다른 반원들이 밀고 야단을 치는 것도 의식하지 못하고, 진지한 표정으로 먹기 시작한다. 다만, 나머지 한 그릇이 페추코프에게 돌아가면 어쩌나 하는 것이 한 가지 걱정이다. 페추코프란 놈은 늑대처럼 먹는 데는 노련하지만, 죽그릇을 속일 만큼의 용기는 없는 놈이다.

……바로 옆에 부이노프스키 중령이 앉아 있다. 자기 죽그릇을 비운 지는 오래되었지만 일어날 생각을 하지 않는다. 그러나 주인 없는 죽그릇이 아직 남아 있다는 것은 모르는 눈치다. 몇 그릇이 남았는가 하고 부반장 쪽으로 눈을 돌리지도 않는 것을 보면 말이다. 그는 이제 몸이 녹아서 나른해진 상태였고, 일어날 힘도 없는 데다 땡땡 얼어붙은 밖으로 나가 싸늘한 난롯가로 돌아갈 용기가 없었던 것이다. 그는 단지 오 분 전에 자신이 다른 반원을 마구 쫓아내고 차지한 자리에, 이젠 자신이 다른 반원들에게 내줘야 할 자리를 차지하고 버티고 있는 것이다. 그는 수용소에 들어온 지도 얼마 되지 않았고, 노동을 하는 것에도 익숙하지 않았다. 그런 그에게 지금과 같은 순간은 아주 소중한 시간인 것이다. (어쩌면, 그 자신도 그것을 자각하지 못하고 있을지도 모르지만 말이다.) 이 순간, 그는 쩌렁쩌렁한 목소리로 우렁차게 명령을 내리는 해군 중령에서 굼뜨고 소심한 한 사람의 수용소 죄인으로 변한 것이다. 그렇게 굼떠서야 앞으로 이십오 년이라는 수용소 생활을 어떻게 견딘단 말인가.

……그의 등을 밀고 욕지거리를 퍼부으며 자리를 비키라고 야단들이다.

파블로가 부이노프스키에게 말했다.

"함장! 이것 봐, 함장!"

부이노프스키는 졸다가 깬 사람처럼 흠칫 놀라며, 파블로를 바라본다.

파블로는 더 들지 않겠느냐고 물어보지도 않고, 그에게 죽그릇을 내민다.

부이노프스키의 눈썹이 위로 치켜올라가고, 그의 두 눈은 마치 무슨 기적이라도 보는 사람처럼 죽그릇을 바라본다.

"어서 가져가게, 어서!" 파블로는 그를 다독거리며 이렇게 권하고는, 반장 몫으로 나머지 죽 한 그릇을 들고 자리를 떴다.

유럽 주변의 해양을 항해하기도 했고, 북극해를 항해하기도 했던 함장의 주름진 입술 위에 어색한 미소가 떠올랐다. 그는 행복에 겨운 듯, 기름기라고는 없이 맹물에 귀리만 넣어 끓인 귀리죽에, 그나마 규정량에도 못 미치는 귀리죽에 얼른 덤벼들었다.

……페추코프는 슈호프와 부이노프스키를 한 번 노려보고는 자리를 떴다.

슈호프는 부반장이 부이노프스키에게 죽그릇을 준 것은 잘한 일이라고 생각했다. 그러다 보면, 점차 그도 수용소 생활에 익숙해지리라 생각한다.

슈호프는 또 혹시 체자리가 죽그릇을 자기에게 양보할지도 모른다는 막연한 희망을 가져 본다. 아니, 어쩌면 기대를 가질 필요가 없을지도 모른다. 체자리에게 소포가 온 지도 벌써 이주일이나 지났으니까.

두 번째 죽그릇을 다 비우고 난 슈호프는 아까처럼 빵 껍질로 그릇 밑바닥과 옆구리를 싹싹 긁고 나서, 혀 끝으로 핥은 다음 빵 껍질은 입에 털어 넣었다. 그런 다음 그는 체자리의 식은 죽그릇을 들고 나갔다.

"현장 사무소로 가져가는 중이야!" 슈호프는 출입구에서 그릇을 못 가지고 나가게 지키고 있는 감시원인 취사부의 조수에게 이렇게 쏘아붙이고는 밖으로 나온다.

현장 사무소는 수위실과 가까운 곳에 위치한 통나무집이다. 아침 때와 마찬가지로 굴뚝에서 검은 연기가 피어오르고 있다. 불을 지피는 일은 심부름까지 도맡아 하는 늙은 당번들이 하고는 하는데, 그들은 시간제로 작업량을 계산한다. 사무소의 난로에는 언제나 나무토막이나 장작이 충분히 공급된다.

슈호프는 삐그덕 소리를 내며 문을 열고 들어간다. 그다음에는 외풍을 막기 위해 만들어 놓은 문간방으로 들어간다. 그다음에는 포대를 잔뜩 붙여서 만들어 놓은 방문을 열고 들어간다. 문을 열자 하얀 냉기가 서린다. 그는 얼른 문을 닫는다. (그는 "야, 이놈아, 빨리 문 닫아!" 하고 소리를 지를까 봐 잽싸게 문을 닫았던 것이다.)

사무소 안은 한증막에라도 온 것처럼 더웠다. 유리창 가에 얼어붙은 얼음을 통해 바라다보이는 태양은 중앙난방센터에서 보던 것처럼 그렇게 냉랭하게 느껴지지 않고, 아주 따사롭고 기분 좋게 느껴진다. 그 햇살 사이로 체자리의 담뱃대에서는 성당에서 피우는 촛불 같은 연기가 흘러나오고 있다. 난로는 빨갛게 달궈져서 속이 다 보일 것처럼 맹렬하게 타오르고 있다. 굴뚝마저 빨갛게 달아올라 있다.

이렇게 따뜻한 곳에 잠시만 누워 있어도 금세 졸음이 올 것만 같다.

사무소 안에는 방이 두 개 있었다. 두 번째 방이 현장감독실이었다. 빠끔히 열린 문 틈으로 현장감독의 목소리가 우렁차게 들려온다.

"우리 쪽은 지금 임금도 지출 초과 상태이고 건설 자재도 규정량을 초과하고 있는 형편이야. 죄수들은 조립식 건물의 판자벽은 물론이고 귀중한 판재까지 마구 난로에 쑤셔 넣고 있단 말이야. 그런데도 모른 척하고 있으니 도대체 어떻게 된 거야. 시멘트도 마찬가지야. 며칠 전에만 해도 바람이 마구 부는데 창고에 시멘트를 하적하고 있더란 말이야. 글쎄, 10미터나 떨어진 곳으로 들것에 실어나르고 있지 뭐야. 창고 근처엔 무릎까지 빠질 만큼 온통 시멘트투성이지 뭐야. 검은색 작업복이 글쎄, 온통 재색으로 변할 정도였어. 시멘트를 얼마나 낭비했냔 말이야."

감독실에선 회의를 하는 중인 모양이다. 십장들이 한 십여 명 모였을 것이다.

입구 옆 구석에서는 당번이 더워서 녹초가 된 채 의자에 앉아 있다. 한쪽에는 베―219번인 쉬쿠로파젠코가 커다란 몸을 비스듬히 구부리고 눈을 부라리며 창문 밖을 내다보고 있다. 조립식 건물에서 누가 자재를 훔쳐 가지는 않나 하고 감시를 하고 있는 중이다. 이것 봐, 이 아저씨야. 그래 봐야 무슨 소용인가.

역시 죄수이긴 하지만 부기를 보는 두 사람이 난로 위에다 빵을 굽고 있다. 철사로 석쇠까지 만들어 그 위에 빵을 굽고 있는 것이다.

체자리는 자기 책상에 자리를 잡고 앉아서 담배를 피우고 있었다. 그러나 문 쪽으로 등을 돌리고 있었기 때문에 슈호프가 들어온지도 모르고 있다.

그의 맞은편에 앉아 있는 사람은 하―123번 죄수이다. 수용소 생활을 이십 년째 하고 있는 근육이 굵은 사람이다. 지금 그는 죽을 먹고 앉아 있다.

"바체카! 그렇다고는 하지만 말입니다……." 체자리가 담배 연기를 뿜어내며 아주 부드러운 어조로 말하고 있다. "객관적인 측면에서는 에이젠슈타인은 가히 천재적이라고 할 수 있습니다.「이반 뇌제」만 보더라도 말입니다. 천재적이지 않습니까? 친위대원들의 횃불춤 장면이라든가 사원에서의 장면을 보면 그렇다고 할 수 있지 않습니까?"

"너무 과장되어 있어요!" 숟가락을 입에 가져가다 말고, 하―123번이 강경한 어조로 말한다. "지나치게 예술적인 것은 이미 예술이 아니에요! 빵 대신 후추와 양귀비씨만 잔뜩 뿌려 놓은 거나 매한가지예요! 게다가 혐오스러운 그 정치 이념이란 것은 말이오, 개인의 전제정치에 대한 변호로 일관하고 있지 않습니까. 삼대에 걸친 러시아 인텔리겐차의 기억을 우롱하는 처사가 아니냔 말이오!" (그렇게 말하면서 그는 무의식적으로 죽을 먹고 있다. 저렇게 먹으면, 먹으나 마나가 아닌가.)

"하지만, 무슨 다른 해석이 가능합니까……."

"오호라, 무슨 해석이 가능하냐고! 천재라고 하는 말은 빼야지요! 상전이 시킨 일을 한 것이라고밖에는 달리 적당한 말이 없어요. 진짜 천재는 자고로 압제자의 구미에 맞추느라 왜곡해서 해석을 하는 일은 없어요!"

"음, 음." 교양 있는 사람들의 대화를 중단시키기는 송구스러운 일이기는 했지만 슈호프는 어쩔 수 없이 헛기침을 했다. 슈호프라고 마냥 서 있을 수만은 없는 일이 아닌가.

체자리는 몸을 돌리더니 슈호프를 쳐다보지도 않고 마치 죽그릇이 혼자 저절로 날아오기라도 한 듯, 손을 뻗어 자기 죽그릇을 받아 들면서 여전히 토론에 열중이다.

"그러나 제 말 좀 들어 보세요. 예술이란 무엇을 말하는가 하는 것이 아니라, 어떻게 말하는가 하는 것이 중요한 것입니다."

하—123번은 자리에서 벌떡 일어나면서 책상을 탁탁 쳤다.

"천만의 말씀이오. 그 어떻게라는 것이 우리에게 선한 감정을 고양시켜 주는 것이 아니라면 그게 다 무슨 쓸모가 있단 말입니까!"

슈호프는 죽그릇을 건네주고 실례가 되지 않을 만큼은 그 자리에 서 있었다. 그는 체자리가 혹시 담배를 권하지는 않을까 하는 기대감으로 그 자리에 서 있었던 것이다. 그러나 체자리는 슈호프에 대해서는 까맣게 잊고 있는 것 같았다. 마치 등 뒤에 슈호프가 있다는 것을 모르는 것처럼 말이다.

그러자 슈호프는 돌아서서 가만히 그곳을 나왔다.

밖은 그다지 춥지 않았다. 오늘 같으면 벽돌을 쌓는 데 그다지 지장이 없을 성싶다.

슈호프는 지름길을 걸어가다가 눈 위에 줄칼 조각이 떨어져 있는 것을 발견했다. 당장 어디에 쓸 데는 없지만, 언제 필요하게 될지 모를 일이다. 얼른 주워서 호주머니 속에 집어넣었다. 중앙난방 건물에 숨겨 두면 될 일이다. 준비하는 자는 부자보다 나은 법이다.

중앙난방 건물로 돌아온 슈호프는 무엇보다도 먼저 감춰 둔 흙손을 꺼내 허리춤에 꽂았다. 그런 다음에 모르타르가 놓인 기계실로 들어갔다.

눈부신 햇빛 속에 있다가 들어와서인지 실내는 한결 어두워 보이고, 바깥보다 더 춥게 느껴진다. 어쩐지 좀 축축한 느낌이 든다.

슈호프가 고쳐 놓은 원형난로와 하얀 김이 올라오는 모래를 녹이는 난로 주위에 모두 모여 있다. 난로 주위를 차지하지 못한 반원들은 모르타르 통 가장자리에 앉아 있다. 반장은 난로 옆에서 죽을 먹고 있다. 파블로가 난로에 엊어 데워 준다.

반원들 사이에서 수군수군하는 소리가 들린다. 재미있는 일이라도 있는 모양이다. 이반 데니소비치에게도 누군가 귓속말로 속삭인다. 반장이 작업량 사정에서 아주 좋은 결과를 얻었다는 것이다. 아주 기분이 좋아져서 돌아왔다고 한다.

무슨 일을 하기로 했는지 모르겠다. 물론 그것은 반장의 수완에 따른 일이다. 오늘 아침만 해도 그렇다. 별로 해 놓은 일 없이 반나절을 보낸 셈이 아닌가. 그런데도 아무런 문제가 없다. 난로를 수리한 일이나 창문을 막는 일은 작업량에 들어가지 않는다. 그거야 생산을 위해서라기보다는 자기 반원들을 위해서 한 일이니까 말이다. 어쨌든 작업 전표에 뭐든 기입을 해야 할 일이 아닌가. 어쩌면 체자리가 반장의 작업 전표에 뭔가 적당한 명목을 기입한지도 모를 일이다. 반장이 체자리에게 존경심을 보이는 것도 무리가 아니다.

"잘 막았다."는 말은 앞으로 닷새 동안은 배급 식량이 좋다는 것을 의미한다. 닷새라고 하지만 좀 더 정확히 하자면 나흘밖엔 안 된다. 수용소 당국은 닷새마다 하루를 절식일로 정하고 작업 성적이 좋든 나쁘든 수용소 전체가 똑같이 절식을 하는 것이다. 모든 죄수들에게 식량 배급을 공평하게 한다는 그럴듯한 이유를 대고 있기는 하지만, 죄수들의 굶주린 배를 담보로 식량을 아끼려는 의도일 뿐이다. 그렇다고 해 두자. 죄수들의 위장은 무슨 일이든 견뎌 내게 되어 있으니까. 오늘 하루 어떻게든 견디고 내일 실컷 먹으면 될 것 아닌가. 절식하는 날은 이런 기대를 걸면서 잠자리에 눕게 마련이다.

결국, 닷새 동안 일하고 나흘 동안 얻어먹는다는 결론이 나온다.

반원들은 잠잠했다. 담배를 가진 반원들은 몰래 숨어서 담배를 피우고 있다. 모두들 난로를 둘러싸고 둥그렇게 모여 앉아 불길을 바라보고 있다. 마치 대가족 같다. 사실, 반은 한 가족이나 마찬가지다. 난롯가에서 반장이 두세 명의 반원들에게 하는 이야기를 모두 듣고 있다. 그가 괜한 헛소리를 하는 법은 없다. 그가 만약 무슨 말을 한다면, 그것은 반원들을 위해서 하는 말이다.

반장 안드레이 프로코피예비치도 모자를 쓴 채로는 식사

를 못 하는 사람이다. 모자를 벗으면, 그가 이미 늙은이라는 것을 대번에 알 수 있다. 그 역시 다른 죄수들처럼 머리를 짧게 깎고는 있었지만, 불빛에서 보면 얼마나 흰머리가 많은지 금방 눈에 띈다.

"……나는 원래 대장 앞에만 나가도 덜덜 떠는 사람이었는데, 아, 그때는 연대장이 나를 불러들이는 거야, 글쎄! '붉은 군대 병사 추린, 연대장 동무의 명을 받고 왔습니다…….' 하고 말했지. 그러자 연대장이 눈썹을 잔뜩 찌푸리면서 다시 묻는 거야. '당신 부칭과 이름은?' 내가 대답했지. 그러자 그는 또 '생년월일은?' 하고 물었어. 또 묻는 대로 대답했지. 그때가 1931년도였고, 나는 스물두 살이었어, 아직 새파란 풋내기였지. '그래, 근무하기는 어떤가, 추린?' 하고 또 묻더군. '예, 근로 인민을 위해 일하고 있습니다!' 하고 대답했지. 그러자 연대장이 갑자기 화를 내며 두 손으로 책상을 마구 내리치면서 고함을 치는 거야. '근로 인민을 위해서라고? 그래, 그러는 넌 도대체 누구야, 이 비겁한 놈 같으니!' 이런 소리를 듣고 있자니 속이 부글부글 끓는 거야……. 그래도 꾹 참았지. 그러고는 말했어. '경기병으로 일등 사수의 칭호를 받고 있습니다. 그리고 정치 군사 양면에서 아주 우수한 성적을 얻었고……' 그러자 그가 소리를 버럭 지르는 거야. '뭐, 일등 사수? 이런 죽일 놈이 있나! 네 아비가 부농이 아니냔 말이야. 이걸 봐! 키메니에서 너에 대한 조회가 왔어. 아비가 부농이란 것을 숨기고도 무사할 줄 알았어? 당국에선 벌써 이십 년 전부터 네놈을 찾고 있던 중이야, 이 새끼야!' 나는 새하얗게 질려서 입을 꾹 다물고 그냥 떨고만 있었지. 나는 일 년 동안 집에 편지도 쓰지 않았어. 흔적이 남지 않도록 하기 위해서였지. 집에 무슨 일이 있는지도 몰랐고, 또 집에서도 나에 대해 전혀 모르고 있었지. '야, 이 자식아. 너에게도 양심이란 것이 있나?' 연대장은 가슴에 달린 훈장이 마구 흔들릴 정도로 몸을 떨며 잔뜩 흥분해서는 나에게 을러대는 거야. '노동자—농민의 소비에트 정권을 기만해도 유분수지!' 그때, 나는 실컷 얻어맞게 생겼구나 하고 생각하고 있었는데 때리지는 않았어. 그 대신 그 자리에서 '여섯 시간 이내에 영내에서 추방한다……'라고 쓰인 명령서에 서명했지. 그때가 십일월이었어. 겨울 군복을 회수해 가고 여름옷 한 벌을 주면서 나가라는 거야. 게다가 발급된 증명서에는 '부농의 자식으로…… 제대'라고 적혀 있는 거야. 그 증명서를 들고 일자리를 한번 찾아 보라지! 고향까지 가려면 사흘 밤낮은 걸려야 하는데, 무료 승차권은커녕 먹을 것도 안 주는 거야. 마지막으로 점심 한 끼 얻어먹고는 전투 지역으로부터 영원히 쫓겨나고 말았지.

……그러다가 코틀라스에 있는 이동 수용소에서 소대장을 만나게 되었어. 그 사람도 십 년 형을 받았다고 그러더군. 그 사람한테서 들은 바로는 그때, 나를 추방했던 연대장도 연대 정치위원도 1937년에 있었던 숙청 때 모두 총살당했다는 거야. 그때는 프롤레타리아니 부농이니 하는 문제도 아무 소용이 없었던 모양이야. 양심이 있느니 없느니 하는 것도 문제가 아니었던 거야……. 나는 성호를 긋고 이렇게 말했어. '하늘에 계신 창조자 하느님, 당신은 오래 참으시지만, 엄격한 벌을 내

리시는군요' 하고 말이야."

죽을 두 그릇이나 먹은 탓인지 슈호프는 담배 생각이 굴뚝 같았다. 제7호 막사에 있는 라트비아인에게 잎담배를 두 컵 살 수 있을 테니까, 그것으로 갚으면 될 거라는 생각을 하고, 어부 출신인 에스토니아인에게 귓속말로 청해 보기로 했다.

"이봐 에이노, 내일 저녁까지 갚을 테니, 담배 한 대 꿔 주게 나. 내가 거짓말하지는 않는다는 것은 잘 알지 않나."

에이노는 슈호프의 눈을 뚫어져라 쳐다본 다음 자기 단짝 인 에스토니아인에게 천천히 눈을 돌렸다. 그들은 무슨 일이 든 항상 같이 결정하고는 했다. 담배 한 대 꿔 주는 것도 혼자 서 결정하지 않는다. 저희들끼리만 아는 말로 뭐라고 속닥거 린 다음에 에이노가 붉은 끈이 달린 담배 쌈지를 꺼냈다. 잘 게 썬 담배를 두 손가락으로 집어서 슈호프의 손바닥에 덜어 놓으며, 분량을 재어 보고는 부스러기를 조금 더 덜어 놓는다. 정확히 한 대 분량이다. 모자랐으면 모자랐지 남지는 않을 분 량이다.

슈호프도 신문지는 가지고 있었다. 신문을 찢어서 담배를 만 다음, 반장 발밑에 나뒹구는 숯덩어리 하나를 집어서 불을 붙인다. 그런 다음, 한 모금 깊이 빨아들인다! 다시 빨아들인 다! 머리가 빙그르르 도는 것이 마치 머리에서 발끝까지 술기 운이 확 도는 것 같다.

담배에 불을 붙이기가 무섭게 맞은편에서 새파란 눈이 번 쩍하고 빛났다. 페추코프다. 저 늑대 같은 놈에게 한 모금 선 심을 쓸 수도 있다. 그러나 오늘만 해도 저 녀석은 몇 번이나 남의 담배를 얻어 피웠다. 슈호프 자신이 직접 목격했다. 세니카 클레프신에게 남겨 주는 것이 더 나을 것이라는 생각이 든다. 그는 반장이 무슨 소리를 하는지 듣지도 못하고 고개를 숙이고 불길만 바라보며 난로 옆에 앉아 있다.

난로에서 타오르는 불길이 반장의 얽은 얼굴을 발갛게 비추고 있다. 마치 다른 사람의 얘기를 하듯 무심하게 이야기를 하고 있다.

"가지고 있었던 것 모두를 싹 쓸어서, 사분의 일도 안 되는 헐값에 고물상한테 팔아서는 그 돈으로 암시장에서 빵 두 덩어리를 샀지. 이미 그때는 빵 배급제가 실시되던 때였거든. 정거장에 가서 화물 열차라도 탈 생각이었지. 그런데 그나마 재수가 없으려니까, 하필이면 그때가 화물 열차에 숨어 타는 것을 엄하게 단속하고 있을 때였던 거야. 자네들도 기억할지 모르지만, 그때는 특별한 신분증이나 출장증이 없으면 기차표를 살 수 없는 때였잖은가 말이야. 돈을 갖고도 살 수가 없었지. 플랫폼으로 숨어들기도 쉬운 일이 아니었어. 개찰구에는 민간 경찰이 지키고 있었고 정거장 양쪽 선로 끝에는 경비병이 파수를 보고 있었단 말이야. 어느덧 해가 기울어 물웅덩이에는 얼음이 얼기 시작했어. 어디서 밤을 보낼 것인가? ……아주 난감하더군. 기회를 엿보고 있다가 빵 두 덩어리를 손에 쥐고 미끄러운 돌담을 뛰어넘어 화장실로 숨어 들어갔지. 잠깐 숨을 죽이고 누구 따라오는 사람 없나 하고 살폈지. 아무도 없는 것 같았어. 승객처럼, 군복무 중인 병사처럼, 태연하게 밖으로 나갔지. 그때 블라디보스토크에서 출발하여 모스크바로 가는 기차가 닿아, 뜨거운 물을 얻으려는 승객들이 서로 머리에 냄비를 이고 북새통을 이루고 있었지. 푸른 블라우스를 입은 한 처녀가 2리터들이 찻주전자를 들고 뜨거운 물을 구하려고 서성대고 있었는데, 물 끓이는 큰 솥 앞으로 다가갈 엄두를 못 내고 있는 거야. 연약한 다리로 괜히 그 북새통에 끼어들었다가는 물에 데거나 밟혀 죽기 십상이었지. '자, 여기, 내 빵 좀 들고 있어요. 내가 뜨거운 물을 떠 올 테니까 말이오!' 하고 말하고는, 그 주전자를 들고 사람들 틈으로 끼어들어 가서 물을 퍼 담고 있는데, 글쎄 기차가 움직이기 시작하는 거야. 그녀는 내 빵을 들고 어쩔 줄 모르고 울고불고 야단을 치는 거야. 어떡하겠나. 주전자고 뭐고 생각할 겨를이 없었지. 내가 소리쳤지. '빨리 달려요, 빨리! 나도 곧 뒤따라 달려갈 테니까!' 그러고는 죽어라고 뛰어가서 그 처녀를 간신히 기차에 태워 준 다음, 나도 있는 힘을 다해 뛰어, 그 기차에 올라탄 거야. 차장도 보고 있었지만 떼밀어 내려고는 하지 않았어. 기차에 군인들이 타고 있어서 나도 그들과 동행인 줄 알았나 봐."

슈호프가 세니카의 옆구리를 쿡쿡 찔렀다. '이 궁상맞은 녀석아, 자 한 모금 피워!' 하는 시늉을 하면서 물부리가 달린 나무로 만든 파이프를 건네준다. 그 녀석은 파이프째 건네줘도 무방하다. 한 손을 가슴에 얹고 고개를 한 번 끄덕인다. 세니카 녀석은 마치 배우처럼 재미있는 녀석이기도 하다. 귀머거리라 다른 별수도 없다⋯⋯.

반장이 계속 이야기를 한다.

"처녀들은 모두 여섯이었는데, 칸막이가 쳐진 방 한 칸을 차지하고 있더군. 레닌그라드에서 온 학생들이라고 했는데, 실습을 하고 돌아오는 길이라는 거야. 탁자 위에는 과자 부스러기들이 놓여 있고 옷걸이에는 바바리가 걸려 있더군. 그리고 깨끗한 커버가 씌워져 있는 트렁크도 보였어. 세상 물정 모르고 호강하며 살아가고 있는 아가씨들이었지. 우리는 함께 이야기도 하고, 농담도 하고, 차를 마시기도 했지. 그런데 그 여학생들이 갑자기 '당신 좌석은 어디죠?' 하고 묻는 거야. 나는 한숨을 한 번 쉬고는 모든 것을 다 고백했어. 그러고는 내 입장을 모두 설명하면서, '아가씨들은 삶의 열차를 타고 있지만, 나는 지금 죽음의 열차를 타고 있다'고 말했지⋯⋯."

모르타르실은 조용하고 난로에서는 장작이 타고 있다.

"그 아가씨들은 처음엔 깜짝 놀라 어쩔 줄 모르고 야단법석을 떨더니 나중엔 서로 의논을 하더군⋯⋯. 결국 삼단 침대칸에 바바리로 나를 덮어서 숨겨 주었지. 그렇게 해서 노보시베르스키까지 무사히 도착했어⋯⋯. 그건 그렇고, 나중에 그중의 한 아가씨를 페초르에서 만나 은혜를 갚은 적도 있었지. 그녀는 1935년에 있었던, 키로프 암살로 인한 대량 숙청에 걸려들어 중노동에 시달리고 있더군. 그런 걸, 내가 어떻게 알선해서 의료부에서 일하게 해 주었지."

"이젠, 슬슬 모르타르를 섞기 시작할까요?" 파블로가 귓속말로 반장에게 묻는다.

추린은 듣지 못한 모양이다.

"나는 밤중에 담을 넘어 집으로 들어갔다가 그길로 곧 집을 나왔어. 어린 동생을 데리고 따뜻한 고장인 프룬제로 갔지.

우리는 아무것도 먹을 것이 없었지. 프룬제에서 아스팔트 끓이는 가마솥 주변에 모여 앉아 있던 부랑자들을 만나게 되었어. 나는 그들 틈에 끼어 들어가 같이 앉아 있다가 그들에게 부탁을 했지. '이것들 보시오, 가난한 동무들! 내 동생을 맡아 주시오. 그리고 이 애에게 어떻게 살아야 하는지 방법을 좀 가르쳐 주시오!' 그들은 내 말을 듣고 기꺼이 받아 주었지. 가끔 나도 그때 그 사람들과 같이 남았더라면 좋았을 텐데 하고 아쉬워하곤 하지."

"그 후론 동생을 만나지 못했어요?"

추린이 하품을 한다.

"한 번도 못 만났어." 이렇게 말하고는 다시 한번 하품을 한다. "뭐, 괜히 애달파할 것 없어, 이 사람들아. 이곳 중앙난방 건물에서도 얼마든지 살 수 있으니까 말일세. 모르타르를 반죽할 사람은 신호를 기다릴 것도 없이 바로 시작하게."

이것이 바로 반이라는 것이다. 죄수들은 상관들 말이라면, 정규 노동 시간에도 좀처럼 일을 하려 들지 않는다. 그런데 반장이 말하면, 쉬는 시간이라 해도 기꺼이 일을 하는 것이다. 왜냐하면, 반장이 그들을 먹여 살리기 때문인 것이다. 또한 반장은 괜한 일을 시키는 법이 없으니까 말이다.

작업 개시 신호가 울린 다음에 모르타르를 반죽하기 시작하면, 벽돌공들은 그동안 할 일이 없게 된다.

슈호프는 한숨을 한 번 쉬고는 몸을 일으켰다.

"가서 얼음이나 깨야겠군."

얼음을 깨는 데 필요한 망치와 빗자루, 벽돌을 쌓는 데 필요한 벽돌용 망치와 수준기, 가늠줄과 수직추를 손에 들고 일어섰다.

혈색 좋은 킬리가스가 슈호프를 바라보며 얼굴을 찡그린다. 반장의 명령이 아직 떨어지지도 않았는데, 뭣 때문에 벌써 서두르는 거냐? 하는 눈빛이다. 킬리가스의 편에서 생각하면 그것도 이해가 간다. 그는 반에 할당되는 식량에 신경을 쓸 필요가 없는 사람이다. 이 대머리 에스토니아인에게는 자기에게 배급되는 빵이 200그램이건 아니건 상관없는 것이다. 고향에서 보내오는 소포만으로도 충분히 살 수 있으니까 말이다.

어찌되었건, 킬리가스도 슈호프를 따라 일어선다. 자기 때문에 반 전체의 일을 지연시킬 수는 없는 일이다.

"잠깐 기다려, 바냐. 나도 지금 가겠네!" 하면서 슈호프를 불러세운다.

걱정 마라, 걱정 마, 이 뚱뚱보야. 내 일을 할 참이었다면 벌써 일어났을 거야. (슈호프가 서두른 또 하나의 이유는 킬리가스보다 먼저 수직추를 쓰려고 생각한 탓이었다. 공구반에서 수직추를 하나밖에 가져오지 못했기 때문이다.)

파블로가 반장에게 물었다.

"벽돌을 쌓는 사람이 세 사람밖에 안 되는데, 한 사람을 더 배치하면 어떻겠습니까? 아니면, 모르타르를 좀 기다리게 할까요?"

반장이 미간을 찌푸리고 생각에 잠긴다.

"그럼, 내가 들어가서 벽돌을 쌓겠네, 파블로. 그리고 자네는 모르타르를 맡아 주게. 모르타르 통이 크니까, 여섯 명을 붙여도 괜찮을 거야. 한 팀에서는 다 반죽한 것을 이겨 내고, 다른 한 팀은 새 반죽을 만드는 거야. 벽돌 쌓는 데 일 분이라도 공백이 생기지 않게 말일세! 알아듣겠나?"

"알겠습니다!" 파블로가 벌떡 일어난다. 이 녀석은 아직 새파란 젊은이인 데다가 혈기도 왕성한 것이, 수용소의 폐물들하고는 다른 우크라이나의 영양가 있는 음식을 먹고 자란 통통한 녀석이다. "반장님이 직접 벽돌을 쌓겠다면, 저는 모르타르를 기꺼이 반죽하죠. 누가 이기는지 시합할까요! 자, 제일 큰 삽이 어디 있나?"

이것이 바로 반이라는 것이다! 파블로는 숲에 잠복해 있다가 적군을 사살하기도 하고, 여러 지역에서 야습을 감행한 적도 있었다. 이런 데서 이렇게 고분고분하게 있을 녀석이 아니었다! 그러나 반장을 위해서라면 이야기는 전혀 다른 것이다!

슈호프가 킬리가스와 위층으로 올라가니 세니카도 그들 뒤를 따라 계단을 삐그덕거리며 올라오는 소리가 들린다. 귀는 먹었어도 눈치 한번 빠르다.

2층 벽 쌓기는 이제 겨우 시작한 정도에 불과했다. 쭉 둘러봐도 삼 단 이상 쌓은 곳이 없다. 무릎에서 가슴까지는 발판이 필요 없어서, 일이 그다지 어렵지 않다.

예전에 쓰던 발판이나 삼각대 같은 것들은 죄수들이 모조리 가져가 버렸다. 다른 건물로 가져가 버렸거나 불쏘시개로 쓰는 한이 있더라도 다른 반원들에게는 줄 수 없다는 속셈이다. 이 현장에서 계속 일을 하자면 당장 내일이라도 발판이 필요한 판이다. 안 그러면 일이 중단될 수밖에 없다.

중앙난방장치 건물 위에서는 한눈에도 멀리까지 내다보인다. 눈에 뒤덮인 채, 텅 비어 있는(모두들 작업 신호가 울릴 때까지 어디 몸을 녹일 곳을 찾아 숨어들어 가 버린 모양이다.) 수용소 영내와 그 주변이며 불쑥 솟아 있는 검은색 망루, 그리고 철조망 아래 뾰족한 기둥들이 눈에 들어온다. 햇빛이 비치는 곳엔 철조망의 가시까지 모두 보일 정도다. 그러나 햇빛이 없는 곳은 보이지 않는다. 햇빛이 강하게 빛나고 있어서 눈을 뜨기도 힘들 정도다.

그곳에서 얼마 되지 않는 거리에 이동 발전소가 서 있는 것이 보인다. 시꺼먼 연기가 하늘을 온통 덮고 있다. 씩씩거리는 소리를 내고 있다. 기적 소리를 울리기 전에 항상 그런 소리를 낸다. 그런 다음 기적 소리가 울렸다. 그러고 보니 쉬는 시간 동안 그다지 일을 많이 한 것도 아니다.

"이봐, 스타케노비치!6) 수직추를 빨리 쓰고 넘겨!" 킬리가스가 재촉한다.

"그쪽 벽돌을 좀 보고나 그런 말을 하게. 얼음이 그냥 붙어 있잖아. 저녁까지 얼음을 깨 내기도 힘들겠어! 쓰지도 않을 흙손은 뭐하러 여기까지 들고 올라온단 말인가!" 슈호프가 되받아 조롱한다.

그들은 점심 전에 결정한 대로 세 사람이 각자 나누어서 벽돌을 쌓을 채비를 하고 있다. 그때, 반장이 밑에서 소리친다.

"이봐, 모르타르가 얼면 곤란하니까, 둘씩 짝을 지어 일하

---

6) 노동 생산력 증대 운동가를 일컫는다.

세. 슈호프, 자넨 세니카하고 같이 하게! 나는 킬리가스와 일할 테니 말이야. 우선 나 대신 고프치크를 올려 보냄세. 킬리가스와 얼음을 긁어 내라고 하게!"

슈호프와 킬리가스는 서로 흘끔 쳐다보았다. 맞는 말이다. 그것이 훨씬 좋은 방법이다.

그러자 두 사람은 망치를 집어 든다.

이제 슈호프의 눈에는 아무것도 들어오지 않는다. 눈부신 햇살을 받고 있는 눈 덮인 벌판도, 신호를 듣고 몰려나와 작업장을 이리저리 왔다 갔다 하는 죄수들도, 아침부터 파고 있던 구덩이를 아직껏 파지 못하고 또 그곳으로 걸어가는 죄수들도, 철근을 용접하러 가는 녀석들이며, 수리공장 건물에 마루를 얹으려고 가는 죄수들도 전혀 눈에 들어오지 않는다. 슈호프는 오직, 이제부터 쌓아 올릴 벽에만 온 신경을 집중했다. 그가 맡은 구역은 허리 높이까지 쌓아 올린 왼쪽부터, 킬리가스가 맡게 된 벽과 맞닿아 있는 오른쪽까지이다. 슈호프는 먼저, 얼음을 깨야 할 장소를 세니카에게 일러 준 다음, 망치의 날과 등을 교대로 휘두르며 자신도 얼음을 깨기 시작한다. 얼음 조각들이 사방으로 흩어지고, 얼굴에도 튄다. 그는 아무 생각도 없이 온전히 일에만 열심이다. 물론 얼음 깨는 일은 생각할 필요가 없는 단순 작업이다. 그는 두꺼운 얼음 밑에 있는 벽에 온 신경과 시선을 집중하고 있다. 이중으로 벽돌을 쌓아 올린 중앙난방장치 건물의 정면 바깥쪽이다. 이전에 이곳의 벽돌을 쌓던 사람이 누구였는지 모르지만, 하여튼 솜씨가 서투른 때문이었는지 성의가 없었던 탓인지 엉망이다. 어쨌든 지금 슈호프는 남이 쌓다가 그만둔 것이긴 하지만 온 힘을 기울여 제대로 만들어 보려고 애를 쓰고 있는 것이다. 움푹 들어간 곳은 한 줄로 대번에 평평하게 할 수는 없는 노릇이고, 세 줄을 더 올린 다음에 모르타르를 듬뿍 얹어서 고르게 해야 할 것 같다. 그리고, 저기 불쑥 튀어나온 쪽은 두 단째 벽돌을 쌓을 때 바로 잡을 수 있겠다는 계산이 선다. 그는 머릿속으로 이미 벽을 두 부분으로 나누었다. 그러니까, 왼쪽 귀퉁이에서 여기까지는 내가 쌓고, 여기서부터 저쪽 킬리가스가 맡은 벽까지는 세니카에게 맡기자. 저쪽 귀퉁이에서는 세니카의 솜씨가 못마땅해서 킬리가스가 좀 도와주겠지. 그래야 자기 일도 좀 수월해질 테니까 말이다. 저쪽 귀퉁이에서 두 사람이 꾸물거리고 있는 동안, 나는 이쪽 벽을 절반이나 쌓을 수 있을 것이다. 이런 작전으로 나가면 우리 조가 질 염려는 없겠지 하고 생각한다. 그는 어디에 벽돌을 몇 개씩 놓아야 할지도 벌써 계산해 놓았다. 벽돌을 나르는 알료쉬카가 위로 올라오자, 슈호프는 기다렸다는 듯이 그를 붙잡고 일러 둔다.

"자, 이쪽으로 가져오게. 그리고 여기도! 그리고 여기에도 놓게. 아무 데나 팽개치지 말고 말이야, 알았나?"

세니카가 얼음을 다 깨 냈다. 슈호프는 벌써 철사로 엮어 만든 빗자루를 두 손으로 움켜쥐고, 벽돌을 쌓을 자리 위에 있는 얼음 조각들을 이리저리 쓸어 내고 있다. 이만하면 그런 대로 됐다고 생각한다. 그러나 벽돌이 연결될 부분은 좀 더 꼼꼼하게 쓸어 낸다.

그때, 반장이 위로 올라온다. 슈호프가 비질을 하는 사이에 그는 벽 귀퉁이에 수준기를 붙여 놓는다. 슈호프와 킬리가스 쪽의 귀퉁이에는 이미 오래전에 붙여져 있다.

"어이!" 하고 아래층에서 파블로가 소리친다. "거기 위층 사람들, 살아 있어요? 모르타르 올라가요!"

슈호프는 움찔해서 식은땀을 닦아 낸다. 아직 가늠줄도 못 쳤는데 벌써 올라온단 말이야? 숨이 가빠 온다. 가늠줄을 하나하나 치다가는 안 되겠다. 미리 세 개를 쳐 둬야겠다. 그러면, 세니카가 더 수월해지도록 그에게 떠넘긴 부분인 바깥줄 몇 개를 내가 더 쌓아 주고, 그 대신에 안쪽 줄을 조금 쌓으라고 하자.

슈호프는 벽돌벽 위에 가늠줄을 치면서 세니카에게 몸짓으로 어디다 어떻게 쌓으라고 시범을 보여 주며 설명한다. 귀머거리 세니카도 그것을 알아들은 모양이다. 입술을 깨물고 반장의 벽을 슬쩍 곁눈질하고는 고개를 끄덕이고는 전투 개시라는 말이지, 좋아, 우리도 질 수는 없지, 하는 표정으로 웃는다.

사다리로 모르타르가 운반되어 왔다. 모르타르는 두 사람씩 짝을 지어 네 개 조가 운반하기로 했다. 반장은 벽돌공 근처에는 어떤 모르타르 통이든 절대 놓아두지 말라고 지시했다. 모르타르를 옮겨 부으면 금세 얼어 버리기 때문이다. 운반되어 온 모르타르 통을 그대로 벽돌공이 사용하기로 한다. 모르타르를 운반해 온 사람은 벽 위에 떠 놓은 모르타르가 얼지 않도록, 벽돌공에게 얼른 벽돌을 집어 주기로 한다. 통에 든 모르타르를 다 쓰면, 다음 조가 빨리 올라와서 다시 똑같이 작업을 하고, 앞의 조들은 아래로 내려가 얼어붙은 모르타르를 불에 녹인다. 그동안 그들의 몸도 어느 정도 녹일 수 있을 것이다.

두 운반조가 슈호프와 킬리가스 벽 쪽으로 동시에 모르타르를 운반해 왔다. 모르타르는 냉기를 받자, 김을 내뿜었다. 그러나 그 속에 손을 집어넣어도 그다지 따뜻하지는 않다. 모르타르를 흙손으로 벽돌 위에 퍼 놓고 손이라도 잠시 녹일 양이면, 어느새 얼어붙는다. 그러면, 망치로 깨부숴야 한다. 흙손으로 긁어내기는 어림없는 일이다. 벽돌을 얹을 때도 금세 얼어버려, 잘못 얹으면 망치로 벽돌을 깨고 모르타르를 긁어내야하기 때문에 여간 조심하지 않으면 안 된다.

그러나 슈호프는 능수능란하다. 벽돌 모양도 가지각색이다. 귀퉁이가 떨어져 나간 놈이 있는가 하면, 위아래가 구부러져있다거나 혹이 붙은 것도 있다. 슈호프는 벽돌 모양을 보고 빨리 판단해서 어떻게 어디에 놓아야 할지를 결정한다. 벽의 어느 부분이 어떤 벽돌을 원하는지 파악할 수 있을 정도다.

슈호프는 흙손으로 김이 모락모락 나는 모르타르를 퍼서, 밑줄에 있는 벽돌의 접합점이 어디인지 잘 기억해 두었다가, 그곳에 쏟아 놓는다. (접합선이 윗줄 벽돌 중앙에 오도록 해야 한다.) 그다음에 옆에 부려 놓은 벽돌 중에서 알맞은 놈을 하나 골라잡는다. (이때, 주의를 해야 할 것은 벽돌의 날카로운 모서리에 장갑이 찢기지 않도록 하는 것이다.) 그런 다음에는 흙손으로 모르타르를 고루 퍼 바르고, 그 위에 벽돌을 빨리 올려놓는다. 방향이 잘못되었으면, 재빨리 흙손 자루로 두드려서 바로잡아야 한다. 바깥쪽 벽이 수직선에 맞게 오고, 옆으로나 수직으로나 기울어진 데가 없도록 해야 하기 때문이다. 그러면, 어느새 벽돌을 얹은 모르타르가 얼기 시작하는 것이다.

이젠, 벽돌 밑으로 삐죽 나온 모르타르가 없나 잘 살펴보고, 그런 곳이 있으면 얼른 흙손으로 긁어낸다. (여름에는 그렇게 긁어낸 모르타르를 다시 쓸 수 있지만, 겨울에는 빨리 얼어 버려서 사용이 불가능하다.) 이젠 밑줄의 접합선을 다시 확인해 본다. 간혹 모서리가 부서졌거나 떨어져 나간 데가 있기도 하기 때문이다. 이럴 때는 떨어져 나간 곳이나 틈새에 모르타르를 넣는다. 이때도 왼편 옆구리가 더 두둑하게 넣어야 한다. 그런 다음 위쪽의 벽돌을 지그시 눌러야 하는데, 그때도 그냥 아무렇게나 누르면 안 되고, 왼쪽에서부터 오른쪽으로 눌러야만 왼쪽에 있는 옆의 벽돌과 이쪽 벽돌 사이에 있는 모르타르의 여분을 밀어낼 수가 있는 것이다. 그런 다음, 수직으로 반듯하게 되어 있는지 아닌지, 옆으로도 반듯한지 아닌지를 살펴본다. 그럴 즈음이면, 모르타르도 완전히 얼어붙는다. 이젠 됐다, 다음!

작업이 진행된다. 두 층만 더 쌓으면, 예전에 잘못 쌓아 놓은 곳도 바로잡을 수 있을 것이고, 그런 다음에는 훨씬 수월하게 작업이 진행될 것이다. 지금은 정확하게 잘 살펴야 한다.

그러고는 바깥쪽 줄인 세니카 쪽으로 벽을 쌓아 간다. 세니카도 저쪽 모서리에서 반장과 헤어진 다음, 이쪽으로 진행하는 중이다.

슈호프는 모르타르 운반 팀에게 눈짓을 한다. 모르타르를 더 가까이 가져오지 않고 뭘 하고 있느냐는 것이다. 지금부턴, 눈코 뜰 새 없이 바빠진다.

슈호프는 드디어 세니카와 마주치게 되었고, 둘이 한꺼번에 같은 통에서 모르타르를 퍼 낸다. 벌써, 모르타르가 바닥난다.

"모르타르!" 슈호프가 벽 너머로 고함을 친다.

"올라가!" 파블로가 대답한다.

모르타르 통이 운반되어 왔다. 모르타르 통 가장자리가 얼어붙어서 양이 얼마 되지 않아 그것마저 벌써 바닥이 난다. 이런, 제기랄, 이런 것을 갖다주다니. 야, 네놈들 손톱으로 한번 긁어내 봐라! 점점 더 얼어붙으면 이젠 가지고 올라오자마자 또 내려가야 할 거다! 자, 빨리 들고 꺼져 버려! 다음!

슈호프와 다른 벽돌공들은 아예 추위도 잊어버렸다. 빨리 일을 하느라고 서두르다 보니 몸에 땀이 다 날 정도로 더워진다. 이것이 첫 번째 더위다. 보온용 덧옷과 겉옷, 그리고 위아래 속옷까지 모두 땀에 젖었다. 그러나 잠시도 쉬지 않고 일을 하는 동안, 두 번째 더위가 온다. 이번에는 젖었던 땀이 마르기 시작한다. 발가락이 시린 것도 잊어버릴 정도다. 이 사실은 아주 중요하다. 다른 것은 전혀 문제가 되지 않는다. 바람이 강하게 분다고는 하지만 벽돌 쌓는 일을 방해하지는 못한다. 세니카 클레프신만이 발을 구르고 있다. 가엾게시리 그의 발이 너무 커서 맞는 펠트 장화가 없었다. 맞지 않는 작은 신발을 신고 있어서 발이 시린 모양이다.

반장은 짬짬이 "모르—타르!" 하고 고함을 치곤 한다. 그러면 슈호프도 질세라 "모르—타르!" 하고 고함을 친다. 누구든지 작업을 하면서 주동이 되어 일하는 반원은 그와 한 팀이 된 다른 반원들의 반장이 되어 일하게 되는 법이다. 슈호프는 반장 팀에 뒤지지 않으려고 애를 쓰고 있다. 지금 같아서는 친형제라도 불러다 모르타르 통을 나르는 일을 시키고 싶을 정도다.

부이노프스키 중령은 점심시간 이후부터는 페추코프와 한 팀이 되어 모르타르를 운반하고 있다. 층층대의 경사가 가파르기 때문에 위험하기도 해서 처음에는 동작이 굼떴다. 슈호프가 자꾸만 그를 재촉한다.

"함장, 더 빨리 움직여! 함장, 벽돌을 가져오란 말이야!"

그러자 점점 더 그는 빨리 움직이기 시작한 반면, 페추코프는 점점 더 게으름을 피우는 것이었다. 게다가, 저런 망할 놈의 자식이 글쎄, 조금 편하게 들고 올 요량으로 모르타르 통을 기울여 들고 오는 바람에 모르타르를 질금질금 흘리고 있는 것이다.

슈호프가 페추코프의 등을 한 번 후려치고는 윽박지른다.

"야, 이 치사한 놈아! 감독 노릇할 때, 반원들을 짐승처럼 부려먹던 놈이 누군데, 지금 이 모양이야!"

"반장!" 중령이 소리친다. "다른 사람과 짝을 지어 줘요. 이 놈과는 같이 일 못 하겠소."

그러자 반장이 바로 인원 배치를 다시 한다. 페추코프는 아래로 내려가서 발판에 벽돌을 올리는 일을 맡았다. 그것도 몇 개를 올렸는지 정확히 알 수 있도록 혼자 떨어져 있게 했다. 중령은 알료쉬카와 한 팀이 되었다. 알료쉬카는 온순한 젊은

이다. 아무나 그에게는 명령조로 나간다.

"전원! 갑판으로!" 중령이 해군식 독전으로 명령한다. "일이 빠르게 진행되고 있는 것 보이지?"

알료쉬카도 웃으며 맞장구를 친다.

"빨리하라면, 빨리해야죠. 명령대로 수행하겠습니다!"

그러고는 둘은 아래로 서둘러 내려간다.

온순한 사람, 그가 반의 보물이라고 할 수 있다.

반장이 아래서 누군가에게 소리를 지르고 있다. 벽돌을 실은 트럭 한 대가 또 도착한 모양이다. 반 년 동안이나 한 대도 못 보았는데, 웬일인지, 이번에는 무더기로 들락날락한다. 벽돌이 있을 때 마음껏 일이나 해 보자! 첫날만이라도 말이다! 그러다 나중엔 벽돌 운반도 중지되고 일도 제대로 못하게 될 테니까 말이다.

반장이 다시 누군가에게 욕지거리를 퍼붓고 있는 것 같다. 승강기에 대해서 무슨 말인지 하는 것 같다. 슈호프는 궁금했지만 일손을 잠시도 놓을 수 없다. 벽을 고르게 하느라 정신이 없다. 잠시 후에 모르타르 운반조들이 올라와서, 승강기의 모터를 수리하러 수리공 한 사람과 전기 공사를 담당할 자유민 현장감독이 아래에 와 있다고 전해 주었다. 수리공은 모터를 고치고 현장감독은 그것을 감시하는 것이다.

한 사람은 일하고, 다른 한 사람은 감시를 하게 되어 있는 것이다.

어쨌든 승강기만 고칠 수 있다면 모르타르와 벽돌을 간단하게 들어 올릴 수 있을 텐데.

슈호프는 벌써 셋째 줄을 쌓고 있다. (킬리가스도 막 셋째 줄을 시작하고 있다.) 그때, 층층대를 딛고 다른 상전 한 사람, 즉 건설 담당 십장이 올라오고 있다. 그는 모스크바 출신으로 예전에 정부 내각에서 일했다고 한다.

킬리가스 옆에 서 있던 슈호프가 턱으로 층층대 쪽을 가리키며 눈짓을 했다.

"오호라!" 킬리가스는 고개를 다른 쪽으로 돌리며 말한다. "나는 상관들하곤 아예 상종도 않기로 했어. 저놈이 층층대에서 구르는 일이나 생기면 모를까. 나를 더 이상 부르지 말게."

이젠 저놈이 벽돌공 뒤에 서서 일하는 것을 감시할 것이다. 슈호프는 이런 감시원들을 지독히도 싫어한다. 제깐엔 기사라고 참견하지만, 저 돼지 같은 얼굴이라니! 한 번은 슈호프에게 벽돌 쌓는 시범을 보인 적이 있었는데 배꼽을 쥐고 웃었을 정도였다. 우리 식으로 하자면 제 손으로 집 한 채를 지어야만 기사 행세를 할 수 있었단 말이다.

쳄게뇨보에서는 벽돌 집은 하나도 없고, 모두 목조 건물뿐이었다. 소학교만 해도 보호림 구역에서 잘라낸 6사제니[7] 되는 목재로 지은 통나무 건물이었다. 수용소에서 살다 보니 벽돌 쌓는 일이 필요하게 되었다. 그래서 슈호프는 이번에는 벽돌공이 된 것이다. 두 가지 일을 손으로 익힌 사람이라면 열 가지도 할 수 있는 법이다.

유감스럽게도 십장은 굴러떨어지지 않았다. 한 번 발을 헛

---

7) 보통 125미터 길이를 말한다.

디디기는 했지만, 층층대를 달려 올라오다시피 했다.

"추린!" 위로 올라오자마자 그는 반장을 부르며 눈을 부라린다. "이봐, 추린!"

그 뒤를 따라, 파블로가 손에 삽자루를 들고 올라온다.

십장 역시 수용소의 보온용 덧옷을 입고 있었지만, 다른 것과는 달리 산뜻한 신품이었다. 모자는 아주 고급 가죽으로 만든 것이다. 그 모자에도 다른 사람과 마찬가지로 번호표는 예외 없이 붙어 있었다. 베—731번이라고 쓰여 있다.

"무슨 일이오?" 반장이 흙손을 든 채로 그에게 다가간다. 삐뚜름하게 기울어진 모자가 한쪽 눈을 가리고 있다.

한바탕 소란이 생길 것 같다. 그 순간을 놓칠 수는 없는 일이었지만, 모르타르가 얼어 버릴까 봐 일손을 놓지 못하고, 슈호프는 계속해서 벽돌을 쌓으며 듣고 있다.

"몰라서 물어?!" 십장이 침을 튀기며 소리를 꽥 지른다. "이것은 영창에 가는 것이 문제가 아니야. 형사 처벌을 받아야 해, 추린! 이번에는 세 번째 형기를 받게 될 거다!"

슈호프는 그제야 눈치를 챘다. 킬리가스에게 힐끔 눈짓을 한다. 그도 알았다는 표정이다. 바로, 루핑 때문이다. 창문에 갖다 붙인 루핑을 발견한 것이다.

그러나 슈호프는 자기에게 화가 미치지는 않을 거라는 것을 알고 있다. 추린은 반원에게 책임을 전가하는 위인은 아니다. 하지만 반장이 무슨 일을 당할까 봐 그게 걱정이다. 우리에게 반장은 아버지 같은 사람이지만, 저놈들한테는 장기말이나 진배없다. 그렇지 않아도 북방 수용소에서 이런 비슷한 사건으로 두 번째 형기를 받았다고 하지 않았던가!

반장의 얼굴은 잔뜩 일그러졌다. 손에 들고 있던 흙삽을 발밑으로 내동댕이치고 십장 앞으로 바싹 다가간다. 십장이 뒤를 돌아본다. 파블로가 삽을 높이 들고 서 있다.

삽이다! 이 삽은 괜히 들고 올라온 것이 아니다…….

귀머거리 세니카도 눈치를 챘는지 옆구리에 손을 얹고 십장에게 다가간다. 그의 건장한 몸집은 마치 숲의 요정 같다.

십장이 눈을 깜박거리기 시작한다. 심상치 않은 분위기를 알아채고 두려워진 모양이다. 어디 구석으로 도망갈 데가 없나 찾는 눈치다.

반장이 십장 코앞에 얼굴을 바싹 갖다 대고 언성을 낮춰 말한다. 그러나 위에 있던 모든 반원들이 충분히 알아들을 수 있는 정도였다.

"이놈아, 이제 네놈들 멋대로 형기를 연장시키던 때는 이미 지났어. 이 흡혈귀야, 만약 입만 벙긋하는 날에는 그날이 네놈의 제삿날인 줄 알아! 잘 기억해 둬!"

반장은 완전히 흥분해서 부들부들 떨고 있다. 좀처럼 흥분이 가라앉을 기색이 없다.

네모난 얼굴의 파블로가 금세 십장을 요절낼 깃 같은 눈빛으로 똑바로 쳐다보고 있다.

"아니, 왜들 이래요? 이것들 봐요!" 십장은 새파랗게 질려서 층층대 쪽으로 뒷걸음질친다.

반장은 더 이상 아무 말도 않고 모자를 바로 고쳐 쓰고는 흙손을 주워 들고, 자기가 맡은 벽 쪽으로 돌아간다.

파블로 역시 삽을 들고 아래로 천천히 내려갔다.

천천히…….

십장은 그곳에 있기도 두렵고 내려가기도 두려웠다.

그는 킬리가스 뒤에 숨어 있다.

그러나 킬리가스는 아랑곳하지 않고 벽돌을 쌓고 있다. 마치 약국에서 보는 광경 같다. 약사는 누가 기다리든 기다리지 않든 서두르는 법이 없다. 그 약사처럼 킬리가스도 십장에게 등을 돌린 채 말없이 자기 일만 하고 있는 것이다.

십장은 슬그머니 반장 쪽으로 다가갔다. 조금 전까지만 해도 시퍼렇던 서슬이 온데간데없다.

"추린, 감독한테는 뭐라고 말하지?"

반장은 얼굴도 돌리지 않은 채 계속 일만 하고 있다.

"전부터 그렇게 되어 있었다고 하면 될 것 아냐! 와 보니까, 벌써, 그렇게 되어 있었다고 말이야!"

십장은 한동안 그렇게 서 있었다. 지금 당장, 그를 죽일 것 같지는 않다고 생각된 모양이었다. 그는 호주머니에 손을 찔러 넣고 가만히 지나갔다.

"이봐, 췌―854번!" 그가 중얼거린다. "왜 모르타르를 그렇게 얇게 바르는 거지?"

누군가에게 분풀이를 해야겠다고 생각한 모양이다. 그러나 슈호프가 쌓은 벽돌은 옆에서 보든 위에서 보든 반듯해서 흠을 잡을 만한 것은 모르타르가 얇다는 것뿐이다.

"허락해 주신다면 설명을 하겠습니다." 그는 빈정거리는 어조로 대꾸했다. "이런 엄동설한에 모르타르를 두껍게 발라 놨

다가는 봄이 오면 이 중앙난방 건물은 폭삭 주저앉을 거예요."

"이봐, 벽돌공. 십장이 무슨 말을 하면 들어야 할 것 아냐?" 십장이 항상 하던 버릇대로 미간을 찌푸리고 뺨을 불룩하게 하고는 말했다.

사실, 어떤 곳은 모르타르가 얇게 깔린 곳도 있다. 좀 더 두껍게 까는 것이 옳은 것일지도 모른다. 그러나 인간적으로 그런 식으로 하자면 겨울이 아닐 때야 가능한 것이다. 이런 겨울에는 사정을 좀 봐줘야 하지 않는가 말이다. 공사를 마쳐야 하는 것이 중요한 일이 아닌가 말이다. 하긴, 이해하려 들지 않는 사람에게 무슨 말을 한들 소용이 있겠는가!

그러고는 십장은 조용히 층층대로 내려간다.

"승강기 수리나 빨리 해 주시오!" 반장이 그의 뒤에 대고 벽 쪽에서 말한다. "우리가 무슨 나귀라도 되는 줄 아는 모양이지? 등에 벽돌을 지고 2층을 오르내리게 하니 말이야!"

"벽돌 운반하는 것도 작업 사정에 넣어 주지." 십장이 층층대에서 온순한 목소리로 반장에게 말한다.

"'손수레 운반' 비율로 말이오? 어디 한번 손수레를 끌고 층층대를 올라와 보시지! '등짐 운반' 비율로 계산해 달란 말이오."

"나야 얼마든지 해 주고 싶지만, 부기계 사람들이 '등짐 운반'으로 계산해 주지는 않을 거야."

"뭐, 부기계가 어떻다구? 하여튼 우리 반원 모두가 벽돌공 네 사람에게 붙어 있는 형편이니까 알아서 해 줘요."

반장은 이렇게 소리를 지르면서도 여전히 쉴 새 없이 손을 움직이고 있다.

"모르타——르!" 아래를 향해 소리를 친다.

"모르타——르!" 슈호프도 아래를 보고 소리친다. 세 단을 다 쌓고 네 단째를 쌓고 있는 중이다. 가늠줄을 위로 올려 쳐야 하겠지만 두서너 줄 정도는 그냥 쌓아 올려도 무방할 것이다.

십장이 들판을 가로질러 몸을 잔뜩 움츠리고 걸어가고 있다. 몸이나 녹이려고 사무실로 돌아가는 모양이다. 썩 기분이 좋지는 못할 거다. 상대가 늑대 같은 추린 정도 되면 미리 좀 신중을 기해야 했다. 배짱 두둑한 반장들 몇몇만 잘 구슬러 두면 괜히 신경쓸 필요도 없을 것 아닌가. 힘든 일을 하는 것도 아니고 배급도 많은 데다 독립된 방에서 살겠다, 뭐 아쉬울 게 있겠는가? 괜히 거들먹거렸다가 큰코다친 격이다.

아래층에서 올라온 반원들의 이야기로는 전기공사 담당 현장감독과 수리공이 모두 돌아가 버렸다는 것이다. 승강기를 고치지 못했다고 한다.

어쩔 수 없이 나귀가 대신해야 할 판이다.

슈호프는 오랫동안 수용소 생활을 하면서 작업 현장을 여러 곳 돌아다녀 봤지만 기계가 제대로 돌아가는 것을 본 적이 없다. 원래 안 돌아가는 것도 있지만 죄수들이 일부러 고장을 내는 것들도 있다. 언젠가 한번은 죄수들이 목재 컨베이어를 고장 낸 적이 있었다. 체인에 말뚝을 박고 모두 그 위에 올라타서 기계를 망친 것이다. 그렇게 해서라도 쉬고 싶었던 것이다. 원목을 계속 대라는 바람에 잠시도 쉴 수가 없었던 것이다.

"벽돌! 벽돌!" 반장이 고함을 친다. 화가 단단히 난 모양이다. 벽돌 나르는 놈들, 지에미랄놈, 뭐라고 욕지거리를 해 댄다.

"모르타르가 더 필요한지 파블로가 물어보는데요." 아래층에서 누군가 소리친다.

"계속 반죽을 하라고 해!"

"반 통 정도 남았는데요."

"그럼, 한 통만 더 반죽해!"

놀라울 정도다! 벌써 다섯 단째를 쌓기 시작한다. 첫 단을 쌓을 때는 허리를 잔뜩 구부려야 했는데 이젠 가슴 높이까지 왔으니까 말이다! 더 쌓아서 나쁠 것도 없다. 창문도 없고 문도 없는 평평한 벽만 쌓아 가면 되니까 말이다. 벽돌도 충분하다. 가늠줄을 다시 쳐야겠지만 이젠 할 수 없다.

"제82반이 연장을 반납하러 가는 모양인데요." 고프치크가 보고한다.

반장은 그를 힐끔 쳐다본다.

"이봐, 자기 일이나 잘해! 벽돌이나 빨리 날라 오란 말이야!"

슈호프는 하늘을 한 번 쳐다본다. 어느덧 해가 지고 있다. 잿빛 안개 속으로 붉은빛이 점차 사그라져 가고 있다. 오늘은 더 이상은 불가능할 정도로 일을 해냈다. 지금 다섯째 줄을 시작했으니까 이것도 금세 마칠 것이다. 반듯하게 됐는지 한 번 살펴봐야 한다.

운반조들은 마치 지친 말처럼 헉헉거리고 있다. 해군 중령은 얼굴이 새파랗게 변할 정도였다. 그의 나이가 한 마흔은 됐으니 그럴 만도 한 일이다.

갑자기 냉기가 돌기 시작한다. 손을 부지런히 옮기며 일을 하고 있는데도 얇은 장갑 때문에 손가락은 꽁꽁 얼어붙었다. 왼쪽 펠트 장화 속에 든 발도 시려 온다. 슈호프는 발을 탁탁 탁 쳐 본다.

이젠 벽에 허리를 굽힐 필요는 없게 되었지만 그 대신 벽돌을 들어 올리고 모르타르를 퍼내는 일은 매번 허리를 굽혀야 하기 때문에 등이 휠 정도다.

"이것 봐, 여기!" 슈호프가 도움을 청한다. "누구, 여기 벽돌 좀 들어 올려 줄 사람 없나?"

중령은 기꺼이 도와주고 싶었지만 전혀 힘이 없다. 노동에 익숙지 못한 사람이니 그럴 만도 하다. 그러자 알료쉬카가 대답한다.

"좋아요, 내가 도울게요, 이반 데니소비치! 그래, 어디다 올려놓을까요?"

알료쉬카는 누가 무슨 부탁을 해도 싫다는 내색을 하는 법이 없다. 만일 세상 사람들이 모두 그런 사람들뿐이었다면, 슈호프도 그렇게 되었을 거라고 생각한다. 도움을 청하는데 어떻게 그걸 거절할 수 있단 말인가. 그러고 보면, 알료쉬카의 동료들은 올바른 인간들임에 틀림없다.

모든 작업장과 중앙난방장치 건물이 있는 곳까지 레일 두드리는 소리가 들린다. 작업 끝을 알리는 신호다. 모르타르가 조금 남았다. 너무 욕심을 부린 모양이다!

"모르타르! 모르타르!" 반장이 소리친다.

아래서는 지금 막 모르타르 한 통을 반죽해 놓고 있다! 이젠 어쩔 수 없이 벽돌을 더 쌓는 수밖에 별도리가 없다. 모르타르 통을 그대로 두면 내일 아침에는 완전히 굳어서 곡괭이로 내리쳐도 깨지지 않을 판이다.

"자, 모두 기운을 냅시다!" 슈호프가 소리친다.

킬리가스는 화가 잔뜩 난 모양이다. 그는 '전원 갑판으로 집합' 명령을 좋아하지 않는다. 그런데도 죽어라고 기를 쓰고 있다. 별도리가 없지 않은가!

파블로가 한 손엔 모르타르 통을 들고, 다른 한 손엔 흙손을 들고 서둘러 위로 올라왔다. 자기도 벽돌을 쌓을 모양이다. 이젠 다섯 명의 벽돌공이 일을 하게 되었다.

이제 남은 일은 두 벽 사이의 접합선을 마무리하는 일만 남았다. 슈호프는 귀퉁이 부분에 어떤 벽돌을 놓을 것인지 미리 계산을 한 다음, 알료쉬카에게 망치를 주며 말한다.

"자, 여길 좀 손질하게!"

서둘러서 잘되는 일은 없다. 지금, 모두들 빨리 서두르느라 정신이 없다. 슈호프는 반대로 침착해져서 쌓아 올린 벽돌의 이곳저곳을 살핀다. 세니카는 왼쪽으로 보내고 자기는 오른쪽으로 가서 가장 중요한 부분의 접합선을 손질한다. 여기서 지금 비틀어지거나 접합선이 잘못 이어지기라도 하는 날이면, 이것을 바로잡느라고 내일 한나절은 꼬박 시간을 허비해야 할 판이다.

"잠깐만 기다려!" 파블로를 벽에서 밀어내고 직접 그곳을 바로잡는다. 그런 다음 저쪽으로 가서 벽 모서리에서 살펴보니, 세니카가 쌓고 있던 곳이 좀 휜 것 같아 보인다. 그쪽으로 빨리 달려가서 벽돌 두 장을 바로잡아 벽을 곧게 한다.

중령도 이제 운반하는 데 가세한 모양이긴 하지만, 거세한 말처럼 힘이 없기는 마찬가지다.

"앞으로 두 사람이 더 운반해 올 거야!" 하고 소리친다.

중령은 금방이라도 쓰러질 것처럼 흐느적거리면서도 여전히 합세하고 있다. 옛날, 슈호프네 집에 그런 거세한 말이 하나 있었다. 슈호프는 정성껏 말을 돌보았지만, 결국은 죽어 버렸다. 그 말에서 껍질을 벗겨 낸 기억이 난다.

태양은 벌써 지평선 밑으로 사라져 버렸다. 고프치크에게 물어볼 것도 없이, 다른 반원들은 모두 공구반에 공구 반납을 끝낸 것은 물론이고, 사람들이 위병소 쪽으로 하나둘 몰려가기 시작하고 있다. (작업 끝 신호가 떨어지자마자 밖으로 튀어나와서 추위에 떨 그런 멍청이는 하나도 없다. 모두들 난롯가에 가만히 앉아 있다가, 반장들이 약속한 시간이 되면, 일제히 밖으로 나오는 것이다. 만약 그렇게 하지 않으면, 음흉한 죄수뿐인 사람들이 서로 미루면서 밤새도록 난롯가에 앉아 있을 것이 분명했기 때문이다.)

반장도 너무 늦은 감이 있다는 생각을 한다. 그렇게 되면 또 공구반 놈들에게 욕지거리깨나 듣게 생겼다.

"에이! 모르타르 아낄 생각 말아! 그리고 운반조! 빨리 아래로 내려가서 큰 통에 남은 모르타르를 모두 긁어다가 밖에 웅덩이를 파고 부은 다음, 그 위를 눈으로 덮어 버려. 눈에 띄지 않게 말이야! 어이, 파블로, 자네는 두 사람을 더 데리고 연장을 모아 반납하게! 흙손 세 개는 고프치크를 시켜서 나중에 보내 줄 테니까 말이야! 여기 남은 모르타르는 다 처치해 버려야 할 것 같아."

모두들 지시된 곳으로 흩어져 갔다. 슈호프도 망치를 내주고, 다른 반원들을 시켜 가늠줄을 감게 지시했다. 이제 벽돌 운반조도 모두 아래로 내려갔다. 위에는 킬리가스와 세니카, 그리고 슈호프 벽돌공 세 명만이 남았다. 반장은 왔다 갔다 하며, 오늘 쌓아 올린 벽을 쭉 훑어본다. 만족스러워한다.

"이만하면, 잘했지, 응? 승강기도 없이 한나절에 이만큼 했으니까 말이야."

슈호프는 킬리가스의 모르타르 통을 흘낏 쳐다본다. 아직 조금 남아 있다. 모두 처치해 버렸으면 좋겠지만, 흙손 때문에 반장이 공구계 반원들에게 야단을 맞을 거라는 생각이 든다.

"이봐, 내 말 좀 들어 봐." 슈호프는 좋은 생각이 떠올랐다. "자네들 흙손은 빨리 모두 모아서 고프치크에게 갖다주라고 하게. 내 흙손은 계산에 들어가지 않으니까, 내가 나머지는 처리하겠어!"

반장이 씩 웃으며 말한다.

"자네를 혼자 내버려 두라고? 그러다가 밖으로 도망치면 어떡하나, 이 사람아! 자네가 없으면 이 수용소는 제대로 돌아가지 못할 테니 말이야."

슈호프도 웃는다. 그러나 일손을 멈추지 않고 계속 벽돌을 쌓는다.

킬리가스는 흙손을 모두 가져갔다. 세니카가 슈호프에게 벽돌을 들어 올려 준다. 킬리가스가 남긴 모르타르는 슈호프 통에 옮겨 붓는다.

고프치크는 파블로 뒤를 따라잡으려고 들판을 지나 쏜살같이 공구반 쪽으로 달려간다. 제104반의 나머지 반원들도 반장의 명령을 기다리지 않고, 모두들 흩어져서 위병소 쪽으로 가고 있다. 반장도 무섭지만, 경호병도 그에 못지않다. 시간에 늦으면 영창감이다.

위병소 근처에는 죄수들로 북적거린다. 거의 모두 모인 것 같았다. 경호병들도 눈에 띄는 걸 보아 벌써 인원 점검이 시작된 모양이다.

(작업장 밖으로 나가기 전에 인원 점검이 두 번 있다. 문을 열기 전에 한 번, 점검해서 문을 열어도 좋은지 확인하고 난 다음, 인원수가 맞으면 문을 열고 통과하면서 또 한 번 점검을 받는다. 만약 이상한 낌새라도 있으면 문을 지나고 나서 또 한 번 점검한다.)

"모르타르 아직 남았나?" 반장이 손을 흔든다. "남은 것이 있으면, 벽 바깥으로 버려!"

"반장, 여기 걱정은 말고 어서 가 보게. 저쪽에서 반장을 기다리고 있을 테니 말이야!" (여느 때 같으면, 슈호프는 반장에게 안드레이 프로코피예비치라고 정중하게 말한다. 그러나 지금처럼 작업을 할 때는 반장과 동등한 입장에 있기 때문에 이런 말투로 이야기한다. 꼭 반장과 대등하다고 생각해서 그런 말투를 썼다기보다는 그냥 일을 같이 하다 보니 자연스럽게 그런 말투를 쓴 것이다.) 게다가 한술 더 떠서 슈호프는 서둘러 충충대를 내려가는 반장의 뒤에 대고 농담까지 던진다. "이런, 빌어먹을, 이렇게 하루가 짧아서야 무슨 일을 하겠어? 일을 시작한 지 얼마 되지도 않았는데, 벌써, 하루가 다 갔으니 말이야!"

슈호프는 귀머거리와 단둘이 남게 되었다. 그들은 말없이 일을 계속한다. 귀머거리와 이야기를 하기도 그렇고, 또 말이 필요없을 정도로 머리가 좋은 녀석인 데다 눈치로 모든 것을 알아차리기 때문이다.

모르타르를 찰싹 퍼붓는다. 그다음엔 벽돌을 철퍼덕 놓는다. 그리고 꽉 누른다. 위치도 바로잡는다. 모르타르. 벽돌. 모르타르. 벽돌…….

모르타르를 버리라는 반장의 명령이 있었고, 또 얼른 버리고 달려가고 싶은 마음도 굴뚝 같다. 그러나 슈호프의 그 지랄 같은 성격은 어쩔 수가 없는 모양이다. 팔 년간을 수용소에서 살았지만 그 성격은 전혀 고칠 수가 없다. 아무리 하찮은 것이라도 마구 버리지 못하는 성미라 어쩔 수가 없다.

모르타르! 벽돌! 모르타르! 벽돌!

"이런 지미랄! 이제야 겨우 끝났군! 이젠 그만 가세!" 세니카가 소리친다.

모르타르 통을 들고 층층대를 내려간다.

그런데, 슈호프는 지금 경비대가 군견을 데리고 수색을 하러 나온다 해도 쌓아 놓은 벽을 살펴보지 않고는 그냥 갈 수가 없는 성미다. 그는 몇 걸음 뒤로 물러서서 쑤욱 훑어본다. 그만하면 괜찮다. 이번엔 벽을 따라서 왼쪽, 오른쪽을 번갈아 가며 휜 곳이 없나를 살핀다. 그의 눈 한쪽은 수준기나 진배 없다. 반듯하다! 솜씨가 예전 그대로다.

층층대를 타고 내달린다.

세니카는 벌써 기계실을 빠져나가 언덕 쪽으로 달리고 있다. "어서 와! 빨리!" 뒤를 돌아보며 달리고 있다.

"어서 가! 지금 갈 테니!" 슈호프도 손을 흔든다.

그러고는 기계실로 들어간다. 흙손을 그냥 아무렇게나 내버려둘 수 없다. 갑자기 내일 작업에 못 나올지도 모를 일이니까 말이다. 아니면 반 전체가 '사회주의 생활단지' 건설 현장에 배치될지도 모르는 일이다. 어쩌면 앞으로 반 년 동안 여기에 다시 못 올지도 모른다. 그런데 이렇게 흙손을 던져 버릴 수는 없는 일이다.

기계실에 있는 난로에는 이미 불이 모두 꺼져 있다. 어두웠다. 두렵기조차 하다. 아니다. 어둡고 두렵다기보다는 반원들이 모두 가 버려서, 위병소에서 자기 한 사람이 없다는 사실을 알고는 경호병한테 맞을지도 모른다.

어쨌든 그는 두리번거리다가 큰 돌 하나를 찾아내고, 그 돌 밑에다 흙손을 넣고 다시 돌로 덮어 놓는다. 이젠, 됐다!

이젠 세니카를 빨리 따라잡아야 한다. 세니카는 백 걸음쯤 달려가다가 멈춰 서서 슈호프를 기다리고 있다. 클레프신은 동료를 혼자 내버려 두고 도망갈 사람이 아니다. 책임을 져야 한다면 같이 지자는 것이다.

둘은 달린다. 한 놈은 작고 한 놈은 크다. 세니카가 슈호프보다 머리 하나 정도는 더 크다. 더구나 머리가 굉장히 크다.

경기장에서 일부러 경주를 하는 놈도 있기는 하다. 그러나하루 종일 허리 한 번 못 펴고 죽어라고 일하고 난 다음에 축축한 장갑을 끼고, 구멍난 펠트 장화를 질질 끌고, 추운 바람

속을 한번 뛰어 보라지!

꼭, 미친개처럼 헉헉거리는 소리만 들릴 뿐이다.

반장이 경호병에게 미리 이야기라도 해 놓았으면 좋을 텐데 말이다.

이제 두 사람은 군중 속으로 막 뛰어든다. 두려운 것이다.

수백 개의 입에서 일시에 욕지거리들이 쏟아진다. 지미랄, 지아비랄, 지코랄, 지입이랄, 지옆구리랄 하고 욕지거리를 해 댄다. 그러나 오만 사람이 욕지거리를 해 댄다 하더라도 그것이 두려울 건 없다.

중요한 것은 경호병이 어떻게 나올 것인가 하는 것이다.

그런데 경호병은 아무 얘기가 없다. 반장도 맨 뒷줄에 서 있다. 반장이 자기가 책임을 지고 미리 얘기를 해 둔 모양이다.

그러나 추위에 떨며 그들을 기다린 패거리들이 사정없이 욕지거리를 해 댄다. 얼마나 소란을 피우고 욕지거리를 해 대는지 귀머거리 세니카까지 알아들을 정도다. 한숨을 한 번 내쉬고는 주위의 죄수들을 경멸하면서 윽박지른다. 언제나 말이 없던 그가 귀청이 떨어져라 소리를 지른다. 주먹을 높이 올리고 금세라도 내리칠 것만 같다. 그러자 주변이 갑자기 잠잠해진다. 어떤 놈은 웃기까지 한다.

"이봐, 제104반! 그 반에 있는 귀머거리는 귀머거리가 아니었구만!" 하고 소리를 친다. "우리가 시험을 해 보려고 그랬는데 말이야!"

모두 깔깔거리며 웃는다. 경호병까지 웃는다.

"5열 종대로 모엿!"

그러나 정문은 아직 열지 않는다. 아직 믿을 수 없다는 것이다. 문 쪽에서 사람들을 밀쳐 낸다. (사람들이 문 쪽으로 바짝 몰려들었다. 그렇게 하면 문을 빨리 열어 주기라도 할 줄 알고 그러는 모양이다.)

"5열 종대로 모엿! 1열! 2열! 3열……."

구령에 따라 다섯 명씩 줄을 맞춰 몇 미터 앞으로 걸어 나간다.

슈호프는 숨을 가라앉히고는 뒤를 돌아다본다. 달이 불그스레한 얼굴을 잔뜩 흐린 채, 지평선 위로 올라와 있다. 약간 이지러져 있다. 어제저녁에는 좀 더 높이 떠 있었는데 말이다.

모든 일이 별 탈 없이 끝난 때문인지 슈호프는 마음이 상쾌해졌다. 중령의 옆구리를 쿡쿡 찌르고 밀친다.

"이봐, 중령, 당신네들 과학적 이론으로는 없어진 달은 어디로 간다고 하던가?"

"어디로 가냐구? 그런 게 어디 있어! 그냥 우리 눈에 안 보이게 될 뿐이야!"

슈호프가 고개를 흔들며 웃는다.

"만약 눈에 안 보인다면 그걸 어떻게 안단 말인가?"

"그럼, 자네 생각으로는 매달 새 달이 나온다고 생각하나?" 중령이 어이없다는 듯 말한다.

"그게 뭐 그리 이상한가? 사람도 매일 태어나는데, 왜 달이라고 사 주에 한 번 태어나지 말라는 법이 있나?"

"이런 멍청한 녀석을 봤나." 중령이 퉤 하고 침을 뱉는다. "해군에서는 자네 같은 멍청이는 한 명도 없었지! 그래, 자네 생각으론 헌 달이 어디로 사라진다고 생각하나?"

"그래서 내가 물어보는 것 아닌가. 도대체 어디로 간단 말인가?" 슈호프가 이를 쓱 드러내며 웃는다.

"그래, 어디야?"

슈호프가 숨을 한 번 들이쉰 다음, 약간 혀 짧은 소리로 말했다.

"우리가 알고 있기로는 하느님이 헌 달로 별을 만드신다는 거야."

"이런 미개한 사람들 같으니라고!" 하고 말하고 중령은 웃음을 터뜨린다. "그런 말은 들어 본 적도 없어. 그래 슈호프, 자네는 하느님을 믿는단 말인가?"

"아니, 그렇지 않으면?" 슈호프가 깜짝 놀란다. "천둥소리를 듣고도 믿지 않을 수가 있단 말인가?"

"그래. 그럼, 왜 하느님은 그런 일을 하신다는 거야?"

"뭐라구?"

"왜 달로 별을 만드느냐는 거야!"

"아니 그걸 모른단 말인가?" 슈호프가 어깨를 한 번 들썩해 보인다. "별도 시간이 지나면 떨어지지 않나? 그래서 그걸 보충하느라고 그러는 거지!"

"야, 이런 지미랄놈아, 앞을 보지 못해?" 경호병이 고함을 친다. "줄을 맞춰서 똑바로 서란 말이야!"

벌써 그들의 차례가 되었다. 인원수는 벌써 400명을 넘기고, 다시 열두 번째 대열이었는데, 그 뒤로는 슈호프와 부이노프스키 둘뿐이었다.

경호병들이 동요하기 시작한다. 주판을 가지고 수군거린다. 수가 부족하다. 또다시 인원수가 맞지 않는 것이다. 계산 하나 제대로 못하는군!

인원수는 462명밖에 안 된다. 463명이어야 되는데 한 명이 모자라는 것이다.

또다시 문 쪽에 사람들을 밀어내고 숫자를 세기 시작한다 (죄수들이 어느새 문 앞으로 바싹 몰려와 있다).

"5열 종대로 모엿! 1열! 2열!"

이렇게 계산이 반복되자 죄수들은 완전히 열을 받은 모양이다. 이렇게 되면, 줄어드는 것은 죄수 본인들의 시간이다. 여기서 점검이 끝나면 죄수들은 들판을 가로질러 수용소까지 또 걸어가야 하고, 그곳에서 다시 신체검사를 받느라 줄을 서야 하는 것이다. 작업이 끝나고 집으로 돌아갈 때면, 작업장에서 돌아오는 죄수들은 다른 사람보다 먼저 신체검사를 받으려고 앞을 다투어 달려가기가 일쑤다. 먼저 신체검사를 받으면, 그만큼 먼저 수용소 안으로 들어갈 수 있기 때문이다. 제일 먼저 수용소 안으로 들어간 반은 그날 저녁 내내, 어디를 가든 선두를 차지한다. 식당에서 줄을 기다릴 필요도 없으려니와 소포를 찾으러 가는 것도, 보관소에 가는 일도, 사식 취사장에 가는 일도, 문화교육부에 편지를 부치러 가는 데도, 의무실이나 이발소니 목욕탕이니 어느 곳에서도 제일 먼저 일을 볼 수 있게 되는 것이다.

경호병들도 빨리 수용소 안에 죄수들을 처넣고 자기 막사로 돌아가고 싶기는 매한가지다. 경호병들 역시 그리 편한 것은 아니다. 할 일은 많고 시간은 부족하게 마련이다.

그런데 이렇게 숫자가 영 맞지 않는 것이다.

마지막 다섯 사람이 앞으로 나갔다. 슈호프는 얼핏 마지막 줄에 세 사람이 남은 것같이 생각되었다. 아니다, 역시 두 사람뿐이다.

경호병들이 주판을 들고 경호대장 앞으로 모였다. 뭔가 의논을 하는 모양이다. 이윽고, 대장이 소리를 꽥 지른다.

"제104반 반장!"

추린이 앞으로 걸어 나갔다.

"예!"

"너희 반원들 중에서 작업장에 남은 놈 하나도 없어? 잘 생각해 봐! 잘못하면 목이 달아날 수도 있으니까 말이야."

"아니오. 분명히 아무도 없습니다!"

반장은 비록 이렇게 말하기는 했지만, 혹시 모르타르 섞던 곳에서 잠들어 있는 놈은 없는가 하고 묻는 눈빛으로 파블로를 흘끗 쳐다본다.

"반별로 집합!" 경호대장이 소리친다.

그때까지만 해도 먼저 온 사람대로 다섯 줄씩 서 있던 중이었다. 이젠 자기 반을 찾아 밀치고 야단법석을 떨기 시작한다. 제78반 이쪽으로! 제30반 이쪽으로! 제32반 이쪽으로! 하며 여기저기서 소리를 지르고 야단법석이다.

맨 뒤에 서 있던 제104반은 그 자리에 그대로 서 있었다. 슈호프는 반원들을 살펴본다. 두 사람만 빼고는 모두들 나뭇조각 하나 주워 오지 못하고 빈손으로 온 걸 보니, 오늘은 어지간히 일한 셈이라고 생각한다.

나뭇조각들을 줍는 일은 매일같이 이루어지는 행사다. 수용소로 돌아가기 전에 반원들은 작업장에서 나무토막이니 판자 부스러기니 할 것 없이 닥치는 대로 주워서 새끼줄에 묶어서 가져오곤 하는 것이다. 첫 번째 관문은 작업장 위병소다. 그곳에 현장감독이나 기술자가 서 있는 날이면, 당장에 버리라는 명령이 떨어진다. (공사장에서 수백만 루블을 허비하고 있으니, 하다 못해 나뭇조각으로라도 메워 보려고 생각하는지 모를 일이다.) 그러나 죄수들은 죄수들 나름대로의 계산이 있다. 각자 반원들이 나무토막 하나씩만 들고 들어와도, 막사 안의 온도는 확연하게 달라진다. 그렇게라도 하지 않으면, 하루에 막사에 지급되는 석탄 5킬로그램만으로는 도저히 따뜻하기를 기대할 수 없는 형편이다. 그래서 죄수들은 작업장에서 몰래 막대기를 잘라 내거나 판자를 뜯어내서 옷 속에 숨겨 가지고 나오는 것이다. 현장감독이 이것까지 일일이 검사를 할 수는 없는 일이 아닌가.

경호병들로 말하자면 그들은 현장에서는 나무토막을 버리라는 말은 절대 하는 법이 없다. 땔감이 필요한 건 죄수나 경호병들이나 매한가지다. 그런데 그들이 그런 것들을 집어 올수는 없는 일이다. 군기가 엄하기 때문이기도 하지만 죄수들을 쏘기 위한 자동소총을 들고 있느라고 수용소에 거의 도착한 다음에야, 지시를 내린다. "이 줄부터 저 줄까지, 나무토막 내려놔. 여기다 말이야!" 모조리 쓸어 가지는 않고 사정을 봐주며 회수해 간다. 수용소 안의 간수들 몫으로도 남겨 둬야 하고, 죄수들 본인들을 위해서도 모두 가져갈 수는 없는 일이다. 안 그러면 아예 주워 오지 않을 염려도 있으니까 말이다.

어쨌든 이런 식으로 죄수들은 매일 나무토막을 주워 오는 것이다. 그날 뺏기느냐 무사히 가져오느냐 하는 것은 순전히 그날 운수에 달려 있는 것이다.

나무토막 하나라도 떨어진 게 없나 하고 슈호프가 땅바닥을 두리번거리고 있는 동안, 반장은 인원 점검을 마치고 경호 대장에게 보고한다.

"제104반 전원 이상 없습니다."

사무요원들 틈에 끼어 있던 체자리도 자기 반으로 다가온다. 담배를 한 모금 빨아들일 때마다 담뱃불이 빨갛게 타오르고, 그의 검은 수염은 하얗게 서리가 끼어 있다. 그가 묻는다.

"함장, 어떻게 지냈소?"

따뜻하게 있다가 온 놈이 한데서 떨다 온 사람의 심정을 알 리가 만무하다. 어떻게 지냈느냐고?

"어떻게 지냈겠소?" 함장이 어깨를 한 번 움츠린다. "허리가 빠지게 일하다 왔소, 왜?"

실없는 소리 말고 담배나 좀 권해 봐라, 이 녀석아!

체자리가 담배를 권한다. 그래도 체자리가 반원 중에서 가까이 지내는 놈은 중령뿐이다. 그 외에는 어느 놈 하나 말이 통하는 작자가 없다고 생각하고 있는 것이다.

"제32반에 한 사람이 부족하다! 제32반이다!" 소란이 일어난다.

제32반 부반장과 다른 젊은 반원 한 사람이 없어진 놈을 찾으러 자동차수리공장 작업장으로 황급히 달려간다. 사람들이 웅성거리며, 누구냐, 왜 없어졌느냐 하고 묻고 야단이 났다. 조금 후엔 슈호프의 귀에까지 이런 이야기들이 들려왔다. 얼굴이 가무잡잡한 몰다비아인이 없어졌다! 몰다비아인이라니, 어떤 몰다비아인 말이야? 왜, 그 루마니아 간첩이라고 소문이 난, 그 자식 말이야. 그 녀석은 진짜 간첩이라고 하던데…….

각 반마다 간첩이라고 소문이 난 사람은 대여섯 명씩 있게 마련이다. 그러나 거의 모두가 당국에 의해 날조된 가짜들이다. 간첩이라고 떠들어 대지만, 알고 보면 단순한 전쟁 포로에 지나지 않는다. 슈호프만 해도 그런 사람들 중의 한 사람이었으니까 말이다.

그러나 지금 없어진 그 몰다비아인은 진짜 간첩이라는 것이다.

죄수의 명부를 살펴보고 있던 경호대장의 얼굴이 금세 어두워졌다. 만일 간첩이 탈주했다고 한다면 자신이 무슨 봉변을 당할지 모를 일이다.

전체 죄수들처럼 슈호프도 화가 잔뜩 났다. 이런 못된 놈, 개자식, 말자식, 소자식 하면서 갖은 욕지거리를 해 대고 있다. 하늘은 어느새 어두워졌고, 달빛만이 희미하게 빛나고, 별들이 하나둘 나타나기 시작하고 밤의 냉기가 오싹 스며드는데, 이 망할 놈의 자식은 어디로 사라져 버렸단 말인가! 아직 일이 모자라기라도 한단 말인가? 새벽부터 밤중까지 열한 시간 동안이나 배정된 작업 시간이 그래, 부족하단 말이야? 이 녀석아, 검사가 어련히 알아서 더 줄 텐데 안달이야!

어쨌든 슈호프는 작업 종료 시간도 못 들을 정도로 열심히 일할 놈이 있다는 사실이 영 믿어지지 않는다.

슈호프는 자기 자신이 방금까지 온통 열중해서 일을 하고 있었다는 사실을, 게다가 너무 빨리 위병소로 갈 시간이 되었다고 짜증 낸 사실을 까맣게 잊고 있다. 슈호프는 다른 죄수들과 똑같이 추위에 떨며, 화가 머리끝까지 나서 기다리고 있는 것이다. 만약 이놈의 몰다비아인이 삼십 분만 늦게 나타난다면, 그래서 경호병이 그놈을 이 무리들에게 건네주기라도 한다면, 늑대들에게 던져진 송아지 새끼처럼 갈기갈기 찢길 것이다.

갑자기 기온이 뚝 떨어진다. 아무도 가만히 서 있을 수 없을 정도다. 발을 동동 구르는 놈이 있는가 하면, 앞으로 두 발 뒤로 두 발 팔짝팔짝 뛰는 놈 등 야단법석이다.

혹시 그놈이 도망간 것은 아닐까 하고 서로 웅성거린다. 해가 있을 때 도망쳤더라면 몰라도, 만일 경호병이 내려올 때까지 숨어서 기다릴 요량이라면 그건 어림없는 수작이다. 철조망 밑으로 기어 나간 흔적이 없고, 사흘간 수용소 내부에서 찾아내지 못하면, 사흘 동안 망루에서 감시에 들어간다. 일주일이라도 망루 근무에 들어가게 되는 것이다. 수용소 생활을 해 본 사람이라면, 이런 사실을 모르는 사람이 없을 거다. 탈주자들은 으레 경호병들에게 목숨을 잃기 십상이다. 그도 그럴 것이 도망자가 생기면 경호병들은 잠도 못 자고 먹지도 못한 채 도망자를 찾느라 악이 오를 대로 올라, 찾기만 하면 그 자리에서 쏘아 버리기 때문이다. 이렇게 붙잡힌 탈주자는 살아 돌아오는 법이 거의 없게 되는 것이다.

체자리는 중령을 설득하고 있다.

"선구8)에 매달린 코안경 장면 기억하십니까?"

"음······." 중령은 담배를 한 모금 빤다.

"아니면, 혹시 계단을 구르는 유모차 장면 기억해요? 계속 계단 밑으로 굴러가는 유모차 말이오······."

"그래요. 하지만 해병 생활이 약간 인형극처럼 보이더군요."

"하기야, 지금 관객들은 현대의 촬영 기술에 길들여져 있지요······."

"또 그 고기에 낀 구더기들 말인데, 꼭 지렁이 같지 않습니까? 그런 구더기가 있다는 게 믿어지지 않아요."

"더 작은 것을 사용하면 영화에선 잘 나타나지 않아요!"

"만약, 그 구더기가 들끓는 살코기를 우리 수용소로 가져와서 씻지도 않은 채로 우리가 늘 먹는 생선 대신 솥에 처넣으면, 우리는 어떻게 할 것······."

"야—아—아!" 죄수들이 웅성거리기 시작한다. "우—우—우!"

자동차수리공장 작업장에서 세 사람이 뛰어나오는 것을 보니, 그 몰다비아 놈을 찾아낸 모양이다.

"우—우—우!" 문 쪽에 있던 군중들이 아우성을 친다.

세 사람이 가까이 오자 욕지거리들이 쏟아지기 시작한다.

"염병할 놈! 비겁한 놈! 불량배! 개자식! 정신 나간 놈! 짐

---

8) 선박에 있는 기구.

승만도 못한 놈!!"

슈호프도 같이 소리를 지른다.

"염병할 놈!"

500명이나 되는 사람들을 삼십 분이나 잡아 놓았다는 것은 지금 농담이 아니다.

몰다비아 놈은 쥐새끼처럼 목을 잔뜩 움츠리고 달려온다.

"여기 섯!" 경호병이 소리를 꽥 지른다. 그러고는 번호를 적는다. "카─460번! 어디 있었어?"

그러고는 몰다비아인 쪽으로 다가서며 카빈총의 개머리판을 번쩍 추켜든다.

군중들 사이에서 여전히 욕지거리들이 쏟아져 나온다.

"저런, 짐승 같은 놈! 죽일 놈! 망할 자식!"

이때, 중사가 카빈총을 그를 향해 겨누고 개머리판을 돌리자 사람들이 숨을 죽였다.

몰다비아인은 고개를 기울이고, 말없이 뒷걸음질을 한다. 이때 제32반 부반장이 앞으로 나온다.

"이 미친 자식이 글쎄, 미장이 발판에 올라가서 몰래 몸을 녹이고 있다가 잠이 들었지 뭡니까."

이렇게 말하고는 부반장이 주먹을 휘두르며 몰다비아인의 목덜미와 잔등을 마구 후려친다.

이렇게 해서라도 우선 경호병에게서 떼어 놓을 생각이다.

몰다비아인이 휘청거리며 뒤로 물러서자 이번에는 같은 반에 있는 헝가리인이 뛰어나와서 발로 엉덩이를 마구 걷어찬다.

이 녀석아, 수용소에서 생활하는 것은 간첩 활동을 하는 것과는 전혀 다른 것이란 말이다. 아무리 멍청한 놈이라도 간첩 노릇을 할 수는 있는 법이야. 간첩 노릇이야 단순하고 또 즐거운 일이 아니냐 말이야. 그런데 중노동 수용소에서 십 년간 중노동을 하면서 살아 보란 말이다!

경호병이 카빈총을 치운다.

그러자 경호대장이 소리를 지른다.

"문에서 물러섯! 5열 종대로 섯!"

이런 개자식들! 다시 인원 점검을 하자는 것이다. 안 세어 봐도 뻔한 일 아닌가! 죄수들이 웅성거린다. 몰다비아인에게 향했던 분노가 이번엔 경호병에게로 옮겨갔다. 죄수들이 웅성거리며 문에서 좀처럼 떨어지려 하지 않는다.

"이것들이 뭐하는 거야!" 경호대장이 언성을 높여 고함을 지른다. "눈 위에 앉아 있고 싶어? 오냐, 그렇게 해 주마! 아침까지 그렇게 앉혀 둘 테니 그런 줄 알아!"

전혀 생소한 일도 아니다. 한두 번 그런 것도 아니니까! 게다가 그냥 앉아 있는 것은 양반이다. '엎드려 총' 자세로 눈 위에서 밤새운 것이 한두 번이 아니다. 죄수들이 그것을 모르는 것이 아니다. 그런 죄수들이라 문에서 물러나기 시작한다.

"물러섯! 물러섯!" 경호병이 재촉한다.

"야, 이 빌어먹을 놈들아, 뭣 때문에 문에 바싹 달라붙어 있는 거야, 응?" 뒷줄에 있는 놈들이 앞줄에 있는 놈들에게 화를 낸다. 그러면서 주춤주춤 뒤로 물러서기 시작한다.

"5열 종대로 섯! 1열! 2열! 3열!"

달은 이미 중천에 떠올라 또렷하게 빛나고 있다. 불그스름하던 빛이 사라지고 환하게 빛나고 있다. 어느덧 중천의 사분의 일이나 떠올라 있다. 완전히 밤 시간을 허비했다……. 저 몰다비아 놈인지 뭔지 지옥에나 가라! 경호병 놈들도 지옥에나 가라! 오, 저주받은 인생들!

자기 줄의 인원 점검이 끝난 죄수들은 뒤를 돌아서서 발꿈치를 들고 바라보며, 마지막 5열 종대 다음에 두 사람이 남았는지 세 사람이 남았는지 쳐다보느라 야단이다. 이 순간에는 모든 생이 이것에 달려 있는 것이다.

슈호프는 마지막 줄에 꼭 네 명이 서 있는 것만 같다. 공포로 몸이 오그라든다. 이번엔 한 명이 남는다. 또다시 점검을 해야 할 판이다. 오, 하느님 맙소사! 나중에 늑대 페추코프 녀석이 중령한테 담배를 구걸하러 와서 꾸물거리다가 자기 줄에서 벗어나서 그렇게 보인 것이란 사실이 판명되었다.

화가 잔뜩 난 경호대 부대장이 페추코프의 목덜미를 후려친다.

잘한 일이다!

마지막 줄엔 세 명이다. 오 하느님, 이제야 겨우 맞아떨어졌다.

"문에서 물러섯!" 경호병이 또 고함을 지른다.

이번에는 죄수들도 그다지 불평하지 않는다. 병사들이 위병소를 나가서 반대편의 문으로부터 경계선을 펴는 것이 보인 때문이다.

그러니까 지금 밖으로 내보낸다는 의미이다.

민간인 십장이나 현장감독들이 눈에 띄지 않는다. 나무토막을 들고 가도 별 이상이 없겠다는 생각이 든다.

문이 열렸다. 경호대장과 인원 점검원이 문밖에서 소리친다.

"1열! 2열! 3열……."

이번에도 계산이 맞아떨어지면, 이젠 망루에 있는 보초병들도 내려오게 된다.

그러나 반대편 망루에서 여기까지 가로질러 오려면, 또 얼마나 걸어야 하는지! 마지막 죄수가 문밖으로 나오면 그때서야 각 망루에 전화를 해서 철수 명령을 내리는 것이다. 머리가 좀 돌아가는 경호대장이라면 전화를 걸고 나서 이내 죄수들을 출발시킬 법도 하다. 죄수들은 도망치려야 도망칠 곳도 없고, 망루에 있던 보초들도 곧 뒤따라올 테니, 굳이 기다리고 있을 필요는 없는 것이다. 그런데 멍청한 경호대장은 행여나 죄수들을 지키지 못할까 봐 기다리게 하는 법이다.

오늘 이 경호대장도 그런 멍청이들 가운데 하나다. 출발 명령도 내리지 않은 채 계속 보초들이 올 때까지 기다리는 것이다.

온종일 한데서 일을 한 죄수들은 꽁꽁 얼어죽을 지경이었다. 게다가 작업이 끝나고서도 한 시간이 넘도록 추위 속에서 있었다. 그러나 추위 속에 떨고 있었다는 것보다 더 화가 치미는 것은 온 저녁을 헛되이 보냈다는 것이다. 이제 수용소 막사로 돌아간다 한들 무슨 일을 할 수 있느냐는 것이다.

"그런데 당신은 어떻게 영국 해군 생활을 잘 알고 있어요?" 옆에서 체자리가 묻는다.

"영국 순양함에서 거의 한 달간이나 생활한 적이 있습니다.

전용 선실까지 있었으니까요. 연락장교 자격으로 호송 함대에 파견되었어요. 전쟁이 끝난 후에 글쎄, 영국 제독이 '감사의 표시'라고 기념품을 보냈는데, 재수없이 그게 문제가 되어 버린 거요. 이런 어처구니없고 저주받을 일이라니! 완전히 한 덩어리로 취급하는 데는 정말……. 벤데르파와 같이 있어 보라고요, 그다지 유쾌하지는 못할 테니 말이오!"

얼마나 이상한 일이냐! 얼마나 괴이한 광경인가 말이다. 허허벌판! 텅 빈 작업장! 달빛을 받아 빛나는 눈밭! 경호병들은 이미 각자의 위치에 서 있다. 소총의 안전장치를 푼 채, 경호병들은 서로 십 보 간격을 유지하고 있다. 검은 옷을 입은 죄수들의 대열, 그리고 역시 똑같은 옷을 걸치고 있는 췌―311번이라는 사람, 황금 견장 없이는 인생을 생각해 본 적이 없고, 영국 제독과도 알고 지냈던 그 사람이 지금은 페추코프 같은 놈과 나란히 등짐을 지고 나르고 있는 것이다.

인간의 운명을 이렇게 쉽게 바꿔 놓다니, 이렇게…….

보초병들이 다 모였다. '기도문'은 외지 않고 직행한다.

"속보 앞으로 갓! 빨리빨리!"

어림없는 수작 말아. 이제 와서 뭣 때문에 속보로 걷는단 말이야? 이제 다른 모든 작업대보다 늦어진 마당에 구태여 서두를 필요가 뭐 있단 말이야! 죄수들은 서로 약속한 것도 아닌데, 어차피 늦은 바에야 이제 너희들도 골탕 좀 먹어 봐라 하는 식으로 모두들 능장을 부린다. 너희들도 따뜻한 난로 앞으로 가고 싶은 것은 매한가지가 아니냐!

"빨리 걸어!" 경호대장이 소리를 지른다. "선두, 빨리 걸어!"

'빨리 걸으라고!' 이놈들아, 엿이나 먹어라. 죄수들은 고개를 푹 숙이고 보조도 맞추지 않고 터벅터벅 걸어간다. 마치 장례식 뒤를 따라가는 사람처럼 천천히 걷고 있다. 이젠 서두를 필요가 전혀 없어졌다. 어차피, 수용소에 돌아가 봐야 꼴찌기는 매한가지다. 우리를 비인간적으로 대한 너희들도 맛 좀 보라는 식이다. 어디 목구멍이 아플 때까지 실컷 소리를 질러 보란 말이다!

경호대장은 몇 번이나 빨리 걸으라고 호통을 쳤지만 아랑곳하지 않는 죄수들을 보고, 나중에는 경호대장도 눈치를 챈 모양이다. 그렇다고 발포를 할 수는 없는 일이다. 5열 종대로 줄을 지어 걸어가고 있으니 말이다. 경호대장이라고 아무 이유 없이 죄수들을 몰아붙일 수는 없는 일이다. (유일하게 죄수들을 구원할 수 있는 것은 아침에 작업장으로 천천히 걸어가는 것뿐이다. 괜히 작업장으로 빨리 가는 놈은 형기가 끝날 때까지 이 수용소에서 살아남지 못할 것이 뻔한 일이다. 얼마 안 가서 기진맥진해지고 뻗어 버릴 것이기 때문이다.)

종대는 줄을 맞춰 천천히 걸어간다. 발밑에서 눈이 뽀드득거린다. 소리를 낮춰 말하는 놈이 있는가 하면 그저 묵묵히 걷는 놈도 있다. 슈호프는 오늘 저녁 수용소에서 할 일이 있었는지 생각해 본다. 그러다가 위병소에 가려고 했던 일을 생각해 냈다. 이런, 작업을 하느라 위병소에 가려던 것까지 까맣게 잊고 있었던 것이다.

마침, 지금 이 시간이면 위병소에서 진찰을 하고 있을 시간이다. 만약 저녁 식사를 포기하고 위병소로 곧장 가면, 진찰

162

을 받을 수 있을지 모르겠다. 그러나 찌뿌드드하던 몸도 이젠 괜찮아진 것 같다. 열도 그다지 높은 것 같지 않다……. 공연히 시간만 낭비할지도 모른다. 의사의 도움 없이도 괜찮아지려나 보다. 괜히 의사한테 잘못 걸려들었다간 도리어 관 속에 들어가기 꼭 알맞다.

이젠 의무실이 문제가 아니라 어디서 저녁밥을 보충할 것인가 하는 것이 문제다. 체자리의 소포에 기대를 걸어 볼 만도 하다. 소포가 올 때도 벌써 지났으니 말이다.

갑자기 대열이 흐트러졌다. 죄수들이 동요하기 시작하고 줄이 엉망이 되는가 싶더니, 죄수들의 대열이 마구 뛰기 시작한다. 맨 마지막 줄에 서 있던 슈호프의 대열은 앞줄의 대열을 따라가느라 한참이나 정신없이 뛰어야 할 정도였다. 잠시 후에 다시 구보로 바뀌었다. 다시 뛰기 시작한다.

종대의 마지막 대열이 언덕 위로 올라섰을 때에야 슈호프는 그들의 오른쪽 저 멀리 벌판으로부터 다른 종대가 거무스름하게 나타나는 것을 보았다. 이쪽 종대와 엇비슷하게 오고 있었는데 그 종대 역시 이쪽 종대를 발견한 모양으로 그쪽에서도 걸음을 빨리 재촉하고 있다.

저쪽에서 오는 종대는 삼백여 명 되는 숫자로 기계공장에 나가서 작업하던 종대가 틀림없다. 그렇다면 저쪽 종대도 우리처럼 운 나쁘게 작업 현장에서 늦어진 모양이다. 무슨 일 때문이었는지는 뻔한 일이 아닌가! 기계공장의 경우라면 무슨 기계인지는 몰라도 어쨌든 제 시간에 수리하지 못했기 때문일 것이다. 그런 일은 자주 있는 일이었으니까 말이다. 그렇다고 불평할 입장도 아니다. 그 대신 기계공장에서 작업을 하면 온종일 따뜻한 작업장에서 일을 할 수 있기 때문이다.

이젠 종대 사이에 경쟁이 붙었다. 죄수들이 달리기 시작한다! 그냥 마구 달리고 또 달린다. 경호병들까지 합세해서 달리고 있다. 경호대장만이 고함을 질러 댈 뿐이다.

"간격을 유지해라, 마지막 대열! 뒤처지지 말란 말이야! 대열 간격을 좁혀!"

지금 이 상황에 무슨 개 짖는 소리냐? 간격이 안 맞다니, 헛소리 마라!

이젠 이야기를 하는 사람도 생각에 잠겨 있는 사람도 없다. 모든 죄수들의 관심사는 오직 한 가지에 쏠려 있다.

"저쪽을 따라잡아라! 저쪽보다 먼저 가야 한다!"

이젠 누가 누구와 감정이 있든 없든 간에, 모두 한 덩어리가 되어서, 이젠 적이 아니라 동지가 되어 마구 달리고 있다. 경호병조차 이 순간만은 적이 아니라 동지가 된다. 적은 바로, 저쪽에서 오고 있는 작업대다!

모두들 조금 전까지 몹시 상해 있던 기분이 완전히 없어지고, 화도 모두 가신 느낌이었다.

"빨리! 빨리 뛰어!" 뒷줄이 앞줄을 채근한다.

우리 쪽 작업대가 한길로 나서자 저쪽 작업대는 주택구 뒤로 돌아간다. 보이지 않는 어둠 속의 추격이 이어진다.

한길을 달리는 우리 작업대가 훨씬 유리할 것 같다. 옆에서 달리고 있는 경호병들도 그다지 걸려 넘어질 염려가 없다. 어떻게 해서든지 이쪽에서 저쪽보다 앞서야 한다.

기계공장 작업대가 기를 쓰고 앞서려고 하는 데도 이유가 있다. 기계공장에서 작업을 하면 수용소에 들어갈 때 신체검사를 특히 심하게 받기 때문이다. 수용소 안에서 밀정이 칼침을 맞고 죽은 사건이 있은 후에, 상부에서는 그 칼이 틀림없이 기계공장에서 만들어져서 수용소 안으로 반입된 것이 틀림없다고 결론을 내렸기 때문이다. 그 때문에 기계공장에서 일을 하고 돌아오면 수용소 안으로 들어올 때 이 작업대를 이 잡듯이 검사를 하는 것이다. 가을이 깊어 땅이 얼었는데도 간수들은 아랑곳없이 호통을 쳐 대는 것이었다.

"기계공장 작업대는 장화를 벗고, 손에 들고 있어!"

이렇게 해서 맨발로 신체검사를 받게 된 것이다.

요즘 같은 엄동설한에도 이렇게 검사는 여전히 진행되고 있다.

"야, 이 녀석아, 오른쪽 신발을 벗어! 야, 이 새끼야, 너는 왼쪽 신발을 벗어!"

죄수들은 한쪽 장화를 벗고 한쪽 발로 뛰면서 벗은 쪽 신발을 거꾸로 흔들어 보이고 발싸개를 풀어 보여 주는 것이었다. 자, 봐라, 칼은 없다! 이 녀석아! 하면서 말이다.

거짓말인지 정말인지 확인할 수는 없지만 슈호프가 듣기로는 기계공장에서 일하던 패거리들이 지난 여름에 배구장을 만들기 위해 철제 기둥 두 개를 들여온 적이 있었는데, 그때 기둥 하나에 칼날이 긴 단도를 열 개씩이나 숨겨 가지고 들어왔다는 것이다. 어쨌든 요즈음에도 가끔씩 수용소 안에서 칼이 발견되곤 한다.

종대는 새로 지은 클럽 옆을 지나고, 주택구를 빠져나와 목공소 앞을 달려서 통과했다. 그런 다음 수용소의 위병소로 똑바로 나 있는 모퉁이를 돌았다.

"후—우—우!" 약속이나 한 듯이 모든 종대원들이 안도의 한숨을 내쉰다.

이 모퉁이가 제일의 목표였던 것이다. 기계공장 작업대는 우측으로 백오십여 미터나 뒤떨어진 채 다가오고 있다.

이젠 서두를 필요 없이 천천히 걸어간다. 종대원들은 모두 의기양양하다. 토끼들의 즐거움이다. 그래, 우리를 보고 놀라는 개구리들도 있다고 좋아하는 그런 즐거움 말이다.

이젠 수용소 앞까지 다 왔다. 아침에 나왔을 때와 다름없는 수용소다. 벌써, 어두운 밤이다. 높다란 담장 위에 쭉 늘어선 외등! 위병소 앞에 특히 밀집해 있는 외등들이 신체검사장 일대를 대낮처럼 밝히고 있다.

그런데, 위병소 앞에 거의 다 왔을 때였다…….

"멈춰 섯!" 부대장이 소리친다. 부대장은 자동소총을 부하에게 맡기고 종대 쪽으로 다가온다. (자동 소총을 들고 죄수들 가까이 접근하는 것은 금지되어 있다.)

"대열 중, 오른쪽 줄은 들고 있는 나무토막을 모두 오른쪽으로 내려놔라!"

대열 옆에 서 있는 부대장은 누가 나무토막을 들고 있는지 한눈에 모두 볼 수 있다. 하나둘 나무토막을 길 옆으로 던진다. 이윽고, 세 번째 나무 묶음이 떨어진다. 어떤 놈은 옆에 있는 다른 죄수에게 슬쩍 넘겨주려고 한다. 그러자 옆에 있던 다른 죄수가 말한다.

"네가 그러면, 다른 사람 나무까지 빼앗기니까 좋게 말할 때 빨리 내려놔!"

죄수에게 가장 큰 적은 누구인가? 그것은 옆의 죄수다. 만일 모든 죄수들이 서로 시기하지 않고 단결할 수만 있었다면 얼마나 좋은 일인가, 에이!

"앞으로 갓!" 부대장이 소리친다.

위병소 쪽으로 다가간다.

위병소로 향하는 길은 모두 다섯 갈래로 뻗어 있다. 한 시간 전만 하더라도 이 길에 죄수들이 가득 차 있었을 것이다. 만일 이 길들이 모두 포장이 된다면, 이 위병소와 신체검사장 일대는 미래 도시의 중심부가 될 것이다. 그때쯤이면 지금 사방에서 몰려드는 죄수들처럼 사방에서 시위대가 밀려들 것이다.

벌써, 위병소에 들어가 몸을 녹이고 있던 간수들이 재빨리 달려나와 길을 막는다.

"겉옷을 풀어! 덧옷도 풀어!"

죄수들은 양팔을 벌린다. 포옹이라도 하려는 건가, 젠장! 양쪽 겨드랑이를 툭툭 쳐 본다. 아침에 하던 동작과 별 차이가 없다.

지금은 겉옷을 풀어헤치는 일이 그다지 어려운 일이 아니다. 이제 집으로 들어갈 테니까 말이다.

이렇게, 모두들 '집으로 간다'라고 말한다.

이 집 외에 '다른 집'에 대해선 하루 종일 생각할 겨를이 전혀 없다.

대열의 선두를 검사하기 시작하자, 슈호프는 체자리 곁으로 다가가서 말을 건넨다.

"체자리 마르코비치! 위병소에서 검사가 끝나면, 곧장 소포 인도소로 달려가서 순번을 타 놓겠어요."

체자리는 검고 길게 흘러내린, 그러나 지금은 하반부가 하얗게 성에가 낀 수염을 슈호프 쪽으로 돌린다.

"이반 데니소비치! 소포가 왔는지 안 왔는지도 모르는데, 무슨 순번을 타 놓겠다는 것이오?"

"안 왔다면 할 수 없는 일이죠. 십여 분 기다리다가 당신이 안 오면 그냥 막사로 돌아가면 되지요."

(그렇게 말했지만, 슈호프는 만약 체자리에게 소포가 안 왔으면, 다른 사람에게 순번을 팔아먹자는 속셈이다.)

체자리도 소포가 오기를 무척 기다리고 있는 것이 분명하다.

"그럼, 그렇게 하시오, 이반 데니소비치! 가서 십여 분 기다리다가 내가 안 오면 곧 돌아와요!"

신체검사를 받을 차례가 점점 더 다가오고 있다. 슈호프는 검사를 한대도 오늘은 감춘 것이 없으니까, 그다지 염려할 것은 없다. 겉옷에 묶었던 노끈을 풀고 덧옷을 풀어헤친다.

감춘 물건은 하나도 없지만 팔 년간 수용소 생활에서 몸에 밴 습관이라 어쩔 수 없는 모양이다. 한 손을 무릎 위에 달린 호주머니 속에 넣어 본다. 아무것도 없다는 것을 알면서도 혹시나 하는 생각에서다.

그러나 웬걸, 호주머니에는 부러진 쇠줄칼 토막이 들어 있다. 오늘 낮에 작업장에서 무엇이든 그냥 보고 지나치지 못하는 슈호프인지라 혹시 나중에라도 어디 쓸모가 있을까 해서 눈 위에 떨어져 있던 것을 주워 넣고는 잊고 있었던 것이다. 수용소 안으로 들고 들어올 생각은 전혀 없었다.

수용소 안으로 가져올 생각은 없었지만, 일이 이렇게 되고 보니 버리기도 아깝다. 잘 갈아서 작은 칼이라도 만들면 신발을 고치거나 바느질을 할 때 얼마나 요긴하게 쓰일 것인가.

만약 수용소 안으로 가지고 들어오려고 생각했더라면, 어디 더 꼼꼼한 곳에 숨겼을 것이다. 그러나 지금 슈호프 앞에는 두 줄밖에 남지 않았다. 그중 앞줄은 벌써 검사를 받으러 앞으로 나간 후다.

순간적으로 잘 생각해야 한다. 앞사람 등 뒤에 숨어 살짝 눈 위에 버리느냐(물론 떨어뜨린 흔적이 보일지도 모르지만, 누가 떨어뜨렸는지는 모를 것이다.), 아니면 가지고 들어갈 것인가?

만일, 이 줄칼 조각이 칼로 치부된다면, 영창 생활 십여 일은 따 놓은 당상이다.

그러나, 만약 무사히 가지고 들어간다면, 신발을 수선하는 칼로 만들어 신발 수선을 하면 수입도 만만치 않을 것이다.

버리기에는 너무 아깝다.

슈호프는 그냥 들고 들어가기로 하고, 장갑 속에 줄칼 토막을 집어넣었다.

바로 이때, 슈호프 앞줄에 검사를 받으러 나오라는 명령이 떨어졌다.

휘영청 밝은 달빛 아래 세 사람만이 남아 있다. 슈호프와 세니카, 그리고 몰다비아인을 데리러 갔던 제32반에 속해 있는 젊은 사람, 이렇게 세 사람이 남아 있다.

남아 있는 죄수는 세 명, 그리고 그들을 기다리는 간수는 다섯 명이다. 오른쪽의 두 간수들 중에서 어느 녀석이 더 융통성이 있는지 잘 선택해서 그 앞으로 나갈 수 있는 선택의 여지가 남아 있는 것이다. 슈호프는 젊고 혈색이 좋은 간수를 제치고, 수염이 하얀 늙은 간수 앞으로 다가섰다. 나이가 든 간수는 물론 경험도 많다. 따라서 그가 검사를 하려 들면 무엇이든 다 찾아낼 수 있다는 것은 다 알고 있는 사실이다. 그러나 나이가 들어서 이런 일엔 신물이 났을 법도 하다.

앞줄이 검사를 받고 있는 사이에 슈호프는 양쪽 장갑을 모두 벗어 줄칼이 안 들어 있는 쪽 장갑을 조금 더 쭉 내밀어서는 한쪽 손에 쥐었다. 허리띠 대용의 노끈도 그쪽 손에 쥐었다. 그런 다음, 겉옷과 덧옷의 앞섶을 보라는 듯이 활짝 젖혔다(이제껏 신체검사를 받아 왔지만, 지금까지 이렇게 적극적으로 나온 적이 한 번도 없었다. 그러나 오늘은 보라는 듯이 적극적으로 나갈 필요가 있다. 자, 잘 찾아봐라!). 그러고는 간수의 명령이 떨어지자 성큼성큼 흰 수염의 노간수 앞으로 나갔다.

흰수염 간수는 슈호프의 옆구리를 툭툭 쳐 본 다음, 잔등도 툭툭 친다. 무릎 위의 호주머니도 만져 본다. 아무것도 없다. 그다음엔 겉옷과 덧옷의 자락도 만져 본다. 아무것도 없다. 이제 그만하면 됐다는 생각이 들긴 했지만, 신중을 기하자는 의미에서 슈호프의 손에 들린 장갑도 한손으로 쥐어 본다.

역시 아무것도 없다.

간수가 장갑을 쥐는 순간, 슈호프는 가슴이 꽉 죄어 오는 것 같았다. 만약 다른 쪽 장갑을 만진다면 이젠 영락없이 하루에 300그램짜리 빵이 고작이고, 뜨거운 음식은 사흘에 한 번이 고작인 영창 생활의 굶주림을 면치 못할 것이다. 그곳에서는 순식간에 몸이 쇠약해지고 굶주리게 되어, 배가 부른 정도는 아니지만 배가 고파 죽을 정도는 아닌 지금의 생활로 돌아오기 힘들 거라는 생각이 퍼뜩 떠올랐다.

그는 마음속으로 하느님께 울부짖으며 기도라도 하고 싶은 심정이었다. '오! 하느님, 저를 구해 주소서. 영창에 가지 않도록 해 주소서!'라고 말이다.

이러한 모든 상념은 간수가 한쪽 장갑을 만져 보고, 다음 장갑으로 옮기려던 순간적인 찰나에 머릿속에 스쳐 간 것들이었다. (만일 슈호프가 장갑을 양손에 한 짝씩 들고 있었다면 간수도 양손을 모두 검사했을 것이다.) 그러나 그때, 검사장의 우두머리가 빨리 끝마치고 싶었던지 경호병 쪽을 보고 소리를 질렀다.

"다음은 기계공장대 대기해!"

그러자 흰수염의 간수는 두 번씩이나 장갑을 쥐어 보는 수고를 피하고, 한 손을 휘젓는 것이었다. 지나가라는 신호다. 그는 무사히 통과했다.

슈호프는 자기 반원들을 따라잡으려고 달려갔다. 반원들은 통나무로 만든 목책 사이에서 5열 종대로 정렬하고 있다. 이 목책은 마시장에 있는 목책과 비슷한 모양을 하고 있다. 그 목책 사이로 죄수들을 몰아넣고 있는 것이다. 마치 말을 몰아넣 듯이 말이다. 슈호프는 날아갈 듯이 가볍게 뛰어갔다. 그런데, 이번에는 하느님에게 감사하다는 기도를 깜빡 잊어버렸다. 기도를 드릴 시간도 없었거니와 이제 와서는 너무 늦어 버린 감이 있다.

슈호프 반원들을 경호해 온 병사들은 모두 옆으로 물러서서 기계공장 작업대의 경호병들에게 자리를 내주고 있다. 다음엔 경호대장이 오기만을 기다릴 뿐이다. 검사가 시작되기 전에 문밖에 버린 나무 묶음은 벌써 말끔하게 집어가 버렸다. 검사를 받으면서 간수들에게 몰수당한 나무 묶음은 위병소 옆에 산더미처럼 쌓여 있다.

달은 더 높이 떠올랐고, 온통 새하얗게 눈에 덮인 밤은 한층 더 냉랭하다.

경호대장은 463명의 죄수 호송을 완료했다는 전표를 받으러 위병소로 가면서 도중에 볼코보이의 부관인 프라하와 무슨 이야기를 주고받고 있다가 갑자기 소리를 친다.

"카―460번!"

대열 한가운데 몸을 움츠리고 섰던 몰다비아인은 머리를 잔뜩 움츠리고, 한숨을 내쉬고는 목책 옆을 돌아간다.

"이리 와!" 프라하가 목책을 돌아오라고 손짓을 한다.

몰다비아인은 목책을 돌아서 옆으로 나왔다. 그대로 뒷짐을 진 채 그 자리에 서 있으라는 명령이 떨어졌다.

결국 그는 탈주를 기도한 것으로 결정되고 영창에 들어갈 판이다.

정문 바로 앞에 있는 목책 옆에 두 사람의 위병이 좌우로 갈라섰다. 이윽고, 서너 걸음 떨어진 정문이 천천히 열렸다. 명령이 떨어진다.

"5열 종대로 정렬! (여기서는 "문에서 물러섯!" 하고 명령을 할 필요가 없다. 수용소 안에 있는 모든 문은 안쪽으로 열리도록 되어 있기 때문이다. 모든 죄수들이 한꺼번에 안에서 문 쪽으로 몰려온다 해도, 밖으로 나갈 수 없게 만든 장치였다.) 1열! 2열! 3열⋯⋯."

저녁이 되어, 이때쯤 여기서 인원 점검을 받을 때, 그다음 수용소 문을 통과하여 막사 안으로 돌아올 때, 죄수들에게는 이때가 하루 중에서 가장 춥고 배고플 때이다. 지금 같은 때는 맹물 양배춧국이라 해도 뜨뜻한 국 한 그릇이 가뭄에 단비같이 간절한 것이다. 국물 한 방울 남기지 않고 단숨에 들이켜게 된다. 이 한 그릇의 양배춧국이 지금의 그들에겐 자유보다, 여태까지 살아온 생애보다 아니, 앞으로의 모든 삶보다도 더 소중하게 느껴지는 것이다.

수용소 안으로 들어서는 순간이면, 죄수들은 마치 개선장군들처럼 위풍당당하게 손을 내두르며 행진해 들어온다. 기세가 당당하다.

본부 건물에서 멍하니 잔일을 하던 놈들은 이렇게 위풍당당하게 들어오는 죄수들을 보면 두려움까지 들 지경이다.

그도 그럴 것이 이때 인원 점검이 끝나면, 아침 여섯시 반에 작업 점호가 떨어진 이후 처음으로 자유로운 시간을 맞이하는 것이다. 출입금지 구역의 큰 문을 지난다. 다시 조그만 문을 통과한다. 그다음 중앙 통로 옆의 문 두 개를 지나면, 각자 가고 싶은 곳으로 마음대로 갈 수 있게 된다.

모두 뿔뿔이 흩어지지만 반장들에게는 작업 할당계의 명령이 떨어진다.

"각 반 반장은 생산계획부로 집합!"

슈호프는 감옥 옆을 지나고 막사 사이를 지나 쏜살같이 소포 인도소로 달려간다. 한편, 체자리는 의젓한 자세로 천천히 다른 방향으로 걸어간다. 저쪽 기둥 주위에는 죄수들이 잔뜩 몰려와 있다. 기둥 위에 베니어판이 한 장 붙어 있고, 그 위에 먹물로 쓴 소포 수령자 명단이 붙어 있다.

수용소 안에서는 종이보다는 이렇게 베니어판 위에 쓰는 일이 더 많다. 베니어판이 더 강해 보이기도 하지만, 더 정확하게 보이기도 하기 때문이다. 간수들이나 작업할당계원들도 인원 계산을 할 때면, 이 베니어판을 사용한다. 썼다가 지우고 또 다음 날 사용하면 경제적이기도 하다.

하루 종일 수용소 안에 남아 있었던 놈들은 이런 벌이도 할 수 있다. 그러니까, 소포 받을 사람이 누구인지 미리 봐 두었다가, 통로 근처에서 본인을 만나게 되면, 그 자리에서 붙잡고 통고를 해 주는 것이다. 많은 보수를 바랄 수는 없지만 아무리 못해도 궐련 한 개비는 얻어 피울 수 있다.

슈호프는 소포인도소까지 단숨에 달려갔다. 막사 옆에 조그만 부속 건물이 붙어 있는데, 그 현관이 비죽 나와 있다. 여기가 바로 소포인도소이다. 현관에는 덧문이 붙어 있지 않아서 찬 바람이 마구 몰아친다. 그래도 지붕 밑이라 어쨌든 한데보다는 훨씬 낫다.

현관 벽을 따라서 줄이 기다랗게 늘어서 있다. 슈호프도 다가가 줄을 선다. 앞에 선 사람은 열댓 명가량 되어 보인다. 자기 차례가 오려면 한 시간은 기다려야 할 참이다. 취침 시간 때나 되어야 겨우 순번이 돌아오지 않을까 싶다. 소포 수령자 명단을 보고 이곳으로 달려온 사람이 있다고 하더라도, 중앙난방 작업장에서 일하고 온 죄수들 중에서는 슈호프가 맨 먼저 달려왔을 것이다. 게다가 기계 공장 작업대는 더 늦어질 것이다. 그들은 소포를 받으려면, 내일 아침에 다시 와야 할 거다.

줄을 서 있는 놈들은 모두 자루나 부대를 들고 있다. 문 뒤에서(슈호프 자신은 지금까지 이 수용소에서 한 번도 소포를 받은 적은 없지만 이야기는 들어서 잘 알고 있다.), 간수가 소포 상자를 일일이 뜯어 보고, 검사를 한다. 자르고 분지르고 들춰 보고 모두 열어 보는 것이다. 유리병이나 깡통에 든 액체류는 마개를 뽑고 국물만 내준다. 수령자가 손바닥으로 받건 타월 주머니로 받건 그들은 아랑곳하지 않는다. 절대로 병을 주는 법이 없다. 겁이 나는 모양이다. 만두니 생소한 과자니 소시지, 훈제 생선 같은 것은 간수가 먼저 시식을 한 다음 주는 것이 보통이다. 괜히 불평이라도 했다가는 "이건 금지된 품목이니 줄 수 없어!" 하면 그만이다. 소포를 받게 되면 일단 담당 간수뿐만 아니라, 모든 간수에게 얼마간이라도 조금씩 나눠 줘야 한다. 이렇게 소포 검사가 끝나도 소포는 수령자에게 제대로 돌아오지 않는다. 수령자가 보자기나 자루에 소포를 담고 있는 사이에 벌써 "다음!" 하고 소리를 지른다. 그러다 보면 서두르다가 빠뜨리고 나오는 경우가 있는데, 그땐 되돌아가서 찾으려 해도 없어진 지 오래다.

슈호프도 예전에 우스치—이지마 수용소에 있을 때는 두 번인가 소포를 받아 본 적이 있다. 그러나 그는 아내에게 편지를 써서 소포를 붙여도 제대로 받을 수 없으니 공연히 헛수고하지 말고 아이들한테나 신경 쓰라고 한 적이 있다.

사실, 슈호프는 여기서 혼자 먹고 지내는 것보다는 가족을 부양하면서 자유롭게 살 때가 더 좋았다는 생각을 하고 있다. 그러나 슈호프는 그 소포가 얼마나 값어치가 나가는가 하는 것을 알고 있었기 때문에 십 년 동안 가족에게 그런 부담감을 줄 수 없었던 것이다. 슈호프는 소포를 받지 않고 사는 것이 더 편하다고 생각했다.

슈호프가 그런 결정을 내렸다고는 하지만, 그 역시 사람인지라 같은 반원들이나 막사 안의 다른 사람들이 소포를 받는 것을 보면(소포는 매일같이 왔다.), 자기에겐 오지 않는 소포에 괜히 울적해지고는 했다. 부활절에도 그는 아내에게 아예 소포 같은 것은 보낼 생각을 말라고 엄하게 다짐을 해 놓았고, 다른 반원들의 심부름이 아니면 소포 수령자 명단이 나붙은 이 기둥 근처에는 얼씬도 하지 않고 사는 그런 슈호프였지만, 이따금씩은 그런 기대를 해 보는 것이었다. 누군가 슈호프에게 달려와서 이렇게 말하는 것이 기다려지는 것이다.

"슈호프! 자네 왜 소포 수령하러 가지 않나? 자네에게 소포가 왔단 말일세!"

그러나 아무도 그런 사람은 없었다…….

이젠 쳄게뇨보의 고향을 생각하는 일도 점점 줄어들었다……. 아침 기상 때부터 저녁 취침 시간까지 잠시도 그런 달콤한 기억에 잠기도록 내버려 두지 않는다.

지금 여기 서 있는 죄수들은, 이제 조금 후면 염장한 돼지 비계를 베어 물 수 있고, 빵에 버터를 잔뜩 발라 먹을 수도 있고, 설탕 물을 마실 수도 있으리라는 기대에 부풀어 위장을 달래고 있는 중이다. 그러나 그런 그들 속에 끼어 있는 슈호프는 단 한 가지 기대밖엔 없었다. 반원들과 함께 식당에 가서 뜨거운 야챗국 한 그릇 홀홀 들이마실 수 있다면! 식은 것 두 그릇보다는 뜨거운 것 한 그릇이 훨씬 낫기 때문이다.

슈호프는 지금 속으로 시간을 계산하고 있는 중이다. 만일 체자리의 이름이 명단에 없다면, 체자리는 이미 막사로 돌아가 얼굴을 씻고 있을 시간이다. 그러나 소포가 왔다면 지금쯤은 자루며, 플라스틱 컵이며, 양재기 등을 준비하고 있을 것이다. 이 때문에 슈호프가 십여 분 기다리겠다고 한 것이다.

순번을 기다리고 서 있다가 옆에서 수군대는 소리를 들었다. 이번 일요일을 또 빼앗긴다는 것이다. 오는 일요일에 일을 하게 될지도 모른다는 생각은 슈호프나 다른 죄수들 모두 짐작한 일이었다. 한 달에 일요일이 다섯 번 있으면, 세 번은 쉬고 두 번은 일하게 되어 있으니까 말이다. 그러나 아무리 예측을 하고 있었다 하더라도 막상 그런 이야기를 듣고 보면, 억장이 다 무너지는 것 같다. 귀중한 일요일을 기다리지 않는 사람이 누가 있으랴! 옆에서 이야기하는 소리를 들으니 하나도 틀린 말이 없다. 사실 일요일이라고 해서 마음 편히 쉬어 본 적이 없었다. 매번 이런저런 일거리들을 고안해 내기 일수다. 목욕물을 끓여라! 사람들이 다니지 못하게 통로를 막는 담을 쌓아라! 안뜰을 청소해라! 그런가 하면 침대요를 갈아 끼워라, 먼지를 털어 내라, 빈대를 잡아라 하고 들들 볶는가 하면, 급기야는 신분증이나 소지품 검사를 실시하고는 한다. 이때는 소지품을 전부 들고 나가서 추운 밖에서 한나절을 덜덜 떨고 있어야 할 판이다.

수용소 간수들이 제일 배 아파하는 것은 아침을 먹고 나서 죄수들이 잠을 자는 것이었다.

느리기는 했지만, 줄은 점차 앞으로 나가는 것 같다. 이발사 한 사람과 기록계 한 사람, 그리고 문화교육부 한 사람이 물어보지도 않고 마구잡이로 줄 안으로 끼어든다. 이치들은 일반 죄수들과는 달리 특권 계급에 속하는 작자들로 구내에 남아 있는 가벼운 일을 담당하는 놈들 중에서도 아주 악질들이다. 작업에 나가는 일반 죄수들 취급을 하고 있었다. (물론 이 작자들도 작업 죄수들을 그렇게 취급하기는 마찬가지다.) 그러나 그놈들과 시비를 걸어 봤자 득될 것은 하나도 없다. 이 특권층 놈들은 자기네들끼리 잘 통하고 있기도 했지만 간수들과도 가깝게 지내기 때문이다.

슈호프 앞에는 여전히 열 명이 서 있었다. 그러나 이제 슈호프 뒤에도 일곱 명이나 서 있다. 그때, 부서진 문을 열고 체자리가 몸을 굽힌 채 들어오고 있는 것이 보인다. 수용소의 모자가 아니라 새 털모자를 쓰고 있다. (아마 그 모자는 어느 간수 놈 한 명에게 뇌물을 바쳐서 새 민간인 모자를 쓸 수 있는 허가를 받아 낸 것이 분명하다. 일반 죄수라면, 낡아 빠지고 다 떨어진 군모만 써도 당장 압수를 당하고 그 자리에서 돼지 가죽으로 만든 수용소 제모로 당장 바꿔 쓸 판인데, 그는 버젓이 새 모자를 쓰고 있는 것이다.)

체자리는 슈호프에게 씩 웃어 보이고는 줄에 서서 신문을 읽고 있는 인텔리풍의 안경 쓴 남자에게 말을 걸었다.

"이봐! 표트르 미하일로비치!"

그러자 둘은 양귀비처럼 빨갛게 활짝 핀다. 안경 쓴 녀석이 말을 건넨다.

"최근 석간 신문《저녁》이 있는데 보시겠소? 소포로 부쳐 왔어요."

"오, 그래요?!" 체자리도 신문에 얼굴을 들이댄다. 천장에는 희미한 전등이 하나 붙어 있어 잘 보이지도 않는데 어떻게 읽는지 모르겠다.

"이 극평이 아주 재미있군요. 자바드스키의 초연이라는 데……."

모스크바 사람들은 개처럼 멀리서도 자기네들끼리 금세 냄새를 맡는다. 함께 어울리게 되면, 자기들만의 독특한 방법으로 서로 상대방의 냄새를 맡기에 바쁘다. 그러고는 누가 더 말을 많이 하는지 경쟁이라도 하듯, 지껄여 대기 일쑤다. 말이 빠르고 러시아어라고는 드문드문 섞여 있어서, 마치 무슨 라트비아어나 루마니아어를 듣는 것 같을 정도다.

어찌되었건 체자리의 손에는 소포를 받을 자루가 몇 개 들려있다.

"저 그럼, 저는 이만…… 체자리 마르코비치!" 슈호프가 가만히 속삭인다. "전 그만 가 보겠습니다."

"물론이오, 어서 가 보시오." 체자리가 신문에서 검은 수염을 떼며 말한다. "그러니까, 내가 누구 다음이죠? 내 뒤는 누구죠?"

슈호프는 누구 뒷줄인지를 가르쳐 주고는 아직 체자리 본인이 말을 꺼내지도 않는데 저녁을 어떻게 처리할 것인지 묻는다.

"저녁 식사는 어떻게? 날라 올까요?"

(이것은 식당에서 막사로 저녁을 냄비에 받아다 갖다줄 것인지, 어떤지를 물어보는 것이다. 수용소 규범에 의하면, 절대로 식당 밖으로 음식을 내가지 못하게 되어 있고, 그 규정에 대한 명령도 여러 가지가 있다. 어쩌다가 붙잡히기라도 하는 날이면, 냄비에 들어 있던 것은 땅바닥에 쏟아 버리고 영창 신세까지 지게 된다. 그런데도 여전히 밖으로 나가게 마련이고, 또 앞으로도 그럴 거다. 왜냐하면 도저히 식당에 갈 시간이 없는 사람이 있게 마련이기 때문이다.)

슈호프는 날라 올 건지 어떤지를 묻기는 하지만, 속으로는 '설마, 인색하게 굴지 않겠죠? 나한테 양보하시는 게 어때요? 게다가 죽도 아니고 멀건 양배춧국뿐이니 말이오!' 하고 생각하고 있는 것이다.

"아녜요, 아녜요!" 체자리는 웃으면서 말한다. "저녁은 이반 데니소비치 당신 차지요!"

슈호프는 바로 이 말을 기다렸던 것이다. 이제 그는 마치 나는 새처럼 가볍게 뛰면서 현관문을 빠져나가 쏜살같이 구내로 달려간다.

　죄수가 가지 않는 곳은 없다. 그래서 언젠가 수용소 소장은 어떤 죄수도 수용소 구내를 단독으로 걷는 것은 금지한다고 명령을 내린 일이 있다. 가능한 한 반 전원이 움직이는 것을 원칙으로 하고, 만약 반 전원이 함께 갈 수 없는 곳, 이를테면 의무실이나 화장실은 몇몇씩 그룹을 지어 가되, 그 책임자를 정해서 가라는 것이었다. 줄을 지어서 필요한 곳까지 갔다가 일을 마친 뒤에 다시 함께 줄을 지어 돌아오라는 것이었다.

　수용소의 소장은 이 명령이 잘 지켜지도록 갖은 노력을 다했다. 누구 한 사람 이 명령에 반대하지 않았다. 간수들은 혼자 다니는 죄수를 보는 대로 잡아다가 번호를 적고 영창을 보냈다. 그러나 갖은 노력에도 불구하고, 조금 지난 후에는 다른 수많은 엉뚱한 명령들과 마찬가지로 이 명령도 유명무실해졌다. 이 명령으로 인해 실제로 발생한 곤란한 문제들을 보면 다음과 같았다. 예를 들어 수용소 측에서 정보 수집을 위해 누군가를 보안부로 호출할 경우가 있을 때, 소장의 명령대로 사람들을 수집해 그룹을 만들어 올 수는 없었던 것이다. 다른 예로, 보관소에 맡겨 둔 자신의 식량을 찾으러 가고 싶어도, 옆에 동료들이 응해 주지 않으면 갈 수 없어지는 문제가 생긴 것이다. 게다가 문화교육부에 신문을 읽으러 가고 싶어도, 반드시 같이 가 줄 사람을 찾을 수 있다는 보장도 없었다. 펠트 장화를 수선하러 가는 사람이나 다른 막사로 놀러 가는 사람들(막사 사이의 왕래는 엄격히 금지되어 있었다)의 가지각색의 무리들을 막을 수 없었던 것이다.

수용소 소장은 그 명령으로 죄수들에게서 마지막 남은 자유를 빼앗으려 했지만, 이 배불뚝이 소장의 꿈은 완전히 수포로 돌아간 것이다.

막사로 돌아가던 슈호프는 도중에 간수와 마주쳤다. 그는 만사에 신중하기 위해, 모자를 살짝 들어 보이고는 막사 안으로 뛰어갔다. 막사 안에서 소동이 일어났다. 낮에 작업을 하러 나간 사이에 누군가 빵을 도둑맞았다는 것이며, 그 때문에 일직을 선 노인들을 호되게 족치는 중이었다. 노인들도 질세라, 고함을 지른다. 그러나 제104반의 한쪽 구석은 텅 비어 있다.

슈호프는 구내로 돌아올 때부터, 오늘 저녁은 왠지 운이 좋다고 생각하고 있던 중이었다. 침대 위에 놓인 매트들도 뒤진 흔적이 없다. 오늘은 낮에 막사 안을 검사하는 행사가 없었던 모양이다.

슈호프는 겉옷을 벗어 젖히면서, 자기 침대가 있는 쪽으로 걸어갔다. 슈호프는 겉옷을 휙 던지고, 줄칼이 들어 있는 장갑도 벗어 던지고는 서둘러 매트 속을 깊숙이 더듬어 본다. 아침에 숨겨둔 빵이 그대로 있다. 실로 꿰매 둔 일은 잘한 일이라고 생각한다.

이제, 밖으로 달려나간다. 이번엔 식당으로 달린다.

간수도 만나지 않고 식당까지 무사히 달려갔다. 도중에 큰 소리로 식량 배급이 어떠니 저떠니 하고 이야기를 나누던 몇 명의 죄수들을 마주친 것 외에는 말이다.

달빛을 받아 수용소 안의 뜰은 환하게 빛난다. 수용소의 등불들이 흐릿하게 빛나고 수용소 안의 막사들은 시커먼 그림자를 던지고 있다. 식당 입구는 네 단의 넓은 계단으로 이루어져 있다. 그러나 이 계단도 지금은 그림자 속에 파묻혀 어둑어둑하다. 계단 위에 있는 작은 전등이 추위에 가만히 떨고 있다. 얼어서 그런지 아니면 먼지 때문인지 전등은 일곱 가지 무지개색으로 아롱져 있다.

수용소 소장은 식당에 들어올 때는 2열 종대로 입장하라는 명령을 내린 적이 있다. 그리고 식당에 도착하면, 바로 계단에 올라서지 말고, 5열 종대로 정렬해서 식당 일직의 지시를 기다리라고 명령했다.

식당 당번은 흐로모이⁹⁾가 계속 맡으며, 다른 사람에게 넘겨주지 않고 있다. 절름발이라는 것을 내세워 자기가 장애인인 척하지만, 사실은 무척 건강한 놈이다. 그는 자작나무 가지로 만든 지팡이를 가지고 다니면서 지시를 듣지 않고, 식당으로 들어가려고 하는 놈을 보면, 계단 위에서 지팡이로 마구 내리치고는 한다. 그렇다고 아무나 때리는 것은 아니다. 흐로모이는 시력이 좋아서 밤중이라고 해도 잔등만 보면 그가 누구라는 것을 귀신같이 알아맞히는 녀석이다. 그래서, 보복을 받을 만한 상대는 내리치지 않는다. 약한 자를 때리는 것이다. 슈호프도 언젠가 한 번 얻어맞은 적이 있다.

직책은 '일직 당번'이지만, 취사부와 가까이 지낸다는 이유 하나로 왕처럼 행세를 하는 것이다.

오늘은 몇 개 반이 동시에 밀려들어 왔기 때문인지, 아니면

---

9) 절름발이라는 뜻을 갖고 있는 성이다.

정리하는 데 시간이 걸린 때문인지 계단이 유난히 북적대고 있다. 흐로모이와 그의 조수, 그리고 식당 주임까지 나와서 모두들 거만한 표정을 지으며 정리를 하고 있다.

식당 주임은 꼭 살진 돼지 같은 놈인 데다가 머리는 꼭 호박 같고 어깨 너비는 1아르신[10]이나 되는 녀석이다. 얼마나 힘이 넘치는지 걸음을 걸을 때는 꼭 용수철처럼 톡톡 튀는 놈이다. 손이나 발도 역시 용수철을 달고 있는 것처럼 행동한다. 그는 번호표가 없는 새하얀 털모자를 쓰고 있는데, 그런 모자는 자유민 중에서도 쓰고 다니는 사람이 없었다. 양가죽 털로 만든 조끼를 입고, 그 조끼 위에는 마지못해 우표딱지만 한 크기의 번호표를 붙이고 있다. 말하자면, 그것으로 볼코보이의 체면이 유지되고 있는 셈이다. 잔등에는 아예 그런 번호표조차 보이지 않는다. 식당 주임은 누구에게 인사를 하는 법이 없다. 죄수들은 한결같이 그를 겁내고 있다. 그도 그럴 것이 수천 명의 생명이 그의 손에 달려 있는 것이다. 언젠가 한 번은 죄수들이 그에게 몰매를 주려고 계획한 적이 있었지만, 그에 버금가는 못된 놈들인 취사부 녀석들이 그놈을 지켜 주는 바람에 실패로 돌아갔다.

만약 제104반이 벌써 식당으로 들어가 버렸다면 큰일이다. 흐로모이는 수용소 내의 죄수들의 얼굴을 모두 알고 있는지라 괜히 섣불리 그를 속이고 슬쩍 다른 반에 끼어서 들어가려고 하다가는 큰 코 다치기 십상이다.

---

10) 약 71센티미터.

물론, 그런 흐로모이의 눈을 속이고 계단의 난간을 넘어 들어가는 놈도 없는 것은 아니다. 물론, 슈호프 자신도 그런 적이 없었던 것은 아니지만, 오늘따라 식당 주임이 눈앞에 떡하니 버티고 서 있어서, 어떻게 할 도리가 없다. 괜히 계단을 넘어가려다가 실컷 얻어맞고 의무실로 기어가는 꼴을 보일지 모를 일이다.

그 때문에 슈호프는 가능한 한 빨리 계단 밑까지 다가가서 검은 겉옷을 입은 죄수들 중에 제104반이 아직 섞여 있는지 아닌지를 확인해야 한다.

그때, 밑에 있던 죄수들이 마구 위쪽으로 밀어 대기 시작한다. (그도 그럴 것이 벌써 취침 시간이 다가오고 있다.) 죄수들은 마치 무슨 요새를 점령하기라도 하는 듯, 첫 번째 계단에서부터 점차로 두 번째 세 번째 순으로 계단을 점령하고, 마침내는 식당 문 앞까지 육박해 갔다.

"밀지 마! ……이 새끼들아!" 흐로모이가 고함을 지르고는 앞쪽에 있는 사람들을 향해 지팡이를 들어 보였다. "내려가, 이 새끼들아! 안 그러면, 대가리를 갈겨 줄 테다!"

"우리가 뭐 잘못한 것 있나?" 앞줄에 섰던 녀석들이 대답한다. "뒤에서 밀어 대니 우린들 어떡할 수 없잖아!"

뒤에서 밀고 있다는 것은 확실한 사실이었다. 그러나 앞에 섰던 녀석들이 그다지 싫어하는 것은 아니었다. 그 녀석들도 기회만 있으면 식당 안으로 들어가려고 엿보고 있었던 것이다.

이때, 흐로모이는 지팡이를 마치 빗장처럼 가로세워서는, 있는 힘을 다해 앞줄에 있던 죄수들을 밀어내기 시작한다. 흐로모이의 개인 조수도 지팡이에 매달렸다. 식당 주임까지 지팡이에 손을 얹고 밀기 시작한다.

셋은 있는 힘을 다해 떠밀어 댄다. 고기까지 처먹어 대는 그들의 힘을 도저히 당해 낼 재간이 없다. 결국, 죄수들은 밀리고 만다. 앞줄에 있던 녀석이 뒤로 곤두박질을 치는가 하면, 그야말로 모두들 장기말이 거꾸러지는 모양이었다.

"야, 이 절뚝발이 흐로모이! ……언젠가 된맛을 보여 주겠다!" 군중 속으로 얼굴을 감추고 욕지거리를 한다.

다른 죄수들은 넘어졌다가 말없이 일어난다. 짓밟힐까 봐 안간힘을 쓰며, 재빨리 몸을 움직인다.

계단에서 모두 몰아낸다. 식당 주임은 계단참으로 물러서고, 흐로모이는 계단 맨 위의 계단에 버티고 서서 훈시를 한다.

"5열 종대로 모옷! 이 멍청이들아, 이게 무슨 짓이야! 들어갈 때가 되면, 어련히 들여보낼까 봐 이 야단을 치냔 말이야!"

슈호프는 계단 바로 앞에서 세니카 클레프신의 머리를 발견했다. 끓어오르는 기쁨을 참을 수가 없어서 그는 다짜고짜로 팔꿈치를 뻗치며, 그곳까지 어떻게 해서든지 뚫고 들어가려고 한다. 그러나 그 앞에 겹겹이 쌓인 죄수들을 보고 맥이 풀릴 지경이다. 뚫고 들어가기란 어림없는 일이다.

"제27반!" 흐로모이가 외친다. "들어갓!"

제27반은 계단을 올라 날쌔게 식당 문 쪽으로 달려간다. 그러자 그 뒤에서 군중들이 또다시 계단으로 밀어닥친다. 뒤에 있던 죄수들도 마구 떼민다. 슈호프도 있는 힘을 다해 죄수들을 민다. 계단이 휘청거리고 전등이 마구 흔들린다.

"아니, 또 이러는 거야, 이 못된 놈들!" 흐로모이는 화가 머리끝까지 나서 손에 들고 있는 지팡이를 치켜들고는, 근처에 있던 죄수들의 어깨며 잔등이며 사정없이 찌르고 내리치면서 떼밀어 내기 시작한다.

다시 계단참은 깨끗이 치워졌다.

슈호프는 아래서 위로 쳐다보다가 흐로모이와 함께 계단을 올라가는 파블로를 발견했다. 그가 반을 인솔해서 데리고 온 모양이다. 추린은 이런 혼잡한 일은 딱 질색을 하기 때문이다.

"제104반 5열 종대로 모여!" 파블로가 위에서 소리친다. "여러분, 길을 좀 비켜 주시오!"

어떤 놈이 길을 비켜 주겠는가?

"이봐, 좀 비켜! 이 등 좀 비켜 줘! 나는 저 반원이란 말이야!" 슈호프는 앞에 있는 사내의 등을 밀친다.

앞에 있는 녀석도 비켜 주고 싶지만, 그도 사방으로 막혀 있으니 비켜설 도리가 없다. 옴짝달싹 못하고 있다.

사람들은 점점 맥이 빠지고 숨소리만 거칠어진다. 이 모든 것은 양배춧국 한 대접을 얻기 위해 투쟁을 벌이고 있는 것이다. 당연히 지급되어야 할 한 그릇의 양배춧국을 얻기 위해서 말이다.

이때, 슈호프는 묘안을 짜냈다. 왼쪽 난간 기둥을 붙잡고, 계단 기둥을 두 손으로 더듬어서 그것을 붙잡고 대롱대롱 매달린다. 그 순간 슈호프는 본의 아니게 누군가의 옆구리를 발로 걷어찬 모양이다. 누군가 욕지거리를 해 댄다. 하지만, 그는 교묘하게 군중들 틈을 빠져나와 한쪽 발을 계단 맨 위에 걸치고 기다리고 있다. 그때, 같은 반원이 그를 발견하고 그에게 손을 내밀어 끌어 올려 준다.

식당 주임이 안으로 들어가다 말고 뒤돌아보며 흐로모이에게 말한다.

"이것 봐! 흐로모이! 다음 두 반을 넣게!"

"제104반!" 흐로모이가 외친다. "야, 이놈아, 어디로 가는 거야?" 흐로모이가 이 반에 끼어들려는 놈을 발견하고는 지팡이로 내리친다.

"제104반!" 파블로가 이렇게 외치고는 자기 반원들을 안으로 넣는다.

"휴우……."

슈호프는 가까스로 식당 안으로 들어갔다. 파블로의 지시를 기다리지도 않고 다짜고짜 쟁반을 먼저 찾는다.

식당 안의 사정은 예나 지금이나 마찬가지다. 창구에서는 하얀 김이 모락모락 나오고, 식탁에는 죄수들이 해바라기 씨처럼 빼곡하게 앉아 있다. 식탁 사이를 왔다 갔다 하면서 이리저리 부딪치는 놈들이나 국그릇이 가득 담긴 쟁반을 들어 나르는 놈들로 북새통을 이루고 있다. 그러나 슈호프는 최소한 이 일에서만은 대가다. 그의 눈은 날카롭다. 한쪽에 췌—208번이 쟁반에 국그릇 다섯 개만을 들고 있는 것을 발견한다. 그렇다면, 그 반의 마지막 몫이라는 증거다. 그렇지 않으면, 쟁반에 그득하게 담았을 텐데 말이다.

슈호프는 그쪽으로 얼른 달려가서 귓속말로 속삭인다.

"이봐, 친구! 그 쟁반 좀 부탁하네! 다음에 우리 차례야, 응?"

"창가에서 지금 다른 사람이 기다리고 있어, 먼저 약속을 했단 말이야……."

"기다리는 놈은 계속 기다리라고 하지 뭐! 정신 좀 차리게 내버려 둬!"

결국, 약속을 받아 냈다.

그가 쟁반을 자기 반원들 쪽으로 가져가서 그릇을 내려놓자마자, 슈호프가 쟁반을 빼앗는다. 그러자 저쪽에서 기다리고 있던 녀석이 달려와서 쟁반을 빼앗으려 한다. 슈호프보다 약골처럼 보인다. 슈호프가 그 녀석 쪽으로 쟁반을 홱 밀자, 그 녀석은 뒤로 쿵 넘어져 기둥에 부딪힌다. 손에서 쟁반이 떨어진다. 슈호프는 쟁반을 얼른 옆구리에 끼고 창구 쪽으로 달려간다.

파블로가 창구에서 차례를 기다리고 있다. 쟁반이 없어서 난처한 빛을 띠고 있다가 슈호프가 쟁반을 가져오자 반가워한다.

"여어, 이반 데니소비치!" 그러고는 그 앞에 서 있던 제27반 부반장을 밀어 젖힌다. "이봐, 좀 비켜 줘! 그렇게 멍하니 서 있기만 하면 뭘 해? 우리는 쟁반을 가지고 왔단 말이야!"

고프치크 녀석도 어느새 쟁반을 들고 나타난다.

"한눈을 팔고 있기에 슬쩍 해 왔죠." 하고 웃는다.

고프치크 녀석은 수용소의 거물이 될 것이 틀림없다. 앞으로 삼 년만 지나면, 빵 배급계 부원 이하로 떨어지지는 않을 것이 틀림없다.

파블로가 고프치크에게 쟁반을 건장한 시베리아 출신인 예르몰라예프에게 넘기라고 지시한다. (그 역시, 포로 출신으로 수용소 생활을 십 년 동안이나 해 온 녀석이다.) 고프치크는 어느 식탁이 식사가 끝나가는지 알아 보라는 정찰 임무를 맡고 자리를 뜬다. 슈호프는 창구에 쟁반을 들이밀고 기다린다.

"제104반!" 파블로가 창구에 대고 보고한다.

창구는 모두 해서 다섯 개다. 세 개는 일반 창구이고, 하나는 특정 지시에 따라 음식을 제공하는 특별 창구(궤양 환자 열 명과 나머지는 장부계에서 일하는 놈들이 남의 눈을 속여 이곳 창구를 이용하고 있다.), 그리고 다른 창구 하나는 빈 그릇을 거둬들이는 곳이다. (여기서는 먹고 남긴 그릇을 핥으려는 치사한 놈들로 득시글거린다.) 창구는 그다지 높지 않은 곳에 있는데, 간신히 허리에 찰까 말까 할 정도다. 창구에는 취사부의 얼굴은 보이지 않고, 그들의 손과 국자만 보인다.

취사부의 손은 하얗고 매끈하지만 털이 무성하고 건강해 보인다. 완전히 권투 선수 손 같다. 보통, 흔히 볼 수 있는 취사부의 손과는 다르다. 그는 연필을 들고 그 안에 있는 벽에 붙은 명부에 숫자를 적어 넣는다.

"제104반, 스물네 그릇!"

판델레프 녀석이 어슬렁거리며, 식당으로 찾아 들어온다. 저런, 개 같은 자식, 아프긴 어디가 아프단 말이야!

취사부는 먼저 3리터들이 큰 국자를 손에 들고 통 속을 휘휘 내젓는다. (취사부 앞에 놓여 있는 통에는 양배춧국을 새로 퍼다 부었는지, 김이 무럭무럭 솟아오르고 있다.) 그런 다음, 750그램 분량의 작은 국자로 바꿔 들고, 국을 퍼 담기 시작한다. 그러나 한 국자를 가득 푸지 않고, 약간 부족하게 푼다.

"하나! 둘! 셋……."

슈호프는 어느 그릇에 건더기가 더 들었는지, 어느 그릇에 국물만 들었는지, 눈여겨보아 둔다. 그는 자기 쟁반 위에 열 그릇을 담고서 식탁으로 옮겨 간다. 두 번째 기둥에서 고프치크가 손을 흔들고 있다.

"여기에요, 이반 데니소비치!"

국그릇은 아무나 운반할 수 있는 것이 아니다. 슈호프는 국그릇이 흔들리지 않게 걸음을 조심해서 걷는다. 그리고 몸의 어느 부분보다도 목을 가장 많이 사용한다.

"헤—920번! ……이봐, 조심해, 비켜서란 말이야!"

이런 혼잡한 곳에서 한 방울도 흘리지 않고 국그릇을 운반하기란 그리 쉬운 일이 아니다. 게다가 국그릇이 열 개나 될 때는 더욱 그렇다. 그러나 고프치크가 마련해 둔 자리에 쟁반을 내려놓았을 때, 흘린 자국은 어디에도 없다. 슈호프는 미리 봐 둔, 건더기가 좀 더 들어 있는 국 두 그릇이 자기 자리에 올 수 있도록 방향을 잘 조정해서 쟁반을 내려놓는다.

예르몰라예프도 열 개의 국그릇을 날라 왔다. 고프치크는 창구로 달려가서 파블로와 함께 나머지 네 개의 국그릇을 날라 온다.

또 한 사람의 반원인 킬리가스가 빵을 쟁반 위에 담아 온다. 오늘은 작업량에 따라 보너스 급식이 나오는 날이다. 200그램짜리도 있고 300그램짜리도 있다. 슈호프는 400그램이다. 자기 앞으로 나온 400그램짜리와 체자리 몫으로 200그램짜리를 배당받는다.

식당의 여기저기에서 반원들이 밀려와서 저녁 식사를 배정받는다. 자리를 잡고 앉기가 바쁘게 국을 훌훌 들이마신다. 슈호프는 국그릇을 나눠 주면서, 누구에게 줬는지 모두 기억해 둔다. 그러는 한편, 자기가 정해 둔 국그릇을 계속 감시한다. 건더기가 많은 한쪽 그릇에 수저를 넣는다. 이미 선약을 해 둔다는 표시다. 페추코프는 재빨리 달려와서 국그릇을 받자마자 사라져 버린다. 자기 반에서는 찌꺼기가 남는 일이 없다는 사실을 알기 때문에 식당 내의 다른 반원들 자리로 이리저리 원정을 다닌다. 먹다 남긴 그릇을 발견하면, 굶주린 늑대처럼 달려든다. (이따금 누가 덜 먹고 그릇을 내밀면, 여섯 사람의 손이 한꺼번에 그릇을 잡아당길 때도 있다.)

파블로와 함께 국그릇을 세어 보니, 꼭 들어맞는다. 반장인 추린을 위해서, 슈호프는 건더기가 좀 더 들어 있는 것을 남겨 둔다. 파블로가 그것을 뚜껑이 달린 독일식 냄비에 옮겨 붓는다. 겉옷을 들추고 겨드랑이 밑에 감춰서 나가면 걸릴 염려가 없다.

지체 없이 쟁반은 다른 반에게 넘겨진다. 파블로는 곱배기가 담긴 국그릇 앞에 자리를 잡고, 슈호프는 국 두 그릇 앞에 자리를 잡는다. 더 이상, 두 사람 사이에는 말이 오가지 않는다. 경건한 시간이 돌아온 것이다.

슈호프는 모자를 벗어 무릎 위에 얹는다. 한쪽 국그릇에 담긴 건더기를 숟가락으로 한 번 휘저어 확인한 다음, 다른 그릇에 담긴 국도 똑같이 확인한다. 웬만큼은 들어 있다. 생선도 걸려든다. 보통, 저녁에는 아침보다 국이 더 멀겋게 마련이다. 조반을 먹이지 않으면, 죄수들을 부려먹지 못하기 때문에 아침은 좀 더 먹이고, 저녁은 좀 부실하게 먹이기 일쑤다. 좀 부실하게 먹였다고 죄수들의 잠을 방해하지는 않을 테니 말이다. 슈호프는 먹기 시작한다. 우선, 한쪽 국그릇에 담긴 국물을 쭉 들이켠다. 따끈한 국물이 목을 타고 배 속으로 들어가자, 오장육부가 요동을 치며 반긴다. 아, 이제야 좀 살 것 같다! 바로 이 한순간을 위해서 죄수들이 살고 있는 것이다.

적어도 이 순간만은 슈호프는 모든 불평불만을 잊어버린다. 기나긴 형기에 대해서나, 기나긴 하루의 작업에 대해서나, 이번 주 일요일을 다시 빼앗기게 될 것이라는 사실에 대해서나, 아무 불평이 없는 것이다. 그래, 한번 견뎌 보자. 하느님이 언젠가는 이 모든 것에서 벗어나게 해 주실 테지!

두 그릇에 담겨 있던 국물만을 모두 마신 다음에는 한쪽 그릇에 다른 쪽 건더기를 옮긴다. 그다음, 그릇을 흔들어 정리를 하고 다시 숟가락으로 모조리 긁어낸다. 이제서야 어느 정도 마음이 놓인다. 다른 쪽 그릇이 계속 마음에 걸렸기 때문이었다. 이젠 곁눈질로 쳐다볼 필요도 없고, 한 손으로 국그릇을 감싸 안고 있을 필요도 없게 되었으니까 말이다.

이젠 옆사람의 그릇으로 눈이 간다. 옆에 앉은 녀석의 국은 거의 국물뿐이다. 독사 같은 놈들! 죄수는 다같이 죄수인데, 이렇게 차별을 하다니!

슈호프는 남은 국물과 함께 양배추 건더기를 먹기 시작한다. 감자는 두 개의 국그릇 중에서 체자리의 국그릇에 하나 들어 있는 것이 고작이었다. 작지도 않고 크지도 않고 게다가 얼어서 상한 것이었지만, 흐물흐물한 것이 달짝지근한 데가 있기도 하다. 생선 살은 거의 없고, 앙상한 등뼈만 보인다. 생선 지느러미와 뼈는 꼭꼭 씹어서 국물을 쪽쪽 빨아 먹어야 한다. 뼈다귀 속에 든 국물은 자양분이 아주 많다. 이것을 깨끗이 처치하려면, 물론 시간이 오래 걸리기도 하지만, 그렇다고 지금 슈호프로서는 달리 서두를 일도 없다. 그에게 오늘은 명절과 다름없는 날이다. 점심도 두 몫을 먹었고, 저녁도 두 몫을 먹게 된 것이다. 이런 이유 때문이라면, 다른 일을 뒤로 좀 미룬다고 해서 아쉬울 것이 하나도 없다.

다만, 한 가지 마음에 걸리는 것은 라트비아인에게 들어서 담배는 꼭 사 둬야 할 필요가 있다는 것이다. 아침까지 남아 있으리라는 보장이 없으니까 말이다.

슈호프는 드디어 거나한 저녁 식사를 마쳤다. 그러나 빵은 남겨 두었다. 국을 두 그릇이나 먹고 빵까지 먹는다는 것은 어쩐지 분에 넘치는 일이다. 빵은 내일 몫으로 남겨 둘 필요가 있다. 인간의 배라는 것이 배은망덕한 것이라서, 이전에 배불렀던 것은 금세 잊어버리고, 내일이면 또 시끄럽게 조를 것이 뻔하니까 말이다.

슈호프는 자기 몫의 국을 다 먹어 가고 있었지만, 여느 때와 같이 옆자리를 힐끔거리지는 않는다. 정당한 자기 몫을 먹고 있는데, 굳이 남의 그릇에 눈독을 들일 필요가 없기 때문이다. 그렇기는 하지만 앞쪽에 있던 녀석이 자리를 뜨자 키가 큰 노인인 유—81호가 와서 앉는 것만은 놓치지 않는다. 슈호프가 슬쩍 쳐다본다. 슈호프는 이 노인이 제64반이라는 것을 알고 있었다. 소포인도소에 줄을 서 있을 때, 자기 반 대신 '사회주의 생활단지' 건설장으로 작업을 하러 나간 반이 그 노인의 반이라는 것을 얼핏 들었다. 하루 종일 바람 피할 장소 하나 없는 허허벌판에서 자기 자신들을 에워싸는 철조망을 치고 돌아왔음이 분명하다.

슈호프는 이 노인에 대해 이렇게 들은 적이 있다.

그가 수용소에 얼마나 있었는지는 아예 셀 수도 없을 지경이라는 것이다. 게다가 그는 단 한 번도 특사를 받은 적이 없다는 것이다. 십 년간의 형기가 끝나면, 또다시 십 년을 첨가하고는 했다는 것이다.

슈호프는 오늘 처음으로 그를 가까이서 볼 수 있게 되었다. 수용소 내의 죄수들이 모두 새우등처럼 허리를 굽히고 있는 반면에, 이 노인은 유독 허리를 꼿꼿하게 세우고 있다. 의자에 앉은 모습을 보니, 의자에 뭘 기대고 앉은 것처럼 꼿꼿하게 앉아 있다. 머리카락은 이미 모두 빠져서 이발할 필요도 없어진 지 오래다. 수용소에서 하도 잘 먹은 탓에 머리가 모두 빠진 모양이다. 그는 식당 안에서 일어나는 모든 일과 하등의 관계가 없다는 듯, 슈호프 머리 너머 어느 곳인가 먼 허공을 바라보고 있다. 그는 끝이 다 닳은 나무 수저로 건더기도 없는 국물을 단정한 모습으로 먹는다. 다른 죄수들처럼 국그릇에 얼굴을 처박고 먹는 것이 아니라, 수저를 높이 들고 먹는다. 이는 아래위로 하나도 남은 것이 없다. 뼈처럼 굳은 잇몸으로 딱딱한 빵을 먹고 있다. 얼굴에는 생기라고는 하나도 찾을 수가 없다. 그래도 어딘가 당당한 빛이 있다. 산에서 캐낸 바위처럼 단단하고 거무스름하다. 쩍쩍 갈라진 거무스름한 손은 그가 걸어온 수십 년의 감옥살이를 통해, 한 번도 가벼운 노동이나 사무직 같은 것을 얻어 일한 적이 없이, 생고생만 했다는 것을 증명해 준다. 하지만 그는 전혀 굴하지 않는 얼굴을 하고 있다. 어떤 타협도 하려 들지 않는다. 300그램의 빵만 하더라도, 다른 죄수들처럼 더러운 식탁에 아무렇게나 내려놓지 않고, 깨끗한 천을 밑에 깔고 그 위에 내려놓는다.

그렇다고 슈호프는 언제까지고 그 노인의 얼굴만 쳐다보고 있을 수는 없는 일이다.

국그릇을 다 비우고 숟가락을 싹싹 핥은 다음, 장화 속에 찔러 넣고 모자를 푹 눌러쓴 다음, 자기 빵과 체자리 빵을 들고 나간다. 식당의 출구는 다른 쪽 계단으로 나 있다. 그곳에는 두 사람의 당번이 지키고 서 있다. 문고리를 열어 한 사람을 통과시킨 다음에 다시 고리를 닫는다.

슈호프는 배가 든든한 것을 느끼며, 즐거운 기분으로 밖으로 나왔다. 어느새 취침 시간이 다 됐지만 라트비아인에게 들러 봐야겠다고 생각한다. 그는 자기 막사에 빵을 갖다 놓을 생각도 않고 급하게 7동 막사로 달려간다.

달은 벌써 중천에 떠 있다. 어두운 밤 하늘에 조각이라도 된 것처럼, 선명한 윤곽을 그리며 투명하게 빛나고 있다. 어떤 별들은 아주 환하게 멀리서도 빛을 발하고 있다. 그러나 슈호프는 한없이 하늘을 쳐다보고 있을 시간이 없다. 혹한이 여간해서 누그러질 것 같지 않다는 짐작만 잠깐 해 본다. 자유민의 말을 빌리면, 라디오에서 말하기를 밤에는 영하 30도, 새벽에는 영하 40도까지 내려갈 것이라고 했다는 것이다.

멀리서 무슨 소리가 들리는 것 같아 잠시 귀를 기울여 본다. 어느 마을에선가, 트랙터의 모터 소리가 울리고, 한길 쪽에서는 굴착기가 금속성의 소음을 내고 있다. 수용소 구내에서는 사람들이 펠트 장화를 신고 눈을 밟고 왔다 갔다 하는 소리가 들려온다. 걷는 놈도 있고 뛰어가는 놈들도 있다.

바람은 잔잔하다.

슈호프는 잎담배 가격을 이전 가격과 똑같이 한 컵에 1루블을 주고 사야겠다고 생각한다. 바깥 세상에서는 같은 한 컵에 3루블, 어느 때는 물건에 따라 더 올라갈 때도 있지만, 수용소 안에서의 가격은 다른 곳과는 조금 다른 점이 있다. 여기서는 저축해 둔 돈도 없는 데다 가지고 있는 돈도 얼마 되지 않기 때문에, 그만큼 돈 가치가 있다. 수용소는 물론 노동에 대한 대가를 단 한 푼도 지급하지 않았다. (우스차―이지마에서는 한 달에 30루블이긴 했지만, 꼬박꼬박 지불해 주었다.) 가족한테서 돈이 송금돼 와도 본인에게 건네주는 법이 없이, 그 돈을 개인 통장에 꼭꼭 예금을 해 주었다. 이 개인 예금은 한 달에 한 번, 매점에서 비누나 곰팡이 핀 비스킷 등을 살 때 내주었다. 물건이 좋든 나쁘든 신청서에 적어 낸 만큼 꼭 사야 했다. 일단 신청서에 쓰기만 하면 통장에서 자동적으로 지불되게 되어 있었다.

슈호프가 돈을 벌 수 있는 방법은 잔일을 해서 버는 것 외에는 아무것도 없었다. 헝겊은 제공받는 조건으로 신발을 기워 주는 것만 2루블이고, 겉옷을 기워 주는 데는 가격이 일정치 않아서, 교섭 여하에 따라 가격이 결정된다.

제7동 막사는 제9동 막사와 달라서, 통로를 끼고 전체가 두 부분으로 나뉘어 있지 않고, 열 개의 방문이 일렬로 복도 쪽으로 나 있다. 한 반에 방 하나씩 배당되고 한 반에는 계단식 침대가 일곱 개씩 배정되었다. 그 밖에 화장실 하나, 막사장에게 주는 방 하나, 그리고 화공들에게 배당된 방 하나로 되어 있다.

슈호프는 라트비아인이 있는 방으로 들어갔다. 이 라트비아인은 하단 침대에 누워 발을 가로장에 올려놓고, 옆에 있는 친구와 라트비아어로 이야기를 하고 있다.

슈호프는 라트비아인 옆으로 다가가서 앉는다. "잘 있었나?" 하고 인사를 건넨다. "그래, 자네는 어떤가?" 하며 꼼짝도 하지 않은 채, 라트비아인이 묻는다. 방이 작아서, 반원들은 금세 슈호프를 발견하고는 "어떤 놈인가? 뭣 하러 왔는가?" 하고 잔뜩 호기심을 나타내며 귀를 기울이기 시작한다. 슈호프나 라트비아인 모두 그쯤은 알고 있다. 그래서 슈호프는 얼른 용건을 꺼내지 않는다. 자리에 그대로 앉아서, 요즈음의 근황이 어떻다는 등, 날씨가 어떻다는 둥 하는 이야기들을 나눈다.

모두들 이내 관심을 다른 곳으로 돌리며 다시 잡담을 시작하자(한국에서 일어난 전쟁에 대하여 입씨름을 벌이고 있다. 무엇 때문에 중국은 이 전쟁에 끼어들었는가? 그렇다면 또다시 세계 전쟁이 일어나겠는걸, 안 그래? 하고 토론을 한다.), 슈호프는 눈치를 보면서 라트비아인에게 허리를 숙이고는 묻는다.

“담배 있지?”

“있어.”

“그럼, 좀 보여 주게!”

라트비아인은 가로장에서 발을 통로로 내린 다음, 몸을 일으킨다. 이놈은 지독한 노랭이라고 소문이 퍼져 있다. 컵에 담배를 넣을 때, 조금이라도 더 갈까 봐 아주 세심하게 양을 측정하는 놈이다.

그는 담배통을 꺼내서 슈호프에게 보여 준다.

슈호프는 담배를 조금 집어 든다. 예전과 같은 것으로 좋은 품질이라는 것을 금세 알 수 있다. 누르스름한 빛깔이며, 썬 결도 모두 같다. 이번엔 코 끝으로 가져가서 냄새를 맡아 본다. 확실히 틀림없다. 그러면서도 라트비아인에게는 딴청을 부린다.

“옛날 것과 좀 다른 것 같은데.”

“틀릴 리가 있나? 똑같은 것인데!” 라트비아인은 버럭 화를 낸다. “난 다른 담배라고는 팔아 본 적이 없어. 항상 똑같은 것이야!”

“좋아, 뭐 그렇다면, 할 수 없지.” 슈호프는 더 이상 묻지 않는다. “그럼, 한 컵 눌러 담게! 한 대 피워 보고 좋으면, 한 컵 더 살지도 모르지!”

슈호프가 특히 눌러 담으라고 강조를 한 것은 이놈이 항상 눈가림으로 살짝 얹는다는 사실을 슈호프가 알고 있다는 것을 지적하기 위해서다.

라트비아인은 이번에는 베개 밑에서 좀 전보다 더 둥글어

보이는 담배통을 꺼내고, 선반 위에 올려놓았던 컵을 내린다. 사기로 만든 컵이지만, 슈호프의 눈어림으로는 유리컵과 용량이 비슷해 보인다.

담배를 담는다.

"눌러 담아, 눌러 담아!" 슈호프는 이렇게 말하면서, 자기가 직접 손가락으로 담배를 누르기 시작한다.

"어, 어, 이거, 왜 이러나!" 라트비아인은 컵을 낚아채고 자기가 누른다. 물론, 가볍게 살살. 그런 다음, 다시 담기 시작한다.

그러는 동안, 슈호프는 겉옷 끈을 풀고, 자기만 알게 넣어 둔 비밀 장소인 겉옷의 솜 속에 손을 넣어 지폐를 찾는다. 그러고는 두 손가락으로 솜 안에 있는 지폐를 누르면서, 실밥이 터진 구멍 쪽으로 손가락을 깊숙이 넣는다. 지폐를 넣어 둔 쪽과는 정반대 쪽에 나 있는 구멍은 두 번이나 가볍게 꿰매져 있다. 슈호프는 그 구멍이 있는 데까지 계속 손가락을 밀어넣고는 손톱으로 실을 뜯고, 지폐를 다시 한번 세로로 접는다. (그렇지 않아도 길게 접혀 있었는데 말이다.) 그러고는 그 구멍을 통해, 2루블을 꺼낸다. 2루블이다. 오래된 지폐라 바스락 소리도 안 난다.

방 안에서 누군가 고함을 친다.

"털보 영감[11]이 그래, 너희들을 조금이라도 불쌍하게 생각해 줄 것 같애? 그놈은 친형제도 못 믿는 놈이야! 그런데, 너 같은 놈에게 눈 하나 깜짝할 것 같으냐구?"

---

11) 스탈린을 가리킨다.

이곳에 한 가지 좋은 점이 있다면, 그것은 마음대로 지껄일수 있다는 것이다. 우스치―이지마에서는 소련에 성냥이 부족하다는 한마디를 했다는 이유로 영창에 들어가게 되고, 형기가 십 년이 늘어날 정도였다. 그런데, 여기서는 침대에서 마음대로 지껄여도 밀고자에게 밀고당할 염려가 없다. 보안부에서그것을 문제로 삼지 않기 때문이다.

한 가지 안타까운 것은 여기서는 이러쿵저러쿵 이야기를나눌 만한 시간이 없다는 것이다.

"이것 보게, 아주 싹싹 깎아서 담았군, 그래!" 슈호프가 불만을 표시했다.

"그럼, 조금 더 주지!" 그러고는 컵 위에 잎담배를 조금 더올려놓는다.

슈호프는 안주머니에서 담배 쌈지를 꺼내 담배를 그곳에붓고는 말한다.

"좋아. 한 컵 더 담게나!" 하고 대뜸 결심한다. 그러고는 귀중한 첫 담배를, 달려가면서, 무슨 맛인지도 모르게 피워서는안 된다고 생각한다.

다시 똑같은 승강이를 벌인 다음, 슈호프는 두 번째 컵도쌈지에 담고 2루블을 치르고는 인사를 하고 밖으로 나왔다.

밖으로 나온 슈호프는 있는 힘을 다해, 자기 막사를 향해달린다. 체자리가 소포를 들고 들어오는 순간을 놓쳐서는 안된다.

막사로 들어와 보니 체자리는 벌써, 자기 하단 침대로 들어가 앉아서는 기쁨에 싸인 눈으로 자기 소포를 바라보고 있다.

침대위와 장 속에서는 소포를 받은 물건들로 가득 널려 있다. 그러나 상단에 있는 슈호프의 침대가 전등을 가려서, 체자리의 침대가 있는 곳은 어두컴컴하다.

슈호프는 몸을 구부리고 중령의 침대와 체자리 침대 사이로 들어가서, 저녁에 받은 체자리 몫의 빵을 그에게 들이민다.

"빵을 타 왔네! 체자리 마르코비치!"

슈호프는 "소포를 받았군요?" 하고 묻지는 않는다. 그렇게 말하면, 어쩐지 줄을 서 준 대가를 달라고 하는 것 같은 느낌이 들지도 모른다는 생각에서였다. 물론, 그것은 충분히 대가를 받을 만한 일이다. 그러나 슈호프는 비록 팔 년간 수용소 생활을 하고 있긴 하지만, 그 정도로 치사한 놈으로 타락하지는 않았다. 도리어, 시간이 갈수록 그런 의지는 더욱 강해지는 것 같다.

그러나 그런 의지와는 달리, 눈이 그쪽으로 향하는 것만은 어쩔 도리가 없다. 그의 눈은, 그러니까 수용소의 죄수들만이 가질 수 있는 특유한 독수리의 눈은 어느새 침대와 장에 놓인 체자리의 소포들 위로 질주한다. 종이는 아직 풀지 않은 상태고, 몇 개의 자루는 아직 손도 대지 않았다. 그러나 슈호프는 번개 같은 눈과 예민한 후각으로 뭐가 들어 있는지를 금세 알아낸다. 소시지가 있고, 연유며 훈제 생선, 그리고 염장한 돼지 비계, 향기가 좋은 건빵, 냄새가 조금 이상한 비스킷, 고형 설탕 덩어리 2킬로그램, 그 외에 크림, 궐련, 그리고 살담배 등이다. 게다가 다른 많은 것들이 놓여 있다.

빵을 타 왔다고 체자리 마르코비치에게 말하는 그 짧은 순간에 그는 이 모든 것을 알아낸 것이다.

체자리는 마치 술 취한 사람 모양 계속 싱글벙글 미소를 띠고 있을 뿐(소포를 받으면 누구나 그렇게 마련이지만), 슈호프의 말은 듣는 척도 않고 있다.

"그 빵은 가져요, 이반 데니소비치!"

양배춧국 한 그릇에 빵 200그램은 한 사람의 저녁 식사 분량이다. 이것은 체자리에게 베푼 수고의 대가로 충분하다. 슈호프는 체자리의 소포에는 눈독을 들이지 않기로 결정했다. 괜히 위장에 바람이 들게 해서는 안 될 것 같다.

봐라, 지금 슈호프는 400그램의 빵과 200그램의 빵을 차지한 것이다. 게다가 침대 시트에 200그램짜리 빵이 하나 더 있다. 더 이상, 뭘 더 바랄 것인가? 200그램은 지금 처치하기로 하자! 그리고 내일 아침에 배급받을 식사와 200그램짜리 빵을 더 먹기로 하자! 그리고 내일 작업하러 나갈 때, 400그램을 더 가지고 가기로 하자. 그야말로 풍성하다! 매트 안에 있는 빵은 당분간 그대로 놔두기로 하자. 아침에 시트 안에 넣어 두고 실로 꿰매 둔 것은 정말 다행한 일이라고 생각한다. 제75반에서는 장에 넣어 두었다가 도둑을 맞았다고 하지 않는가? 일단 도둑을 맞으면, 어디 하소연할 곳도 전혀 없으니까 말이다.

어떤 사람들은 이렇게 생각할지도 모른다. 소포를 받게 되면, 가득 찬 식량 자루와 같아서 아무리 퍼 내도 표가 안 난다고 말이다. 그러나 쉽게 얻은 것은 또 쉽게 나가게 마련이다. 그들 자신도 소포를 받기 전까지는 죽 한 그릇이라도 더 얻어

먹으려고 품을 파는 일도 있게 마련이다. 또, 담배꽁초에도 잔뜩 눈독을 들이고는 하지 않는가 말이다. 게다가 소포를 받으면, 간수와 반장에겐 말할 것도 없고, 소포인도소의 담당자들에게도 사례를 해야 한다. 괜히 잘못했다가는 다음 소포가 왔을 때, 일부러 시간을 질질 끌면서 일주일이 지나도록 명단도 붙이지 않을 염려가 있다. 사물 보관소의 보관계에게는 또 어떤가? 모든 죄수들이 그에게 식량을 맡기게 되어 있는데, 체자리도 매일 작업에 나가기 전에 품목별로 소포를 그에게 맡기게 되는데(도둑을 맞지 않으려면, 또 검사원들에게 빼앗기지 않으려면 이렇게 해야 한다. 이것은 당국의 명령이라고 한다.), 바로 이 보관계 녀석에게도 충분히 사례를 해야 한다. 그렇지 않으면, 맡긴 물건이 어떻게 될지 장담할 수 없는 것이다. 하루 종일 남의 식량들 틈에 끼어서 사는 쥐새끼 같은 놈들이다 보면, 무슨 일을 저지를지 누가 안단 말인가? 그리고 이런저런 잡다한 심부름을 해 주는, 그러니까 슈호프 같은 녀석들에게도 모른 척할 수 없는 일이고, 될 수 있는 대로 새 옷을 지급받기 위해서는 목욕탕 당번에게도 얼마만큼 찔러 줘야 하는 것이다. 또, 이발사만 하더라도, 면도칼을 종이에 얌전히 닦게 하려면(안 그러면, 무릎 위에 쓱쓱 문질러 버리기 일쑤다.), 궐련 서너 개씩은 쥐여 줘야 한다. 게다가 또 있다. 문화교육부 계원이다. 그에겐 별도로 편지를 취급해서 잃어버리지 않게 해 달라고 부탁을 해야 한다. 그리고 하루 종일 수용소 내에서 게으름이나 피우며 자고 싶다면, 의사에게도 역시 뇌물이 필요하다. 그리고 같은 장을 쓰고 있는 옆사람들, 그러니까 체자리의 경우엔 부이노프스키 같은 놈에게도 어떻게 모른 척한단 말인가? 이쪽에서 뭘 먹고 있는가 하는 것까지 뻔히 알고 있는 처지이고 보면, 웬만큼 낯이 두껍지 않으면 그냥 지나칠 수 없는 문제다.

항상, 남의 떡을 탐내는 놈들이야 그러려니 하고 내버려 둘 수밖에 별수 없는 일이다. 슈호프는 인생이 무엇인지 알고 있을 뿐만 아니라 남의 밥그릇이나 넘보는 그런 작자는 아니다.

그사이, 슈호프는 신발을 벗고 상단에 있는 자기 침대로 올라간다. 장갑에서 줄칼 조각을 꺼내어 한참이나 이리저리 살펴보며, 생각에 잠긴다. 내일 적당한 돌을 찾아오면, 이 줄칼 조각을 잘 갈아서 구두 수선용 칼로 만들어야겠다. 아침저녁으로 한 사나흘 갈면, 끝이 굽은 좋은 칼이 될 것이다.

그래서, 지금부터는 내일 아침까지만이라도 이 줄칼을 숨겨 놓을 장소를 찾아야 한다. 칸막이 판자의 틈새에 감춰 둘까? 마침 지금, 밑에 위치하고 있는 중령이 자리에 없으니, 그의 얼굴에 먼지를 떨어뜨릴 염려도 없다. 슈호프는 대팻밥이 아니라 톱밥이 든 무거운 매트를 접어 올린 다음, 줄칼을 감춘다.

상단 침대에 있는 옆자리 친구들이 알료쉬카와 맞은편에 에스토니아인 두 사람이 슈호프를 보고 있었지만, 그들을 걱정할 필요는 없다.

페추코프가 훌쩍훌쩍 울면서 막사로 돌아왔다. 구부정하게 허리를 구부리고 있고, 입가에는 피가 말라붙어 있다. 아마, 남의 국그릇을 가지고 싸우다가 또 몰매를 맞고 돌아온 모양이다. 아무도 쳐다보지 않고, 눈물도 감출 생각 없이 반원들

사이를 지나 자기 침대로 올라가서 침대에 얼굴을 묻는다.

가만히 생각해 보면, 저 녀석도 불쌍한 녀석이다. 아무래도 형기를 제대로 못 마치고 죽을 것 같다. 자기 자신을 감당할 줄도 모르는 녀석이니 말이다.

이때, 중령이 나타난다. 아주 즐거운 표정으로 끓인 차를 냄비에 담아 가지고 온다. 막사에는 차를 넣어 두는 통이 두 개 있다. 그러나 그것은 이름만 차이지, 미적지근하고 누르스름한 빛을 띠고 있는 데다 도저히 마실 수 없을 지경이다. 썩은 물통 냄새가 코를 찌른다. 그것이 바로 일반 죄수용 차라는 것이다. 그런데 부이노프스키가 체자리에게 진짜 차를 한 줌 얻어다가 차를 끓이는 곳에 달려가서 차를 끓여 냄비에 담아 온 것이다. 그는 싱글벙글하면서 하단 장 위에 차 냄비를 내려놓는다.

"물이 뜨거워서 손을 델 뻔했어요." 하고 자랑삼아 말한다.

하단 침대에서는 체자리가 종이를 펼쳐 놓은 채, 소포를 받은 물건을 여기저기 가득 늘어놓고 있다. 슈호프는 매트를 정리한다. 가능한 한 아래쪽은 보지 않으려고 노력한다. 괜히 기분만 울적해질 뿐이다. 그런데 아래서는 또다시 슈호프의 도움을 필요로 하는 것 같다. 체자리가 통로로 나와, 슈호프에게 눈을 깜박여 보인다.

"이반 데니소비치! 저기…… 한 열흘만 어떻게 빌릴 수 없을까요?"

이 말은 접었다 폈다 할 수 있는 조그만 칼을 좀 빌려 달라는 것이다. 슈호프는 그런 주머니칼까지 칸막이 판자 뒤에 숨

겨 두고 있는 것이다. 손가락 반만 한 길이이지만 아주 성능이
좋은 칼이다. 손가락 다섯 개 두께만 한 베이컨도 쓱쓱 잘 썬
다. 이 칼만 해도 슈호프가 직접 갈아서 만든 것이다. 부스럭
거리며 칼을 꺼낸다. 체자리는 머리를 한 번 끄덕해 보이고는
자기 침대로 다시 들어간다.

이 주머니칼만 하더라도 슈호프의 큰 재산이다.

주머니칼을 갖고 있다는 것을 알면, 영창 가는 것은 시간
문제다. 그래서 지금처럼 "칼 좀 빌려 주시오, 소시지를 잘라
야 하거든. 당신은 손가락이나 빨고 있어!" 하고 말할 수 있는
사람은 어지간히 뻔뻔한 놈 아니고는 불가능한 말이다.

그러니까 체자리는 지금, 또다시 슈호프에게 도움을 받은
셈이라는 뜻이다. 빵과 칼을 잘 숨긴 다음, 슈호프는 담배 쌈
지를 끄집어낸다. 그리고 낮에 꾼 양만큼 잎담배를 집어낸 다
음, 통로 맞은편에 있는 에스토니아인에게 건네준다. 고마웠다
는 인사말도 잊지 않는다.

에스토니아인은 빙긋 미소를 짓고 옆에 있는 에스토니아인
에게 뭐라고 이야기를 한다.

그런 다음, 그 잎담배로 담배 한 대를 만다. 슈호프의 담배
맛을 보자는 의미다.

너희들 담배보다 덜하지는 않을 거다. 실컷 감정을 해 봐라
는 배짱이다. 슈호프 자신도 한 대 피우고 싶은 마음은 굴뚝
같지만, 자기 위장으로 계산하는 시계에 의하면, 이제 점호 시
간이 얼마 남지 않았다. 지금쯤이면 간수들이 모두 각자 맡은
막사를 향해 오고 있는 중일 것이다. 담배를 피우려면, 지금이

라도 복도로 나가야 하는데, 지금 슈호프는 따뜻한 침대 밖으로 나가고 싶지 않은 것이다. 막사 안이라고 그다지 따뜻한 것은 아니다. 천장에는 여전히 성에가 끼어 있다. 밤이 되면, 온몸이 얼어붙을 것이다. 하지만 지금까지는 참을 만하다.

슈호프는 침대 위에 그대로 누운 채로 200그램짜리 빵을 우물우물 씹기 시작한다. 그의 침대 아래서는 체자리와 중령이 차를 마시며 이야기를 하고 있다. 들으려고 한 건 아니지만, 저절로 들려온다.

"어서, 드세요, 함장. 사양하지 마시고 어서요! 이 훈제한 것 좀 맛보세요, 이 소시지도요……."

"감사합니다, 지금 먹고 있어요."

"바톤[12]에 버터를 발라 드세요. 모스크바의 바톤입니다."

"호오…… 거, 정말 믿어지지 않아요. 아직도 바톤을 굽는 곳이 있다니요. 갑자기 이런 음식을 대하고 보니 옛날 생각이 다 나는군요. 아르한켈스크에 있었던 일입니다만……."

커다란 막사 안은 200명의 죄수들이 떠들어 대는 소리로 소란하다. 그러나 슈호프는 레일 토막을 치는 소리를 놓치지 않고 듣는다. 슈호프 외에 그 소리를 들은 사람은 없는 것 같다. 게다가 슈호프는 간수 쿠르노세니키가 막사 안으로 들어오는 것도 발견했다. 뺨이 빨간 새파란 젊은 녀석이다. 손에 한 장의 종이쪽지를 들고 있다. 그가 든 종이쪽지와 행동하는 것을 보니, 담배를 피우는 놈을 잡으러 왔거나 점호를 하기 위해

---

12) 길고 하얀 러시아 빵의 종류.

온 것 같지는 않다. 누군가를 찾고 있는 것이 분명하다.

크루노세니키는 다시 한번 종이를 확인하고는 이렇게 말한다.

"제104반은 어디야?'

"여기요." 하고 대답한다.

두 에스토니아인은 빨리 담배를 감추고 허겁지겁 담배 연기를 없앤다.

"반장은 어디 있나?"

"접니다. 왜 그러시죠?" 추린이 침대에서 이렇게 대답하고는 마루로 두 발을 내린다.

"사유서를 쓰라고 지시받은 자는 다 썼나?"

"지금 쓰고 있습니다." 추린이 자신 있는 어조로 대답한다.

"제출할 시간이 다 지났잖아!"

"우리 반에는 글을 모르는 자가 많아서 일을 하기가 힘듭니다. (이것은 체자리와 중령을 두고 하는 말이다. 정말이지 반장은 청산유수처럼 잘도 둘러댄다.) 게다가 펜도 없고, 잉크도 없고⋯⋯."

"항상 갖춰 둬야지!"

"금세 압수를 당하고 맙니다."

"이봐, 왜 그렇게 말이 많아? 맛 좀 봐야 알겠어?" 간수도 농담조로 말한다. "내일 아침, 집합 전에 사유서를 모두 써서 내! 그리고 금지된 물건은 모두 사물보관소에 제출해, 알겠나?"

"알겠습니다."

함장이 무사히 넘어가나 보다! 슈호프는 퍼뜩 이런 생각을 한다. 한편, 함장은 자신의 이야기를 하는지 어쩐지도 모르고, 침대에서 소시지에 정신이 팔려 있다.

"그건, 그렇고, 차—311번은 분명히 네놈 반이지?"

"명부를 보지 않고는 잘 모르겠는데요……." 반장이 말끝을 흐린다. "번호를 일일이 기억할 수가 있어야죠. 귀찮아서 말예요……."(반장은 지금 지연 작전을 쓰고 있다. 오늘 하룻밤이나마 부이노프스키를 구해 주고 싶은 것이다. 점호 때까지만 끌면 되는 것이다.)

"부이노프스키는 어디 있나?"

"네, 접니다." 슈호프의 침대 아래서 함장이 대답한다.

미리 겁을 먹고 달아나는 놈은 항상 먼저 덫에 걸리게 마련이다.

"음, 네 놈이 차—311번이 맞아? 준비를 해라!"

"어디로요?"

"몰라서 물어?"

중령은 후우 하고 한숨을 한 번 내쉬고는 입을 다물었다. 캄캄한 밤, 휘몰아치는 바다에서 수뢰정 부대를 이끌고 맹렬하게 항해하던 그였지만, 지금 흉금을 터놓고 이야기를 나누던 그 친구를 버리고 차가운 독방으로 끌려가려 할 때는 주저하고 있는 것이다.

"며칠입니까?" 기가 죽은 목소리로 묻는다.

"열흘! 자, 빨리 준비해!"

바로 그때였다. 일직 당번의 목소리가 들려온다.

"점호! 점호! 점호에 빨리 나와!"

이 소리는 담당 간수가 이미 막사 안에 들어와 있다는 것을 의미한다.

중령이 뒤를 돌아다본다. '겉옷을 가져갈까?' 하고 생각해 본다.

아니다, 소용없는 일이다. 어차피 겉옷을 빼앗길 것이 뻔하고, 덧옷만 입고 들어가게 할 것이 뻔하다. 중령은 볼코보이가 잊어 주기를 바라고, 아무런 준비도 하지 않고 있었다. (그러나 볼코보이는 한 번도 잊은 적이 없는 사람이다.) 재킷 속에 담배를 좀 감춰 둘 생각도 하지 못하고 있었다. 손에 들고 간다는 것은 어림없는 일이다. 신체검사를 할 때 빼앗길 것이 뻔한 일이니까 말이다.

그래도 그가 모자를 쓰고 있는 동안 체자리가 궐련 두 개비를 손에 쥐여 준다.

"그럼, 여러분들, 잘들 계시오!"

중령은 얼이 빠진 모습으로 제104반 반원들에게 인사를 건네고는 간수 뒤를 따라나선다.

몇 명의 목소리가 그를 격려한다. 기운을 내라! 굴하지 마라!

그 이상 무슨 말을 더 할 수 있겠는가? 제104반은 자기들의 손으로 영창을 세웠다. 모든 것을 잘 알고 있다. 감옥의 벽은 돌이고, 마루는 시멘트에다 창문은 하나도 없다. 난로를 때는 것은 벽의 얼음을 녹여서 마루 위에 물구덩이를 만들기 위해서다. 잠자리는 널빤지 한 장뿐이다. 만약 이가 성한 사람이라면, 매일 300그램의 빵이 지급되고, 사흘째와 엿새째, 그리고 아흐레 되는 날에 국물이 나온다.

열흘! 이곳 중영창에서 열흘을 살고 나면, 이미 그의 건강은 평생을 두고 회복할 수 없을 정도로 악화된다. 십중팔구는 결핵에 걸려 다시는 병원 침대에서 일어나지 못하게 된다.

그리고, 만약 중영창을 보름 살게 되면, 이미 그 기한이 끝나기도 전에 축축한 땅에 묻히고 없을 것이다.

그런 것을 생각하면, 막사 안에서라도 지낼 수 있다는 것은 고마운 일이다. 영창 신세를 지지 않도록 조심을 해야 하는 것이다.

"이놈들아, 빨리 나와!" 막사장이 소리친다. "지금부터 셋을 셀 동안 나오지 않는 녀석은 번호를 적어 간수님에게 넘기겠다!"

막사장, 이놈은 악질 중에 악질이다. 저 자신도 일반 죄수들과 함께 밤을 지내는 처지이면서 다른 죄수들을 무서워하지 않고 우쭐거린다. 막사 안에서는 그를 누구보다도 무서워한다. 죄수들을 간수에게 일러바치기도 하고 직접 두들겨 패기도 한다. 싸움을 하다가 손가락을 세 개 잘리는 바람에 신체장애자로 불리고는 있지만, 상판을 보면 영락없는 살인자 얼굴이다. 정말로 그는 살인자였다. 다시 말하면 형사범이다. 다만, 형법 제58조 14항에 적용되어 이 수용소에 굴러오게 된 것이다.

괜히 꾸물거리다가는, 당장 번호가 적혀 간수의 손으로 넘어가기 십상이다. 그렇게 되는 날이면, 경영창 이틀도 가벼운 벌이 된다. 다른 날 같으면 문 쪽으로 꾸물거리고 나갔을 테지만, 오늘은 모두 재빨리 문으로 달려갔다. 상단 침대에 있던 죄수들도 쿵쿵거리며 마룻바닥으로 뛰어내려와 좁은 출입문으로 몰려간다.

슈호프는 그때, 기다리고 고대하던 담배를 막 한 대 말아 피우려던 참이었다. 그러나 어쩔 수 없이 담배를 손에 든 채로 장화에 발을 쑤셔 넣었다. 곧장 문으로 달려가려다가 힐끔 보니 체자리가 가여워진다. 체자리에게 무슨 기대를 걸고 그에게 다시 친절을 베풀어 볼까 하는 생각은 없었다. 다만 그의 그런 행동이 못내 측은하게 여겨진다.

정말 이 체자리란 놈은 어리숙하기 그지없는 녀석이다. 어떻게 상황을 그토록 판단하지 못한단 말인가. 소포를 받았으면 빨리 사물함 속에 감췄어야 하는데, 그걸 침대 위에 잔뜩 펼쳐 놓고 있을 게 뭐 있냐는 것이다. 먹는 것이 그리 급한 일은 아닐 텐데 말이다. 그런데, 지금처럼 이렇게 다급한 순간에 침대에 저렇게 잔뜩 쌓아 놓고 뭘 어떡하자는 것인가? 자루를 어깨에 짊어지고 점호하러 나가려는 걸까? 말도 안 되는 소리다. 여기 모든 500명의 죄수들에게 웃음거리가 될 것이 뻔하다. 그렇다고 여기에 그대로 남겨 두고 간다? 천만에! 위험하기 짝이 없는 일이다. 점호를 끝내고 먼저 점호에 들어온 녀석이 웬 떡이냐 하고 당장에 집어 들고 갈 것이 뻔하다. (우스치-이지마에서는 더 지독한 놈들도 수없이 많았다. 작업장에서 돌아올 때면, 다른 죄수들보다 먼저 달려와 다른 사람의 장을 깨끗이 청소해 가기가 일쑤였다.)

슈호프는 체자리가 허둥지둥 챙기고 있는 것은 보았지만, 이제는 시간이 너무 없다. 소시지와 베이컨은 덧옷 속에 넣는다. 그거라도 점호에 들고 나가려는 모양이다.

슈호프는 염려스러운 목소리로 말한다.

"다른 사람이 모두 밖으로 나갈 때까지 남아 계세요. 체자리 마르코비치! 저기 저 구석에 숨어 있으면 돼요. 얼마 후에 간수와 당번이 순찰을 돌 테니, 그때 밖으로 나와요. 몸이 불편해서 좀 늦게 나간다고 하세요. 그리고 그다음에 들어올 때는 제가 제일 먼저 들어올게요. 그러면 아무도 손을 못 댈 거예요……."

이렇게 말한 슈호프는 얼른 달려 나간다.

처음에 슈호프는 빼곡하게 차 있는 사람들 틈을 헤치고 나갔다. (그러면서도 담배만은 손에 꼭 쥐고 있었다.)

그런데 복도로 나가서 현관 문 쪽으로 가까이 가자 그곳에서부터는 앞길이 툭 틔어 있다. 꽤 약삭빠른 놈들이다. 좌우측에 가서 두 줄씩 바람벽에 찰싹 달라붙어서는 길 가운데 사람이 겨우 지날 만큼 자리를 내주고는 그곳에 모여 서 있는 것이다. 남보다 먼저 나가서 떨고 싶으면 어서 나가라, 우리는 여기 남아서 눈치껏 기다려 보겠다는 심보다. 그렇지 않아도 온종일 추운 바깥에서 몸이 꽁꽁 얼었는데, 지금 십 분 동안이나 공연히 떨고 있을 만큼 여유가 없는 것이다. 다른 놈들이 오늘 죽는다면 나는 내일 죽을 거란 말이다!

다른 날 같았으면, 슈호프도 그들 틈에 한몫 끼었을 것이다. 그러나 오늘은 출구 쪽으로 성큼성큼 걸어 나간다. 아니, 그뿐만 아니라 이를 드러내고 그들을 조소하기까지 하는 것이다.

"이봐, 왜들 이렇게 모여 있는 거야? 이런 병신들 같으니라구, 시베리아 추위가 처음이란 말이냐? 늑대들의 햇님에게로 몸을 녹이러 가세! 여보게, 거기 친구, 담뱃불 좀 빌려 줘!"

문 옆에서 담뱃불을 붙여 물고는 층층대로 나간다. '늑대들의 햇님'이란 그의 고향에서 달님을 가리킬 때 하는 말이다.

달은 조금 전보다 훨씬 높이 떠 있다. 중천까지 높이 떠올라 있다. 엷은 초록빛을 띤 희멀건 하늘에는 별들이 이따금씩 솟아나 있다. 눈은 하얗게 빛나고, 막사 벽도 하얗게 빛난다. 수용소 구내의 외등도 희뿌연 빛을 내고 있다.

건너편 막사 안에도 사람들의 그림자가 어른거리고 있다. 그쪽도 점호를 받으러 나온 모양이다. 그 옆에 있는 막사도 마찬가지다. 그러나 어느 막사에서도 사람의 목소리는 들리지 않는다. 눈을 밟는 발소리만 부산하다.

다섯 사람이 층층대를 내려가서 문 쪽을 향해 줄을 선다. 그 뒤를 이어 세 명이 내려선다. 둘째 줄에 있던 세 사람 중에 슈호프가 끼어 있다. 빵을 씹으며 담배를 입에 물고 있자니 밖에 있어도 그다지 춥다는 생각이 들지 않는다. 라트비아인은 거짓말을 하지 않았다. 담배를 독하기도 알맞은 정도고, 향기 또한 더할 나위 없이 향기롭다.

현관에서 사람들이 밖으로 조금씩 나오고 있다. 슈호프 뒤에도 벌써 두서너 줄이나 늘었다. 먼저 나온 놈들은 모두 몸을 꼭 움츠리고 있다. 복도에 들러붙은 놈들은 도대체 뭘 하고 있는지 알 수 없다. 놈들 때문에 바깥에 있는 사람들이 꽁꽁 얼어붙을 지경인데 말이다.

죄수 신분으로 시계를 본 사람은 하나도 없다. 하기는 꼭 볼 필요도 없다. 다만 죄수들은 기상 전까지, 집합 시간까지, 취침 시간까지 몇 분이 남았는가가 아니라 얼마나 남았는지를 알면 되는 것이다.

그런데도 취침 점호는 밤 아홉 시로 규정되어 있다. 물론, 점호가 아홉 시에 끝난 적은 한 번도 없다. 두 번, 아니면 세 번씩 취침 점호를 할 때도 있다. 잠자리에 들어가는 것은 빠르면 열 시이고, 또 기상 시간은 다섯 시이다.

오늘 작업이 끝나고 돌아오기 전에 몰다비아인이 작업장에서 잠이 든 것도 놀랄 일은 아니다. 죄수들은 몸만 따뜻해지면 아무 데서나 금세 잠들어 버린다. 일주일 동안 계속해서 수면이 부족하기 때문이다. 그 때문에 작업이 없는 일요일에는 어느 막사건 모두들 잠에 곯아떨어져 있게 마련이다.

"이놈들아! 빨리들 나가! 빨리 계단 밑으로 내려가지 못해?" 간수들과 막사장이 죄수들의 엉덩이를 걷어차고 난리다. 정말 어쩔 수 없는 놈들이다.

"뭘 하고 있는 거야?" 하고 앞줄에 서 있는 죄수들도 합세해서 소리를 지른다. "빨리 모이지 않고 뭘 하는 거야? 이런 멍청이들아! 빨리 나왔으면 벌써 끝났을 거 아니야?"

막사의 죄수들이 모두 밖으로 나온다. 막사 하나에 400명, 다섯 명씩 줄을 서면 여든 줄이다. 나중에 나온 죄수는 뒤에 가서 선다. 앞에는 다섯 명씩 제대로 서 있지만 뒤로 가면 엉망이다.

"이봐, 거기 뒷줄! 빨리, 다섯 줄씩 줄을 맞춰!" 계단 위에서 막사장이 소리를 지른다.

그 녀석들은 들은 척도 않는다.

그때, 문에서 체자리가 나오는 것이 보인다. 일부러 몸이 아픈 척 몸을 잔뜩 웅크리고 있다. 그 뒤를 따라, 막사의 당번 네 사람과 절름발이가 나온다. 그들이 맨 선두에 섰기 때문에 슈호프가 선 줄은 셋째 줄이 되었다. 체자리는 맨 뒤로 쫓겨 갔다.

간수가 층층대 위에 모습을 드러낸다.

"5열 종대!" 줄 뒤쪽을 바라보며 소리를 친다. 우렁찬 목소리다.

"5열 종대로 모엿!" 막사장도 고함을 친다. 간수보다 더 우렁찬 소리다.

저런, 멍청한 녀석들. 아직 뒷줄이 제대로 줄을 못 서고 있는 모양이군!

막사장은 맹렬한 기세로 층층대를 뛰어내려, 곧장 뒷줄로 달려가더니 고래고래 고함을 치며 죄수들의 등을 마구 후려 친다.

그러나 항상 그렇듯이, 얻어맞은 놈들은 얌전하게 줄을 서 있던 녀석들뿐이다.

막사장이 정렬을 마치고, 다시 층층대 위로 올라간다. 그리고 간수와 입을 합쳐 소리를 친다.

"1열! 2열! 3열……."

자기 번호의 검사를 마친 녀석들은 쏜살같이 막사 안으로 달려 들어간다. 일단, 오늘은 이것으로 상부요원들과 대면을 마친 것이다.

그러나, 아직 알 수 없는 일이다. 점호를 또 한 번 실시할지도 모르기 때문이다. 그건 그렇다고 치고, 저 간수들이 수를 세고 있는 것을 보면 얼마나 미련해 보이는지, 시골 목동만도 못하다. 학교 문 앞에도 못 가 본 목동들도 자기가 맡은 송아지 수가 맞는지 어떤지는 빨리 알아차리는데, 저놈들은 어떻게 된 게, 매일 하는 일인데도 나아지는 기색이 전혀 없으니 말이다.

지난겨울만 해도 이 수용소에는 펠트 장화를 말리는 건조대의 설비가 전혀 없었다. 죄수들의 신발은 밤중에도 막사 안에 그대로 놓여 있었다. 그래서 두 번이든 세 번이든 네 번이든 얼마든지 인원 점검을 하기 위해 죄수들을 밖으로 불러낼 수 있었다. 나중에는 옷을 입기도 귀찮아서 담요를 몸에 두르고 나간 적이 있을 정도였다. 그런데 올해부터는 건조대가 만들어져서 죄수 전원의 신발을 모두 말릴 수는 없었지만, 사흘에 한 반씩 교대로 사용할 수 있게 되었다. 그래서 금년에는 두 번째 인원 점검은 실내에서 실시되고 있다. 양쪽 방의 죄수들을 모두 한 방으로 밀어 넣고, 점검이 끝난 죄수들은 다른 방으로 집어넣는 방법이었다.

슈호프는 막사 안으로 뛰어 들어갔다. 제일착으로 들어간 것은 아니었지만, 먼저 들어간 놈들에게서 한시도 눈을 떼지 않고, 곧장 체자리의 침대로 뛰어 들어갔다. 침대에 걸터앉아 신발을 벗은 다음, 난로 옆에 있는 침대로 기어올라가 신발을 매달아 놓았다. 이곳에 신발을 매달아 놓을 수 있는 권한은 제일 먼저 들어온 죄수들에게 있다. 그런 다음, 다시 체자리의 침대로 돌아간다. 침대 위에 걸터앉아 발을 오그리고, 한쪽 눈으로는 베개 밑에 있는 체자리의 소포 자루를 감시하고, 다른 한쪽 눈으로는 다른 죄수가 혹시라도 자신의 신발을 한쪽으로 밀어 놓고 제 신발을 매달지는 않는가 하고 감시하고 있다.

"어이!" 호통을 한 번 쳐야 할 상황이 드디어 생겼다. "야, 거기, 갈색 머리 말이야! 펠트 장화짝으로 한 대 얻어맞고 싶어? 네 것을 달아매는 것은 상관없지만, 남의 신발에는 손을 대지 말아야 할 것 아냐?"

죄수들이 연이어 막사 안으로 들어온다. 제20반에서 누군가 소리친다.

"신발들을 내줘!"

건조대로 펠트화를 가져가는 죄수들이 밖으로 나간다. 막사의 문이 잠긴다. 얼마 후에 건조대로 갔던 녀석들이 헐레벌떡 뛰어 들어온다.

"간수님! 문을 열어 줘요!"

그러나 간수들은 이미 본부에 집합하여, 제각기 인원 점검판을 앞에 놓고 머릿수를 계산하기에 정신이 없다. 탈주자는 없었는가, 전원 이상 없는가 하는 것을 파악하고 있다.

하지만 슈호프는 그런 일에 신경쓸 일이 없다. 그때, 체자리도 침대 사이를 지나 이내 자기 자리로 돌아온다.

"고맙소, 이반 데니소비치!"

슈호프는 머리만 한 번 끄덕하고는 다람쥐처럼 날쌔게 위칸에 있는 자기 침대로 올라간다. 이제는 200그램짜리 빵을 먹어도 좋고, 담배를 한 대 더 피워도 되고, 그대로 잠을 자도 된다.

그렇다, 오늘 하루는 왠지 모든 일이 순조로웠다. 그래서 그런지 마음도 들떠서 좀처럼 잠이 올 것 같지가 않다.

취침 준비라고 해 봐야 그다지 복잡할 것도 없다. 때 묻은 담요를 들추고, 그 속에 들어가 누우면 끝나는 것이다. (슈호프는 1941년에 집을 떠난 이후로 시트를 깔고 잠을 잔 기억이 한 번도 없다. 무엇 때문에 여자들은 빨래하고 다림질하느라 손이 많이 가는 시트를 그렇게 중요하게 생각하는지 모르겠다.) 그러고는 대팻밥을 넣은 베개에 머리를 얹는다. 그다음엔 두 다리를 모아 덧옷 속에 쑤셔 넣고, 그 위에 담요와 겉옷을 덮으면 그만이다.

오, 하느님. 오늘도 영창에 가지 않게 해 주신 것에 감사를 드립니다. 여기서라면 그런대로 어떻게 잠들 수 있습니다.

슈호프는 머리를 창문 쪽으로 향하고 누웠다. 칸막이 판자 하나를 사이에 두고 같은 침대를 쓰고 있는 알료쉬카는, 전등불이 비치는 곳으로 머리를 향하고 슈호프와는 반대쪽으로 누워 있다. 또 성경을 읽고 있나 보다.

마침 전등불이 침대 가까운 곳에 있어서 무엇을 읽거나 바느질을 할 때 많은 도움이 된다.

알료쉬카는 슈호프가 "하느님!"이라고 말한 소리를 들은 모양이다. 슈호프 쪽으로 고개를 돌린다.

"그것 보세요, 이반 데니소비치! 당신의 영혼이 하느님을 찾고 있어요. 왜 영혼이 원하는 대로 살지 못합니까?"

슈호프는 힐끔 알료쉬카를 쳐다본다. 두 눈이 촛불처럼 환하게 타오르고 있다. 슈호프는 휴우 하고 한숨을 쉰다.

"왜, 영혼이 원하는 대로 살지 못하냐고? 알료쉬카, 기도라는 건 죄수들이 써 내는 진정서와 같다고 생각하기 때문일세. 말해 봤자, 꿩 구워 먹은 소식이 될 뿐이고, 거절당하기 십상이란 말이야!"

수용소 본부 건물 앞에는 진정서를 담아 두는 봉인된 진정함이 네 개 걸려 있다. 한 달에 한 번씩 당 지도위원이 와서 그것을 개봉한다. 이 상자를 이용하는 죄수들은 상당히 많았다. 모두들 손꼽아 기다린다. 두 달 후엔, 아니, 한 달 후엔 무슨 답변이 있겠지 하고 말이다.

그런데, 아무런 답변이 없다. 아니면, '거절된다'.

"그건 말입니다, 이반 데니소비치! 그건, 당신의 기도가 부족하기 때문입니다. 참된 마음으로 정성껏 기도를 드리지 않으면, 당신의 소원을 들어주시지 않는답니다. 기도는 믿음을 갖고 해야 합니다. 만일, 당신이 진실한 믿음을 갖게 된다면, 그리고 그 믿음으로 기도를 드린다면, 그때는 눈앞을 가로막고 있는 산이라도 능히 옮길 수 있답니다."

슈호프는 코웃음을 쳤다. 담배를 또 한 대 말아서, 에스토니아인에게서 불을 붙여서는 묻는다.

"이봐, 알료쉬카, 그런 잠꼬대 같은 소리 그만하게. 나는 여태껏 살면서 산이 이리저리 옮겨졌다는 이야기를 들어 본 적이 없어. 게다가 산을 옮긴 기적을 본 적도 없어. 우리 고향 마을에서는 침례교도들이 카프카즈산 속에서 맨날 모여 기도를 드리는데도 조그만 산 하나 옮겼다는 이야기를 들은 적이 없단 말일세!"

그들도 가엾은 인간들이다. 다만, 하느님에게 기도를 드렸다는 죄목으로 아무에게도 해를 끼친 적이 없는 사람들에게 모두 하나같이 이십오 년 선고를 내린 것이다.

"우린 그런 기도를 드린 적이 없어요. 이반 데니소비치!" 알료쉬카는 성경을 들고 슈호프 가까이 바싹 다가앉으며, 다정하게 얼굴을 바라보며 열띤 어조로 말하기 시작한다. "하느님께선 이 지상에서 다만, 그날그날의 양식만 구하라고 하셨어요. '우리에게 일용할 양식을 주옵시고……'라고 말입니다."

"말하자면, 배급 빵 같은 것 말인가?" 하고 슈호프는 묻는다.

그러나 알료쉬카도 물러서려 하지 않는다. 말보다는 눈으로 설득하려 한다. 그러고는 슈호프의 소매를 잡아당겨 손을 꼭 쥐고는 이렇게 말한다.

"이반 데니소비치! 식량 소포가 오게 해 달라거나 양배춧국 한 그릇을 더 달라고 기도를 해서는 안 됩니다. 우리 인간이 가장 귀중하게 여기고 있는 것도 하느님에게는 아주 하잘것없는 추악한 것이랍니다. 우리 영혼에 관한 기도를 드려야 한답니다. 주님이 우리의 마음속에 있는 죄를 깨끗하게 씻어 주시고, 사하여 주시라고 말입니다."

"이것 보게, 내 말을 좀 들어 보게. 우리 고향 마을에 있는 폴롬냐 교회에 있는 신부는……."

"당신네 신부 얘긴 하지 마세요!" 알료쉬카는 이맛살을 찌푸리며 부탁한다.

"아니야, 내 말 좀 들어 보란 말일세." 슈호프는 팔꿈치를 비스듬하게 일으키며 계속 말한다. "우리 폴롬냐 교회의 교구에선 그 신부만큼 돈이 많은 사람은 한 사람도 없었어. 그래서 지붕일을 해 주더라도, 다른 사람한테서 하루에 30루블을 받는다 치면, 그 신부에게는 100루블을 받아 냈지. 신부도 말없이 척척 내주고는 했어. 폴롬냐의 신부가 생활비를 대 주는 여자가 셋이나 있었고, 네 번째 여자는 아예 자기 집에다 데려다 놓고 살았다네. 그 도시에 있는 주교도 그 신부에겐 꼼짝 못하지. 왜냐하면 그 주교로 말할 것 같으면, 바로 그 신부에게 뇌물을 잔뜩 받아먹고 있는 형편이었거든. 다른 신부가 오면, 며칠 못 가서 쫓겨나고 말아. 말하자면 아무에게도 주지 않고 고스란히 혼자 다 해 먹겠다는 심보지 뭔가……?"

"뭣 때문에, 나한테 신부 이야기를 하는 겁니까? 러시아 정교회는 복음서의 가르침을 배반한 교회입니다. 그들이 투옥되지 않고 편하게 지내는 것만 보더라도, 그들이 하느님을 바로 믿고 있지 않다는 증거예요."

슈호프는 담배를 피우며 알료쉬카가 흥분한 모습을 침착하게 바라보고 있다.

"알료쉬카!" 슈호프는 알료쉬카의 손을 옆으로 떼어 놓는다. 그러고는 연기를 그의 얼굴에 내뿜고 말한다. "나도 하느님을 부정하지는 않아. 오히려 믿고 싶은 심정이야. 하지만 천당이니 지옥이니 하는 것은 아무래도 믿을 수가 없어. 바보가 아닌 다음에야 누가 그런 소리를 곧이듣는단 말이야? 어째서 자네들은 우리에게 천당이니 지옥이니 하는 것들을 가지고 우리를 멍청이로 만드냔 말이야. 난 그것을 믿지 않아."

슈호프는 다시 반듯이 자리에 눕는다. 손을 머리 위로 쭉 뻗고는 혹시라도 하단에 있는 중령의 물건을 담배로 태우는 일이 없도록, 창문과 침대 사이에 조심스럽게 재를 턴다. 그런 다음 곰곰이 생각에 잠긴다. 알료쉬카가 여전히 뭐라고 열심히 지껄이는 소리도 이젠 들리지 않는 모양이다.

"하여튼……." 하고 결론을 내리듯 다시 입을 연다. "아무리 기도를 드려 봐야, 형기가 줄어드는 일이 없을 테고, 형기가 끝날 때까지는 계속 수용소 생활을 해야 하는 거야."

"아니, 그걸 바라고 기도를 드려서는 안 돼요!" 알료쉬카가 펄쩍 뛴다. "뭣 때문에 당신은 자유를 원하는 거죠? 만일 자유의 몸이 된다면, 당신의 마지막 남은 믿음마저도 잃어버리게 될 거예요. 감옥에 있다는 것을 즐거워하셔야 해요! 그래도 이곳에선 자신의 영혼에 대한 생각을 할 수 있으니까요. '너희가 어찌하여 울어, 내 마음을 상하게 하느냐? 나는 주 예수의 이름을 위하여 결박받을 뿐만 아니라, 예루살렘에서 죽을 것도 각오하였노라!'라고 하신 말씀을 우리는 명심해야 해요."

슈호프는 말없이 천장을 바라본다. 그는 이젠, 자기가 과연 자유를 바라고 있는지 아닌지도 확실히 모를 지경이었다.

처음에 수용소에 들어왔을 때는 아주 애타게 자유를 갈망했다. 밤마다 앞으로 남은 날짜를 세어 보곤 했다. 그러나 얼마가 지난 후에는, 이젠 그것마저도 싫증이 났다. 그다음에는 형기가 끝나더라도 어차피 집에는 돌아갈 수 없고, 다시 유형을 당하게 된다는 사실을 알게 되었다. 유형지에서의 생활이 과연 이곳에서의 생활보다 더 나을지 어떨지 그것도 그는 잘 모르는 일이다.

슈호프가 자유를 그리워한 것은 오직 집에 돌아가고 싶다는 단 한 가지 희망에서였다.

그런데, 집에 돌려보내 주지 않는다는 것이다…….

알료쉬카가 거짓말을 하는 것은 아니다. 그의 목소리와 눈을 바라보면, 정말로 그는 감옥에 있는 것을 즐거워하고 있는 것처럼 여겨진다.

"이봐, 알료쉬카…….” 슈호프가 그에게 변명을 늘어놓는다. "자네는 감옥살이를 한다고 해도 그다지 억울할 것이 없을 거야. 자넨, 그리스도의 명령에 따라 그리스도의 이름을 위해 감옥에 들어왔으니까. 하지만, 난 무엇 때문에 여기 들어왔지? 1941년에 전쟁 준비를 갖추지 못했기 때문일까? 그렇다고 그게 나와 무슨 상관이 있단 말인가?"

"두 번째 점호는 아마 없을 모양이군." 킬리가스가 자기 침대에서 중얼거린다.

"그럴 모양인가 봐." 슈호프가 말을 잇는다. "굴뚝 속에 숯으로 써 놔야겠군, 두 번째 점호는 없다고 말이야…….” 늘어지게 하품을 하고 나서는 말한다. "그럼, 이제 잠이나 잘까?"

그러나 바로 그때, 밖에서 문고리를 벗기는 소리가 막사 안으로 들렸다. 펠트 장화를 말리려고 건조대에 갔던 죄수 두 명이 달려 들어오며 소리친다.

"두 번째 점호다!"

뒤이어 간수가 소리치는 것이 들린다.

"모두, 건넌방으로 모여!"

어떤 놈들은 벌써 잠이 든 녀석들도 있다. 투덜거리며 자리에서 일어나 펠트 장화를 신는다. (솜바지를 벗은 사람은 한 명도 없다. 담요 한 장으로는 이 추위에 발이 시려 도저히 잠을 이룰 수 없기 때문이다.)

"이런 염병할!" 슈호프는 욕지거리를 한다. 그러나 그리 심하게 화를 내는 것은 아니다. 왜냐하면 벌써 잠이 들었던 것은 아니니까.

체자리가 상단 침대로 손을 치켜올리면서, 비스킷 두 개와 설탕 두 덩어리, 그리고 소시지 한 개를 내민다.

"고마워요, 체자리 마르코비치!" 슈호프는 통로 쪽으로 몸을 굽히며 말한다. "그건 그렇고, 자, 당신 자루를 이리 올려 보내세요. 내 베개 밑에 넣어 두면 더 안전할 테니까요." (상단에 놓아 두면, 지나가다 슬쩍할 염려도 없고, 게다가 가난한 슈호프의 침대를 넘겨다볼 놈이 어디 있겠는가?)

체자리는 자루 끝을 단단히 묶어 그것을 슈호프에게 건넨다. 슈호프는 그것을 매트 밑으로 집어넣는다. 그러고 나서는 마루 위에 맨발로 서 있는 시간을 조금이라도 줄이기 위해 가장 결정적인 순간까지 침대에 그냥 버티고 있을 참이었다.

간수가 호통을 친다.

"야, 거기! 구석에 있는 놈 말이야!"

슈호프는 얼른 밑으로 뛰어내려 간다. 완전히 맨발이다. (펠트 장화와 발싸개와 바로 난로 위에 그대로 걸려 있다. 지금 마르고 있는 참이라, 풀어 내리기가 아쉬웠다.) 남에게는 슬리퍼를 여러 켤레 만들어 준 슈호프지만, 자기 자신의 것은 정작 만든 적이 없었다. 게다가 맨발로 실내 점호를 받는 데 이미 익숙해졌고, 시간도 그리 오래 걸리지 않기 때문이다. 그리고 낮에는 슬리퍼를 신고 다닐 수도 없으니 말이다.

펠트 장화를 건조대에 보낸 반원들은 실내 점호라면 그다지 걱정하지 않는다. 슬리퍼를 신었거나 발싸개만 두르고 있거나 아니면 그냥 맨발이다.

"빨리빨리 움직여!"

간수가 소리친다.

"밖으로 나가고 싶어서, 이렇게 꾸물거리는 거야?" 막사장은 한술 더 떠서 성화를 부린다.

모두 건넌방으로 건너갔다. 늦게까지 꾸물거리던 몇 명은 복도로 쫓겨나갔다. 슈호프도 벽의 변기통 옆에 서 있다. 발밑에 느껴지는 마룻바닥의 감촉은 축축하고, 현관문 쪽에서는 얼음장 같은 찬 바람이 불어온다.

모두를 밖으로 쫓아낸 간수와 막사장은 또 한 번 방 안을 살피고 돌아간다. 혹시 아직 남아 있는 놈은 없는가 어두컴컴한 곳에서 자고 있는 놈은 없는가 살펴보는 것이다. 인원수가 모자라 다시 세는 일이 없도록 하기 위해서다. 하루 저녁에 점호를 세 번이나 하다가는 잠잘 틈이 없다. 한 바퀴 둘러보고는 문으로 돌아온다.

"하나! 둘! 셋⋯⋯." 이번에는 한 사람씩 방 안으로 들여보내 준다. 슈호프는 열여덟 번째이다. 맨발로 침대로 재빨리 돌아와서 한쪽 발로 발판을 밟고는 훌쩍 상단으로 올라간다.

그래, 이젠 됐다. 덧옷 속에 얼른 발을 집어넣는다. 담요를 덮고 그 위에 겉옷도 덮는다. 이젠 이대로 잠들 수 있다. 이번에는 건넌방에 있던 죄수들이 모두 이리로 들어올 차례다. 하지만, 그건 우리가 상관할 바가 아니다.

체자리가 돌아온다. 슈호프가 그에게 자루를 건넨다.

알료쉬카도 돌아온다. 저런 녀석은 착하다고 해야 할지, 미련하다고 해야 할지 모르겠다. 남에게 항상 친절을 베풀지만, 정작 자기 자신을 위해서는 무슨 잔일로 돈 한 푼 벌지 못하는 녀석이니까 말이다.

"알료쉬카! 이거 받아!" 비스킷을 그에게 한 개 내민다.

알료쉬카가 빙긋 웃는다.

"고마워요, 당신이 먹을 것도 부족할 텐데……"

"어서 들어!"

나 같은 놈이야 없으면, 또 뭘 해서든 벌이를 할 수 있으니까 상관없는 일이다. 그런 다음 슈호프는 소시지를 깨문다. 지근지근 씹어 먹는다. 향긋한 고기 냄새가 난다. 고깃물! 진짜 고깃물이 입안에 녹아든다. 아, 그리고 그것이 목구멍을 지나 배 속으로 들어간다.

어느새, 소시지를 다 먹었다.

그리고 다른 것은 내일 아침 작업장에 나가기 전에 먹기로 결정한다.

그런 다음, 그는 때 묻은 얇은 담요를 머리끝까지 뒤집어쓴다. 어느새 침대 사이의 통로엔 점호를 받기 위해 기다리는 옆 반 반원들로 가득하다. 그러나 그런 것에는 아랑곳하지 않는다.

슈호프는 아주 흡족한 마음으로 잠이 든다. 오늘 하루는 그에게 아주 운이 좋은 날이었다. 영창에 들어가지도 않았고, '사회주의 생활단지'로 작업을 나가지도 않았으며, 점심 때는 죽 한 그릇을 속여 더 먹었다. 그리고 반장이 작업량 조정을 잘해서 오후에는 즐거운 마음으로 벽돌 쌓기도 했다. 줄칼 조각도 검사에 걸리지 않고 무사히 가지고 들어왔다. 저녁에는 체자리 대신 순번을 맡아 주고 많은 벌이를 했으며, 잎담배도 사지 않았는가. 그리고 찌뿌드드하던 몸도 이젠 씻은 듯이 다 나았다.

눈앞이 캄캄한 그런 날이 아니었고, 거의 행복하다고 할 수 있는 그런 날이었다.

이렇게 슈호프는 그의 형기가 시작되어 끝나는 날까지 무려 십 년을, 그러니까 날수로 계산하면 3613일을 보냈다. 사흘을 더 수용소에서 보낸 것은 그사이에 윤년이 들어 있었기 때문이었다.

작품 해설

지배 권력에 대한 고발과 억압받는 약자에 대한 인간애

1 작가 솔제니친의 삶과 문학

알렉산드르 솔제니친은 1918년 카프카즈의 한 평범한 가정에서 태어나, 스탈린의 공포정치 시대와 흐루시초프의 반동 정치 시대 아래 정치적으로 억압받는 삶을 살며, 그러한 상황 속에서 사람들이 겪는 다양한 비극을 작품으로 형상화한 작가이다.

솔제니친은 그의 전기에서 보이듯이 평범한 시골의 교사로 재직하다가 제2차 세계 대전 전후, 병사로 소집되어 1941년에는 수송대의 마필계에서, 1942년에는 포병장교학교에 입학하여 포병 중대장으로 조국 전쟁에 참가하였으며, 1945년 이후부터 1956년 소연방 최고재판소 군사심의관회의에서 복권되기까지 유형지를 돌며 수용소 생활을 경험한다. 그는 자신이 정치적 현실 속에서 직접 목격한 역사적 사건과 시대적 비극에 대하여 글을 쓰기 시작하여, 단순하고 소박한 언어로 강제노동수용소에서의 경험을 담담하게 묘사하는 일련의 작품들을 발표하게 된다. 그의 작품들의 배경은 바로 작가 자신이 생활하고 목격했던 수용소의 생활인데, 『이반 데니소비치, 수용소의 하루』를 비롯하여 『암병동』이나 『제1영역 안에서』, 『수용소 열도』 등이 대표적이다.

솔제니친은 『이반 데니소비치, 수용소의 하루』를 발표하면서 소련의 문단 내에서뿐만 아니라 세계적으로 주목받는 작가가 되고, 1970년에는 노벨문학상 수상자로 지명되었다. 그러나 소련 내에서는 그의 문학 작품들이 반체제적이고 반소(反蘇)적인 목적을 위해서 쓰였으며, 서구에서 정치적 목적으로 솔제니친을 노벨상 수상자로 선정했다고 주장하며, 노벨상에 대한 반대 입장을 보였다. 그와 동시에 솔제니친의 대부분의 작품들은 소련작가동맹에서 거부되고 외면당하게 되었다. 이로 인해 그의 작품들은 그의 조국의 독자들과는 멀어진 채 대부분 국외에서 발표되었고, 한동안 소련 내에서 잊히는 비운을 맞았다.

솔제니친은 작가동맹과의 계속적인 반목과 정치적인 억압 상태에서 작품 활동을 하다가 1974년 2월 소련 당국에 체포되어 추방당했다. 그 후 그는 서구와 미주 지역에서 오랜 기간 망명 생활을 했다. 1994년 러시아의 정치 개방과 더불어 러시아로 돌아갔으며, 러시아의 민주주의를 위한 정치 활동을 계속하다가 2008년 모스크바에서 눈감았다.

알렉산드르 솔제니친의 문학 작품들은 소련의 스탈린 개인 숭배와 대대적인 공포정치, 그리고 대숙청 기간의 사회 정치 문제를 고발하고 있다. 역사적으로 러시아 정치 권력이 정치적 지배 논리에 반대하는 모든 문학 작품을 억압하고 금지하는 정책을 펴 왔다면, 작가들은 언제나 그러한 정치권력에 대항하고 예술에 대한 자유와 진실을 말할 권리를 위해 끊임없이 투쟁하는 역사를 이어 왔다고 할 수 있다. 솔제니친 역시, 당시의 시대적 역사적 배경 아래에서 스탈린의 지배 권력이 자행해 온 부정적인 행위들을 들춰내고, 작가의 개성적인 필치로 수용소의 제반 불의 등을 고발하는 동시에 그러한 모든 부정행위에 대한 비판을 가했다.

특히, 솔제니친의 작품 속에 주로 등장하는 배경인 스탈린 시대의 강제노동수용소의 묘사는 스탈린의 가장 대표적이고 상징적인 악행에 대한 예리한 고발임과 동시에 그러한 고난과 고통의 순간에서도 영원히 살아 있는 인간의 진실한 형상을 부각시키는 요소라는 점에서 그의 인간에 대한 사랑과 애정이 살아 돋보인다. 이처럼 그의 모든 작품 속에는 정치 권력에 대한 비난과 그 속에서 고통당하고 억압당하는 약하고 힘없는 약자에게 보내는 동정의 눈길과 깊은 사랑의 철학이 나타나 있으며, 이것이 바로 그의 인간에 대한 기본적 사고이며 문학성이라고 할 수 있다.

2 스탈린 공포정치에 대한 고발과
러시아 만중의 삶에 대한 의지와 지혜의 형상화

『이반 데니소비치, 수용소의 하루』는 1962년 소련의 월간 문예지인 《신세계》 11월호에 발표되었다. 이 작품이 발표되자, 소련의 문단은 이 무명 작가의 작품에 비상한 관심을 보였고, 곧바로 대대적인 문학적 정치적 논란이 벌어졌다. 이 작품에 대한 국내외의 관심은 당시 오랫동안 침체되어 있던 소련 문단에 활기를 불어넣음과 동시에 독자들에게도 놀라운 감동을 불러일으켰다. 이 작품은 당시 스탈린 치하의 노동수용소 실태를 적나라하게 묘사했다는 점에서뿐만 아니라 간결하면서도 세련된 문체, 그리고 극도의 가혹한 중노동 생활을 겪으면서도 목청 높은 정치적 구호나 비판보다는 담담하고 나직한 목소리로, 그러나 강도 있게 한 인간의 비극을 그려 나가는 작가의 예술적 재능으로 하여 높은 관심을 받게 되었다.

또한, 이 작품은 솔제니친이 1945년에 소련 당국에 의해 반소(反蘇) 행위를 했다는 죄목으로 체포되어 이후 8년이라는 긴 세월 동안 강제노동수용소에서 보낸 고통과 어두운 세월을 묘사하여, 강제노동수용소의 실상과 정치권력의 허상에 대해 낱낱이 폭로했다는 점에서 국내는 물론 국외에서 스탈린 이후 소련 문학의 전형으로 주목받게 되었다.

작가는 작품 속에 이반 데니소비치 슈호프라는 인물을 주인공으로 등장시키고 있는데, 그가 수용되어 있는 강제노동수용소라는 장소는 아무런 범죄 행위를 한 적도 없고, 어떤 특별한 정치적인 임무를 갖고 활동한 적도 없으며, 심지어는 특별한 정치 사상을 가져 본 적도 없는 지극히 평범하고 단순한 인물인 슈호프와 대비되어 당시의 지배 이데올로기의 아이러니와 모순을 날카롭게 드러내 준다. 즉, 작가는 이 인물을 스탈린 공포시대의 상징이며 정치적 억압의 한 수단이었던 혹독한 강제노동수용소에 배치시킴으로써, 스탈린의 정치적 허울과 억울한 수많은 약자를 무자비하게 억압하고 비극으로 몰아넣은 전형적인 한 예를 생생하게 보여 준다. 이 희생물들은 아무 이유도 없이, 지배층의 권력 남용에 의해 흔적도 없이, 가혹한 운명 속에서 죽어 가는 비극적 생을 살아가는 것이다. 이러한 특성을 지닌 슈호프라는 주인공을 설정한 것에서부터 작가가 정치적 이데올로기의 정당성을 논하기보다는 한 개인, 한 약자의 불행한 운명에 대한 인간애적인 동정을 보여 주려고 했다는 점을 짐작할 수 있다.

비단, 슈호프뿐만 아니라 이 소설 속에 등장하는 모든 주변 인물들, 즉 반장인 추린이라든가, 전직 영화감독이었던 체자리, 비굴하고 저열한 인간의 전형으로 볼 수 있는 페추코프, 심지어는 수용소의 간부들조차도 정치적인 어떤 신념이나 의지 등을 갖고 있다기보다는 수용소 내부에서의 정치적 희생물에 불과하다. 따라서 매일매일 그들이 살아 내는 반복되는 단순한 일상, 즉 먹는 것, 작업 배당, 잔머리를 굴리며 편하게 지내 보려는 몇몇 인물들의 생활 태도, 잔꾀, 뇌물, 눈가림, 속임수 등의 묘사는 그러한 인물들의 개인적 비극, 사회로부터 외면당하고 버림받은 이들의 비참하고 비극적인 일상이 작가의 초점이 되고 있음을 드러내 준다.

작가의 이러한 작품 구도는 작중 인물들에 대한 인간애적인 동정을 더욱더 강하게 불러일으키게 되고, 반대로 정치적인 지배 권력에 대한 죄상을 예리하게 폭로하고 대비하여 나타내는 효과를 가져다준다. 이 작품 서문에서 츠바르도프스키 역시 이러한 점을 강조하고 있다.

"작가는 이 소설 속에서 소련의 법률 파괴 결과로 나타났던 스탈린의 잔학성과 전횡의 가공할 사실들에 대한 관심보다는, 일어나서 잠들 때까지의 수용소 생활의 평범한 나날을 보여 주고 있다. 그러나 이와 같은 평범한 나날은 독자들에게 생동감 있고 친밀감 있는 인물들의 비극적 운명으로 인해 강한 비애와 아픔을 맛보게 한다. 그러나 이 예술가의 승리는 바로 그러한 비애와 아픔이 절망적인 비감이나 의기소침보다는, 오히려 그러한 사건들에 의해서 장식되거나 채색되지 않은 진실이 내포되어 있다는 점이고, 토로되었어야 마땅했던 것이 토로되지 않음으로써 더욱더 자유롭게 토로될 수 있다는 점에서, 또한 이와 더불어 그 속에 진실에 대한 드높은 감정을 더욱 강하게 보여 주고 있다는 점에서 나타난다."

이 작품 속에는 이러한 등장인물들의 개인적 비극을 통해서 당시대의 정치 권력인 스탈린의 허울과 허상이 벗겨지고, 개인 숭배에 대한 죄상이 밝혀지며, 그러한 비극적인 소련의 과거의 역사에 대한 날카로운 비판이 제기된다. 이러한 정치 권력이 한 무고한 개인에 대해 자행하는 학대와 희생의 요구는 비단 스탈린 시대뿐만 아니라, 인류 역사상 끊임없이 반복되어 자행되어 왔다는 점과 지금까지도 그것이 여전히 계속되고 있다는 점에서 보면, 이 작품은 모든 억압하는 지배 권력에 대한 고발이며, 약자 개인 개인에 대한 숭고한 인간애를 보여 줌으로써 우리에게 시사해 주는 바가 크다고 할 수 있다. 이 점과 관련하여 츠바르도프스키는 이 작품의 서문에서 흐루시초프가 제22차 소련공산당대회에서 연설한 내용을 이렇게 인용하고 있다.

"이렇게 권력의 악용에 대한 사건들을 명확하고 철저하게 규명하는 것이 우리들이 할 일이다. 세월은 흐르고 우리들 모두는 사라질 것이며, 우리는 결국 모두 죽을 수밖에 없는 존재들이다. 그러나 우리가 살아 숨 쉬는 동안에 밝힐 수 있는 모든 것들을 마땅히 밝혀야 하며…… 이와 같은 비극이 앞으로는 절대 반복되지 않도록 노력해야 한다."

솔제니친은 이 작품에서 결코 가볍게 넘길 수 없는 다양한 인간의 삶과 다양한 형태의 인물들을 그리고 있다. 이러한 갖가지 종류의 인간상들은 수용소 내부의 부패되고 모순된 소집단 속에서 살아가는 인간들의 모습이지만, 스탈린 시대의 사회 축소판으로서 더욱더 폭넓은 의미의 확장을 통해 부패된 정치 권력과 사회적 생활상, 모순되고 획일적이고 비인도적인 사회 제도라든가, 종교 문제, 인간 본성의 문제 등까지도 우리에게 시사하는 바가 적지 않다.

작품 속에 나타나는 수용소 안의 비극적인 죄수들의 생활은 솔직하고 과장 없이 묘사되는 많은 사실들에서 생생하게 나타난다. "작업장의 콘크리트판의 동결을 방지하려는 목적으로는 온도계까지 걸어 놓고 불을 때"면서도, 정작 죄수들은 "얼굴이 찢겨 나가고", "살을 에이며", "입술마저 얼어붙어 침묵 속에서 걸어가는" 혹독한 추위 속으로, "동태가 되지 않으려면 죽어라고 곡괭이를 휘두를 수 밖에 없는" 추위 속으로 내몰려 가혹한 노동을 강요당하며, 죽 한 그릇을 더 먹기 위해 목숨을 걸고 취사부를 속여야 하고, "영양실조로 이를 모두 잃어야" 하며, 죽 한 그릇 때문에 싸움을 벌이고 매질당하며, 쐐기풀로 끓인 죽이며 가시뿐인 생선에 대해서조차 "가장 엄숙하고도 진지한 자세"를 보일 수밖에 없는 극도의 굶주림에 대한 묘사라든가, 수용소 안에 존재하는 여러 계층과 계층 간의 빈부 문제, 권력자에게 빌붙어 같은 죄수들에게 횡포를 부리는 막사장이나 당번들, 그리고 비인간적 행위를 자행하는 수용소 감독관들, 소포를 담당하는 사람, 물건을 보관해 주는 사람, 취사부들, 그리고 일직 당번들 등 일반 죄수들을 이용하거나 등쳐 먹고 갈취하는 인간들에 대한 묘사, 수용소 내에서 만연하고 있는 부패와 뇌물 행사, 밀고, 죄수들을 최대한으로 억압하기 위해 만들어 내는 엉뚱한 갖가지 제도나 각종 규율 등에 대한 묘사는 모두 수용소뿐만 아니라 당시의 스탈린 시대의 가장 적나라한 사회상을 보여 준다.

또한, 이 작품에는 여러 종류의 인간 군상들이 등장한다. 이 여러 종류의 인간 군상들 역시, 모두 정치적으로 사상의 의심을 받아 체포된 사람들이지만, 대부분 억울한 누명을 뒤집어쓰고 잡혀온 사람들이며, 그들 역시 수용소 밖 사회의 여러 인간 유형들의 모델을 보여 주기도 한다.

체면이라든가 명예라든가 하는 인간의 고귀한 면을 모두 내팽개친 채 오직 먹을 것과 자신의 이익을 위해 "굶주린 개처럼" 행동하면서도 용기라고는 없는 "자기 자신을 어떻게 해야 할지 모르는 인간" 페추코프, "수뢰정 위에서는 역전의 용사가 틀림없지만, 수용소 생활은 아직 석 달도 채 못 된" 그래서 윗사람에게 대들어 중영창에 들어가는가 하면 모든 일에 사사건건 아는 체하고 남을 지배하려 드는 속성을 가진 전직 해군 중령 부이노프스키, 부농의 아버지를 두었다는 이유로 군대에서 쫓겨나고 동생마저 떠돌이 부랑자들에게 맡기고 자신은 노동수용소에서 살아가면서도 "반장으로서 반원들에게 가장처럼" 행동하고 모든 일을 책임지고 해결해 주는 추린, "분한 일이 있더라도 꾹 참는 게 제일이다. 공연히 맞았다가는 그만큼 자기한테 손해다"라고 말하는 세니카 클레프신, 항상 함께하며 붙어 다니고 담배 한 모금도 나눠 피우며 모든 일을 서로 의논하며 다정하게 친형제처럼 사는 두 에스토니아인, "숲속에 숨어 있던 벤데르파에 우유를 날라다 주었다는 죄목"으로 어린 나이에 체포되어, 미성년자인데도 형기는 어른들과 똑같이 살고 있으며 "송아지처럼 온순한 성격이어서 누구한테나 곧잘 응석을 부리"지만 "그러면서도 한편으론 제 속을 차릴 줄 아는 똑똑한 아이"이자 "소포를 받아도 혼자 움켜쥐고 밤중에 이불 속에서 우물거리는" 고프치크, 부유한 죄수이며 뇌물로 상부에서 편한 자리를 얻어 따뜻한 곳에서 펜대나 굴리는 족속에다 예술에 대한 순수한 입장을 갖고 있으며, 수용소 내에서도 부유한 계급으로 추상적인 대화나 생각에만 관심을 갖는 전직 영화감독 체자리, 그리고 지배 권력에 아부하여 빌붙어 살아가면서 자신과 같은 죄수들을 괴롭히는 막사장이나 취사 당번들, 십장들 등 약자에게 횡포를 부리며 권력자나 상부에 빌붙어 사는 군상들, 그리고 수용소의 죄수들을 잔혹하게 학대하며 죄수들을 짐승처럼 부리고 취급하는 볼코보이나 관리 등은 모두 인간 종류의 갖가지 모습을 보여 준다.

이러한 여러 종류의 인물들은 작가에 의해서 특별히 예술적으로 어떤 상징성이나 예술적 장치를 갖고 그려진다기보다는 정치 사회적으로 가장 비참하고 버림받고 사는 인간들의 모습과 그러한 속에서도 드러나게 되는 인간 본성들의 예로 제시된다.

또한 작가가 침례교도를 그려 내는 일련의 묘사는 종교에 대한 작가의 입장을 보여 준다. 침례교도인 알료쉬카는 "무엇을 부탁해도 싫다는 법이 없고", "만일 세상 사람들이 모두 알료쉬카 같다면, 슈호프도 역시 그런 인간이 되었을 것"이라고 말하고 "남이 도와달라고 청하는데, 어찌 도와주지 않을 수 있느냐?"라고 서술하는 부분에서 작가는 선의 의지를 종교의 궁극적 목적으로 소박하게 연결시키고 있음을 볼 수 있다.

그 외에도 솔제니친은 예술에 대한 의견을 제시한다. 단순하고 평범한 등장인물들의 대화를 통해서 솔제니친은 예술과 문학의 궁극적 목적에 대해서 "예술 과잉은 이미 예술이 아니며" 그것은 마치 "빵 대신에 후추와 겨자만 먹고 살라는 말과 다를 게 없다"고 논평하고, 에이젠슈타인의 「이반 뇌제」라는 작품에 대한 비평을 하면서, "혐오할 정치 이념, 개인 전제의 변호로 일관되어 있는 작품"이며 "삼 대에 걸친 러시아 인텔리겐차의 기억을 우롱한 작품"이라고 비난하고 그런 작가는 "상전의 비위를 맞추기 위해 여념이 없는 아첨꾼"이며 "진짜 천재는 압제자의 비위를 맞추려고 해석을 왜곡하거나 하지는 않는 법이다"라고 피력한다. 즉, "예술이란 '무엇을'이 아니라 '어떻게'가 문제가 된다"고 하는 입장에 대해 "'어떻게'는 아무런 가치도 없는 것"이며 "그것이 우리의 감정을 고양시키지 않는 이상 아무 소용이 없"다고 외치고 있다.

여기서 작가는 '어떻게'라는 문제에 대해서 지나치게 관심을 보여 주었던 20세기 초 러시아의 형식주의자들, 상징주의자들, 추상주의자들에 대해 넌지시 비난하고 있으며, 순수예술이라는 허상에 대해서도 날카롭게 어조를 높이고 있다.

결론적으로 『이반 데니소비치, 수용소의 하루』는 어떤 특별한 날의 묘사가 아니라 인간의 가장 비극적인 삶의 모습, 매일 똑같이 되풀이되는 하루의 묘사를 통해 절망적인 인간의 가장 비참한 삶을 보여 준다. 수용소 대부분의 죄수들과 마찬가지로 슈호프 역시, 뚜렷한 죄목 없이 지배 논리의 희생물이 되어 자신도 인식하지 못하는 죄명으로 억압된 삶을 연명하고 있는 것이다. 또한 고된 노동과 그야말로 '개'로 전락하여 남의 죽그릇을 핥는 굶주림, 혹독한 추위에 내동댕이쳐지고, 권리라고는 가져 본 적이 없는 꼭두각시처럼 취급당하며 담배꽁초

하나에도 절망적으로 전전긍긍하는 상황 속에 내버려지고, 인간의 전 존재가 여지없이 하나의 노동 기계로 전락되어 학대당하고 죽음에 이르게 되는 가장 처참한 수용소 안의 슈호프와 그의 동료 죄수들은, 끝도 없이 수많은 세월 동안 모든 사고조차 마비되고 가족에 대한 그리움조차 잃어버리고, 그러한 상황에 익숙해져 살아가는 희망 없는 사람에 대한 처절한 비유이기도 하다.

작가는 이러한 단순하고 소박하며 가장 비정치적이며, 어떤 사상이든 사상이라고는 가져 본 적이 없고, 그저 단순하게 자기에게 주어진 운명을 고스란히 받아들이며 인내하고 가혹한 환경 속에서도 여전히 선한 것을 갈망하며 작은 소망을 가지고 살아가는 개인과 가공할 힘, 권력으로 약자들을 구속하고 학대하는 역사의 한 장면을 낮은 목소리로 그러나 진한 감동으로 고발함으로써, 소련에서뿐만 아니라, 인류의 모든 지배 권력의 역사에 강한 비평을 가하고 있다.

이렇게 솔제니친은 지배 권력의 이데올로기로 인해 죄 없이 고통당하는 힘없는 약자에 대한 숭고한 애정과 작가의 소명을 가지고 불의와 정치 권력에 항거하고 진실을 밝히고자 하며 그러한 예술이야말로 진정한 예술의 궁극적 목적이라는 것을 우리에게 이야기하고 있다.

마지막으로 이 책은 1994년 러시아의 폴리그람마에서 출판된 판본을 역본으로 삼았음을 밝혀 두며, 이 책이 나오기까지 많은 격려와 도움을 아끼지 않으셨던 박맹호 사장님, 번역에 도움을 주셨던 박형규 은사님과 선배님들께 이 자리를 빌려 감사드린다.

1998년 9월

이영의

작가 연보

1918년   12월 11일 카프카즈의 키슬로보드스크 시에서 태어났다. 유복자로 태어난 그는 고등 교육을 받고 예술에 많은 관심을 가졌던 인텔리 여성인 어머니 밑에서 교육을 받으며 성장한다. 아버지는 교사였으나, 솔제니친이 태어나기 6개월 전에 사망했다.

1923년   남러시아 돈강 유역으로 이사를 하고 그곳에서 유년기와 청년기를 보낸다.

1936년   로스토프 시에 있는 10년제 중학교를 졸업하고, 로스토프 대학 물리·수학과에 입학하게 된다.

1939년   같은 대학의 동창이었던, 당시 열여덟 살의 나탈리야 레슈토프스카야와 결혼한다.

1941년   로스토프 대학교를 졸업한다. 이학사 학위를 받고, 로스토프 시에서 150킬로미터 떨어진 한 시골 학교 교사로 부임한다. 이해 6월에 군에 입대하여, 처음엔 수송대 소속인 마필계에 소속되어 근무한다.

1942년 포병장교학교에 입교해서 포병 중대장으로 독일과의 전투에서 전공을 세우고, 조국 전쟁 제2급 훈장 및 붉은별 훈장을 받는다.

1945년 2월, 포병 대위로 복무하다가 동 프러시아 칼리닌그라드(옛날 쾨니히스베르크)에서 반소(反蘇) 선동을 하고, 반소조직 창설을 위한 여러 가지 활동을 했다는 이유로 체포된다. 7월 7일에는 소연방 내무 인민위원회 부설 특무회의 결의로 8년의 교정 노동형을 선고받는다.

1946년 7월에 전문 기술자 죄수만을 수용하는 모스크바 근교에 있는 루반카 수용소에 수감된다. 이곳에서 9개월을 지낸 다음, 마브리노(감옥 내에서 비밀 경찰의 연구 계획을 수행하는 과학연구소)에서 죄수 과학자로 5년을 보낸다.

1950년 나머지 형기의 3년은 모스크바에서 삼천여 킬로미터 떨어진 북 카자흐스탄 공화국의 탄광 지대에 있는 강제노동수용소로 이송되어, 그곳에서 철공으로 강제노동 생활을 한다. 이때 받은 수술과 입원 생활은 이후에 나올 소설 『암병동』의 소재가 된다.

1953년 2월에 석방되었으나, 유형자의 신분으로 카자흐스탄의 발하시오 남서쪽 코크체레크라는 마을에서 거주를 제한당하고 있다가, 얼마 후 병을 얻어 타슈켄트 병원에 입원한다. (이곳의 생활 역시, 소설『암병동』의 무대가 된다.) 이곳에서 희곡『사슴과 수용소의 여인』을 쓰고, 장편 소설『제1영역 안에서』의 집필을 시작한다.

1956년 제20차 소련공산당대회에서 복권되어 러시아 중앙부로 돌아오게 된다.

1957년 복권된 후 랴잔 시의 중학교에서 물리와 수학을 가르치며, 이때부터 본격적인 창작 활동에 들어가게 된다. 긴 이별 후에 아내와 만나 함께 생활하기 시작한 것도 이때부터이다.

1962년 11월, 첫 작품인『이반 데니소비치, 수용소의 하루』를 문학 잡지인《신세계》에 발표하여, 소련 문단에서 일약 대작가로 부상하게 된다. 또한 소련작가동맹에 가입한다. 모스크바의 작가동맹에서 모든 생활을 보장하겠다는 제의를 했음에도 불구하고, 이를 거부하고 계속 랴잔 시에서 생활한다.

1963년 《신세계》1월호에 장편소설『크레체토프카 역에서 생긴 일』과『마트료나의 집』을, 그리고 7월호에는『공공을 위해서』를 발표한다.

1964년 『시작법과 대화』를 서독 프랑크푸르트 암 마인의《그라니》에 발표한다.『이반 데니소비치, 수용소의 하루』가 레닌문학상 후보작으로 추천받게 된다.

1965년 문학평론인「타르는 수프에 타지 않는다. 수프에 타려고 스메타나가 존재하는 것이다」를 모스크바의《문학신문》11월 4일자에 발표한다. 영국《인터카운트》3월에 소품을 게재한다.

1966년 「속대의 자하르」를 《신세계》 1월호에 발표한다. 이 해부터 사실상 발매금지처분을 받게 된다.

1967년 소련작가동맹 제4차 대회에 공개 서한을 보내 문학 작품에 가해지는 검열 제도의 철폐를 요구하여, 자유파 작가들의 많은 지지를 받게 된다. 그러나 그의 요구는 받아들여지지 않는다.

1968년 소설 『암병동』을 독일 프랑크푸르트 암 마인 포세프 출판사와 파리의 YMCA 프레스에서, 그리고 영국, 이탈리아 등지에서 각각 출간한다. 『제1영역 안에서』를 프랑크푸르트 암 마인의 S. 피셔, 뉴욕에 있는 하퍼 앤드 도, 런던의 플레건 프레스에서 각각 출간한다. 『오른손』을 프랑크푸르트 암 마인 《그라니》 12월호에 게재한다. 희곡 『바람에 흔들리는 등불』을 런던의 플레건 프레스에서 출간한다.

1969년 서한문 「세 학생에게 대답한다」가 파리의 《러시아 사상》 4월 17일자에 게재된다. 『부활절의 십자가 행진』을 프랑크푸르트 암 마인의 《그라니》 5월호에 발표한다. 희곡 『사슴과 수용소의 여인』을 프랑크푸르트 암 마인의 《그라니》 7월호에 발표한다. 논평 「『이반 데니소비치, 수용소의 하루』가 읽히고 있다」를 프랑크푸르트 암 마인의 《포세프》 5월호에 게재한다. 11월에 반소 작가로 지목되어 소련작가동맹으로부터 제명당한다.

1970년 10월 8일, 스웨덴 왕립 아카데미에서 노벨문학상 수상

자로 결정되었으나 소련 정부의 방해로 참석하지 못
한다.

1971년   5월, 국외의 러시아인 독자를 대상으로 유럽에서 작품
을 간행할 것을 결심한다. 6월, 『1914년 8월』을 파리의
YMCA 프레스에서 출간한다.

1973년   12월 20일, 세계를 떠들썩하게 한 『수용소 열도』를 파
리의 YMCA 프레스에서 출간한다.

1974년   2월, 소련 당국에 의해 피검되었다가 국외 추방을 당하
여 서구로 망명, 스위스에 체류한다.

1976년   『수용소 열도』 제3권을 발표한다.

1978년   하버드 대학 졸업식에서 연설한다.

1994년   러시아로 귀환, 여러 가지 정치 활동과 연설을 한다.

2007년   국가 공로 훈장을 수여받는다.

2008년   모스크바에서 사망했다.

세계문학전집 **13**

이반 데니소비치, 수용소의 하루

1판 1쇄 펴냄 1998년 9월 30일
1판 71쇄 펴냄 2024년 6월 19일

지은이 알렉산드르 솔제니친
옮긴이 이영의
발행인 박근섭, 박상준
펴낸곳 ㈜민음사

출판등록 1966. 5. 19. (제 16-490호)
서울특별시 강남구 도산대로1길 62(신사동) 강남출판문화센터 5층 (우편번호 06027)
대표전화 02-515-2000 팩시밀리 02-515-2007
www.minumsa.com

한국어 판 © ㈜민음사, 1998. Printed in Seoul, Korea

ISBN 978-89-374-6013-5 04800
ISBN 978-89-374-6000-5 (세트)

세계문학전집 목록

1·2 변신 이야기 오비디우스 · 이윤기 옮김 서울대 권장도서 100선

3 햄릿 셰익스피어 · 최종철 옮김 서울대 권장도서 100선 | 미국대학위원회 선정 SAT 추천도서

4 변신 · 시골의사 카프카 · 전영애 옮김 서울대 권장도서 100선

5 동물농장 오웰 · 도정일 옮김 미국대학위원회 선정 SAT 추천도서 | 《타임》 선정 현대 100대 영문소설

6 허클베리 핀의 모험 트웨인 · 김욱동 옮김 《뉴스위크》 선정 100대 명저

7 암흑의 핵심 콘래드 · 이상옥 옮김 미국대학위원회 선정 SAT 추천도서 | 《뉴스위크》 선정 10대 명저

8 토니오 크뢰거 · 트리스탄 · 베네치아에서의 죽음 토마스 만 · 안삼환 외 옮김 노벨 문학상 수상 작가

9 문학이란 무엇인가 사르트르 · 정명환 옮김

10 한국단편문학선 1 김동인 외 · 이남호 엮음 국립중앙도서관 선정 청소년 권장도서

11·12 인간의 굴레에서 서머싯 몸 · 송무 옮김

13 이반 데니소비치, 수용소의 하루 솔제니친 · 이영의 옮김 노벨 문학상 수상 작가

14 너새니얼 호손 단편선 호손 · 천승걸 옮김

15 나의 미카엘 오즈 · 최창모 옮김

16·17 중국신화전설 위앤커 · 전인초, 김선자 옮김

18 고리오 영감 발자크 · 박영근 옮김

19 파리대왕 골딩 · 유종호 옮김 노벨 문학상 수상 작가 | 《타임》 선정 현대 100대 영문소설

20 한국단편문학선 2 김동리 외 · 이남호 엮음

21·22 파우스트 괴테 · 정서웅 옮김 서울대 권장도서 100선 | 미국대학위원회 선정 SAT 추천도서

23·24 빌헬름 마이스터의 수업시대 괴테 · 안삼환 옮김

25 젊은 베르테르의 슬픔 괴테 · 박찬기 옮김 논술 및 수능에 출제된 책(1998~2005)

26 이피게니에 · 스텔라 괴테 · 박찬기 외 옮김

27 다섯째 아이 레싱 · 정덕애 옮김 노벨 문학상 수상 작가

28 삶의 한가운데 린저 · 박찬일 옮김

29 농담 쿤데라 · 방미경 옮김

30 야성의 부름 런던 · 권택영 옮김

31 아메리칸 제임스 · 최경도 옮김

32·33 양철북 그라스 · 장희창 옮김 노벨 문학상 수상 작가 | 서울대 권장도서 100선

34·35 백년의 고독 마르케스 · 조구호 옮김 노벨 문학상 수상 작가 | 서울대 권장도서 100선

36 마담 보바리 플로베르 · 김화영 옮김 서울대 권장도서 100선

37 거미여인의 키스 푸익 · 송병선 옮김

38 달과 6펜스 서머싯 몸 · 송무 옮김

39 폴란드의 풍차 지오노 · 박인철 옮김

40·41 독일어 시간 렌츠 · 정서웅 옮김

42 말테의 수기 릴케 · 문현미 옮김

43 고도를 기다리며 베케트 · 오증자 옮김 노벨 문학상 수상 작가 | 서울대 권장도서 100선

44 데미안 헤세 · 전영애 옮김 노벨 문학상 수상 작가

45 젊은 예술가의 초상 조이스 · 이상옥 옮김 서울대 권장도서 100선

46 카탈로니아 찬가 오웰 · 정영목 옮김

47 호밀밭의 파수꾼 샐린저 · 정영목 옮김 《타임》 선정 현대 100대 영문소설 | 미국대학위원회 선정
　　　SAT 추천도서 | 《뉴스위크》 선정 100대 명저 | BBC 선정 꼭 읽어야 할 책

48·49 파르마의 수도원 스탕달 · 원윤수, 임미경 옮김

50 수레바퀴 아래서 헤세 · 김이섭 옮김 노벨 문학상 수상 작가 | 국립중앙도서관 선정 청소년 권장도서

51·52 내 이름은 빨강 파묵 · 이난아 옮김 노벨 문학상 수상 작가

53 오셀로 셰익스피어 · 최종철 옮김 서울대 권장도서 100선

54 조서 르 클레지오 · 김윤진 옮김 노벨 문학상 수상 작가

55 모래의 여자 아베 코보 · 김난주 옮김

56·57 부덴브로크 가의 사람들 토마스 만 · 홍성광 옮김 노벨 문학상 수상 작가

58 싯다르타 헤세 · 박병덕 옮김 노벨 문학상 수상 작가

59·60 아들과 연인 로렌스 · 정상준 옮김 《뉴스위크》 선정 100대 명저

61 설국 가와바타 야스나리 · 유숙자 옮김 노벨 문학상 수상 작가 | 서울대 권장도서 100선

62 벨킨 이야기 · 스페이드 여왕 푸슈킨 · 최선 옮김

63·64 넙치 그라스 · 김재혁 옮김 노벨 문학상 수상 작가

65 소망 없는 불행 한트케 · 윤용호 옮김 노벨 문학상 수상 작가

66 나르치스와 골드문트 헤세 · 임홍배 옮김 노벨 문학상 수상 작가

67 황야의 이리 헤세 · 김누리 옮김 노벨 문학상 수상 작가

68 페테르부르크 이야기 고골 · 조주관 옮김

69 밤으로의 긴 여로 오닐 · 민승남 옮김 노벨 문학상 수상 작가 | 미국대학위원회 선정 SAT 추천도서

70 체호프 단편선 체호프 · 박현섭 옮김

71 버스 정류장 가오싱젠 · 오수경 옮김 노벨 문학상 수상 작가

72 구운몽 김만중 · 송성욱 옮김 서울대 권장도서 100선 | 국립중앙도서관 선정 청소년 권장도서

73 대머리 여가수 이오네스코 · 오세곤 옮김

74 이솝 우화집 이솝 · 유종호 옮김 논술 및 수능에 출제된 책(1998~2005)

75 위대한 개츠비 피츠제럴드 · 김욱동 옮김 《타임》 선정 현대 100대 영문소설

76 푸른 꽃 노발리스 · 김재혁 옮김

77 1984 오웰 · 정회성 옮김 《타임》 선정 현대 100대 영문소설 | 《뉴스위크》 선정 100대 명저

78·79 영혼의 집 아옌데 · 권미선 옮김

80 첫사랑 투르게네프 · 이항재 옮김

81 내가 죽어 누워 있을 때 포크너 · 김명주 옮김 노벨 문학상 수상 작가

82 런던 스케치 레싱 · 서숙 옮김 노벨 문학상 수상 작가

83 팡세 파스칼 · 이환 옮김

84 질투 로브그리예 · 박이문, 박희원 옮김

85·86 채털리 부인의 연인 로렌스 · 이인규 옮김

87 그 후 나쓰메 소세키 · 윤상인 옮김

88 오만과 편견 오스틴 · 윤지관, 전승희 옮김 미국대학위원회 선정 SAT 추천도서

89·90 부활 톨스토이 · 연진희 옮김 논술 및 수능에 출제된 책(1998~2005)

91 방드르디, 태평양의 끝 투르니에 · 김화영 옮김

92 미겔 스트리트 나이폴 · 이상옥 옮김 노벨 문학상 수상 작가

93 페드로 파라모 룰포 · 정창 옮김

94 차라투스트라는 이렇게 말했다 니체 · 장희창 옮김 국립중앙도서관 선정 청소년 권장도서

95·96 적과 흑 스탕달 · 이동렬 옮김 국립중앙도서관 선정 청소년 권장도서

97·98 콜레라 시대의 사랑 마르케스 · 송병선 옮김 노벨 문학상 수상 작가 | BBC 선정 꼭 읽어야 할 책

99 맥베스 셰익스피어 · 최종철 옮김 서울대 권장도서 100선 | 미국대학위원회 선정 SAT 추천도서

100 춘향전 작자 미상 · 송성욱 풀어 옮김 서울대 권장도서 100선

101 페르디두르케 곰브로비치 · 윤진 옮김

102 포르노그라피아 곰브로비치 · 임미경 옮김

103 인간 실격 다자이 오사무 · 김춘미 옮김

104 네루다의 우편배달부 스카르메타 · 우석균 옮김

105·106 이탈리아 기행 괴테 · 박찬기 외 옮김

107 나무 위의 남작 칼비노 · 이현경 옮김

108 달콤 쌉싸름한 초콜릿 에스키벨 · 권미선 옮김

109·110 제인 에어 C. 브론테 · 유종호 옮김 BBC 선정 꼭 읽어야 할 책

111 크눌프 헤세 · 이노은 옮김 노벨 문학상 수상 작가

112 시계태엽 오렌지 버지스 · 박시영 옮김 《타임》 선정 현대 100대 영문소설 | 《뉴스위크》 선정 100대 명저

113·114 파리의 노트르담 위고 · 정기수 옮김 미국대학위원회 선정 SAT 추천도서

115 새로운 인생 단테 · 박우수 옮김

116·117 로드 짐 콘래드 · 이상옥 옮김 《뉴스위크》 선정 100대 명저

118 폭풍의 언덕 E. 브론테 · 김종길 옮김 미국대학위원회 선정 SAT 추천도서

119 텔크테에서의 만남 그라스 · 안삼환 옮김 노벨 문학상 수상 작가

120 검찰관 고골 · 조주관 옮김

121 안개 우나무노 · 조민현 옮김

122 나사의 회전 제임스 · 최경도 옮김 미국대학위원회 선정 SAT 추천도서

123 피츠제럴드 단편선 1 피츠제럴드 · 김욱동 옮김

124 목화밭의 고독 속에서 콜테스 · 임수현 옮김

125 돼지꿈 황석영

126 라셀라스 존슨 · 이인규 옮김

127 리어 왕 셰익스피어 · 최종철 옮김 서울대 권장도서 100선 | 《뉴스위크》 선정 100대 명저

128·129 쿠오 바디스 시엔키에비츠 · 최성은 옮김 노벨 문학상 수상 작가

130 자기만의 방 · 3기니 울프 · 이미애 옮김

131 시르트의 바닷가 그라크 · 송진석 옮김

132 이성과 감성 오스틴 · 윤지관 옮김

133 바덴바덴에서의 여름 치프킨 · 이장욱 옮김

134 새로운 인생 파묵 · 이난아 옮김 노벨 문학상 수상 작가

135·136 무지개 로렌스 · 김정매 옮김

137 인생의 베일 서머싯 몸 · 황소연 옮김

138 보이지 않는 도시들 칼비노 · 이현경 옮김

139·140·141 연초 도매상 바스 · 이운경 옮김 《타임》 선정 현대 100대 영문소설

142·143 플로스 강의 물방앗간 엘리엇 · 한애경, 이봉지 옮김 미국대학위원회 선정 SAT 추천도서

144 연인 뒤라스 · 김인환 옮김

145·146 이름 없는 주드 하디 · 정종화 옮김

147 제49호 품목의 경매 핀천 · 김성곤 옮김 《타임》 선정 현대 100대 영문소설

148 성역 포크너 · 이진준 옮김 노벨 문학상 수상 작가 | 퓰리처상 수상 작가

149 무진기행 김승옥

150·151·152 신곡(지옥편·연옥편·천국편) 단테 · 박상진 옮김 《뉴스위크》 선정 100대 명저

153 구덩이 플라토노프 · 정보라 옮김

154·155·156 카라마조프가의 형제들 도스토옙스키 · 김연경 옮김

157 지상의 양식 지드 · 김화영 옮김 노벨 문학상 수상 작가

158 밤의 군대들 메일러 · 권택영 옮김 퓰리처상 수상 작가

159 주홍 글자 호손 · 김욱동 옮김 서울대 권장도서 100선 | 미국대학위원회 선정 SAT 추천도서

160 깊은 강 엔도 슈사쿠 · 유숙자 옮김

161 욕망이라는 이름의 전차 윌리엄스 · 김소임 옮김

162 마사 퀘스트 레싱 · 나영균 옮김 노벨 문학상 수상 작가

163·164 운명의 딸 아옌데 · 권미선 옮김

165 모렐의 발명 비오이 카사레스 · 송병선 옮김

166 삼국유사 일연 · 김원중 옮김 서울대 권장도서 100선

167 풀잎은 노래한다 레싱 · 이태동 옮김 노벨 문학상 수상 작가

168 파리의 우울 보들레르 · 윤영애 옮김

169 포스트맨은 벨을 두 번 울린다 케인 · 이만식 옮김

170 썩은 잎 마르케스 · 송병선 옮김 노벨 문학상 수상 작가

171 모든 것이 산산이 부서지다 아체베 · 조규형 옮김 《타임》 선정 현대 100대 영문소설

172 한여름 밤의 꿈 셰익스피어 · 최종철 옮김 미국대학위원회 선정 SAT 추천도서

173 로미오와 줄리엣 셰익스피어 · 최종철 옮김 미국대학위원회 선정 SAT 추천도서

174·175 분노의 포도 스타인벡 · 김승욱 옮김 노벨 문학상 수상 작가 | 《타임》 선정 현대 100대 영문소설

176·177 괴테와의 대화 에커만 · 장희창 옮김

178 그물을 헤치고 머독 · 유종호 옮김 《타임》 선정 현대 100대 영문소설

179 브람스를 좋아하세요... 사강 · 김남주 옮김

180 카타리나 블룸의 잃어버린 명예 하인리히 뵐 · 김연수 옮김 노벨 문학상 수상 작가

181·182 에덴의 동쪽 스타인벡 · 정회성 옮김 노벨 문학상 수상 작가

183 순수의 시대 워튼 · 송은주 옮김 《뉴스위크》 선정 100대 명저 | 퓰리처상 수상작

184 도둑 일기 주네 · 박형섭 옮김

185 나자 브르통 · 오생근 옮김

186·187 캐치-22 헬러 · 안정효 옮김 《타임》 선정 현대 100대 영문소설

188 솔로호프 단편선 솔로호프 · 이항재 옮김 노벨 문학상 수상 작가

189 말 사르트르 · 정명환 옮김

190·191 보이지 않는 인간 엘리슨 · 조영환 옮김 《타임》 선정 현대 100대 영문소설

192 왑샷 가문 연대기 치버 · 김승욱 옮김 퓰리처상 수상 작가

193 왑샷 가문 몰락기 치버 · 김승욱 옮김 퓰리처상 수상 작가

194 필립과 다른 사람들 노터봄 · 지명숙 옮김

195·196 하드리아누스 황제의 회상록 유르스나르 · 곽광수 옮김

197·198 소피의 선택 스타이런 · 한정아 옮김 퓰리처상 수상 작가

199 피츠제럴드 단편선 2 피츠제럴드 · 한은경 옮김

200 홍길동전 허균 · 김탁환 옮김

201 요술 부지깽이 쿠버 · 양윤희 옮김

202 북호텔 다비 · 원윤수 옮김

203 톰 소여의 모험 트웨인 · 김욱동 옮김

204 금오신화 김시습 · 이지하 옮김

205·206 테스 하디 · 정종화 옮김 미국대학위원회 선정 SAT 추천도서 | BBC 선정 꼭 읽어야 할 책

207 브루스터플레이스의 여자들 네일러 · 이소영 옮김

208 더 이상 평안은 없다 아체베 · 이소영 옮김

209 그레인지 코플랜드의 세 번째 인생 워커 · 김시현 옮김 퓰리처상 수상 작가

210 어느 시골 신부의 일기 베르나노스 · 정영란 옮김

211 타라스 불바 고골 · 조주관 옮김

212·213 위대한 유산 디킨스 · 이인규 옮김 서울대 권장도서 100선 | BBC 선정 꼭 읽어야 할 책

214 면도날 서머싯 몸 · 안진환 옮김

215·216 성채 크로닌 · 이은정 옮김

217 오이디푸스 왕 소포클레스 · 강대진 옮김 서울대 권장도서 100선

218 세일즈맨의 죽음 밀러 · 강유나 옮김

219·220·221 안나 카레니나 톨스토이 · 연진희 옮김 서울대 권장도서 100선

222 오스카 와일드 작품선 와일드 · 정영목 옮김
223 벨아미 모파상 · 송덕호 옮김
224 파스쿠알 두아르테 가족 호세 셀라 · 정동섭 옮김 노벨 문학상 수상 작가
225 시칠리아에서의 대화 비토리니 · 김운찬 옮김
226·227 길 위에서 케루악 · 이만식 옮김 《타임》 선정 현대 100대 영문소설 | 《뉴스위크》 선정 100대 명저
228 우리 시대의 영웅 레르몬토프 · 오정미 옮김
229 아우라 푸엔테스 · 송상기 옮김
230 클링조어의 마지막 여름 헤세 · 황승환 옮김 노벨 문학상 수상 작가
231 리스본의 겨울 무뇨스 몰리나 · 나송주 옮김
232 뻐꾸기 둥지 위로 날아간 새 키지 · 정회성 옮김 《타임》 선정 현대 100대 영문소설
233 페널티킥 앞에 선 골키퍼의 불안 한트케 · 윤용호 옮김 노벨 문학상 수상 작가
234 참을 수 없는 존재의 가벼움 쿤데라 · 이재룡 옮김
235·236 바다여, 바다여 머독 · 최옥영 옮김
237 한 줌의 먼지 에벌린 워 · 안진환 옮김 《타임》 선정 현대 100대 영문소설
238 뜨거운 양철 지붕 위의 고양이 · 유리 동물원 윌리엄스 · 김소임 옮김 퓰리처상 수상작
239 지하로부터의 수기 도스토옙스키 · 김연경 옮김
240 키메라 바스 · 이운경 옮김
241 반쪼가리 자작 칼비노 · 이현경 옮김
242 벌집 호세 셀라 · 남진희 옮김 노벨 문학상 수상 작가
243 불멸 쿤데라 · 김병욱 옮김
244·245 파우스트 박사 토마스 만 · 임홍배, 박병덕 옮김 노벨 문학상 수상 작가
246 사랑할 때와 죽을 때 레마르크 · 장희창 옮김
247 누가 버지니아 울프를 두려워하랴? 올비 · 강유나 옮김
248 인형의 집 입센 · 안미란 옮김
249 위폐범들 지드 · 원윤수 옮김 노벨 문학상 수상 작가
250 무정 이광수 · 정영훈 책임 편집 서울대 권장도서 100선
251·252 의지와 운명 푸엔테스 · 김현철 옮김
253 폭력적인 삶 파솔리니 · 이승수 옮김
254 거장과 마르가리타 불가코프 · 정보라 옮김
255·256 경이로운 도시 멘도사 · 김현철 옮김
257 야콥을 둘러싼 추측들 욘존 · 손대영 옮김
258 왕자와 거지 트웨인 · 김욱동 옮김
259 존재하지 않는 기사 칼비노 · 이현경 옮김
260·261 눈먼 암살자 애트우드 · 차은정 옮김 《타임》 선정 현대 100대 영문소설
262 베니스의 상인 셰익스피어 · 최종철 옮김
263 말리나 바흐만 · 남정애 옮김
264 사볼타 사건의 진실 멘도사 · 권미선 옮김
265 뒤렌마트 희곡선 뒤렌마트 · 김혜숙 옮김
266 이방인 카뮈 · 김화영 옮김 노벨 문학상 수상 작가 | 미국대학위원회 선정 SAT 추천도서
267 페스트 카뮈 · 김화영 옮김 노벨 문학상 수상 작가 | 국립중앙도서관 선정 청소년 권장도서
268 검은 튤립 뒤마 · 송진석 옮김
269·270 베를린 알렉산더 광장 되블린 · 김재혁 옮김
271 하얀 성 파묵 · 이난아 옮김 노벨 문학상 수상 작가
272 푸슈킨 선집 푸슈킨 · 최선 옮김
273·274 유리알 유희 헤세 · 이영임 옮김 노벨 문학상 수상 작가

275 픽션들 보르헤스 · 송병선 옮김 서울대 권장도서 100선

276 신의 화살 아체베 · 이소영 옮김

277 빌헬름 텔 · 간계와 사랑 실러 · 홍성광 옮김

278 노인과 바다 헤밍웨이 · 김욱동 옮김 노벨 문학상 수상 작가 | 퓰리처상 수상작

279 무기여 잘 있어라 헤밍웨이 · 김욱동 옮김 미국대학위원회 선정 SAT 추천도서

280 태양은 다시 떠오른다 헤밍웨이 · 김욱동 옮김 《타임》 선정 현대 100대 영문 소설

281 알레프 보르헤스 · 송병선 옮김

282 일곱 박공의 집 호손 · 정소영 옮김

283 에마 오스틴 · 윤지관, 김영희 옮김

284·285 죄와 벌 도스토옙스키 · 김연경 옮김 미국대학위원회 선정 SAT 추천도서

286 시련 밀러 · 최영 옮김

287 모두가 나의 아들 밀러 · 최영 옮김

288·289 누구를 위하여 종은 울리나 헤밍웨이 · 김욱동 옮김 노벨 문학상 수상 작가

290 구르브 연락 없다 멘도사 · 정창 옮김

291·292·293 데카메론 보카치오 · 박상진 옮김

294 나누어진 하늘 볼프 · 전영애 옮김

295·296 제브데트 씨와 아들들 파묵 · 이난아 옮김 노벨 문학상 수상 작가

297·298 여인의 초상 제임스 · 최경도 옮김 미국대학위원회 선정 SAT 추천도서

299 압살롬, 압살롬! 포크너 · 이태동 옮김 노벨 문학상 수상 작가

300 이상 소설 전집 이상 · 권영민 책임 편집

301·302·303·304·305 레 미제라블 위고 · 정기수 옮김

306 관객모독 한트케 · 윤용호 옮김 노벨 문학상 수상 작가

307 더블린 사람들 조이스 · 이종일 옮김

308 에드거 앨런 포 단편선 앨런 포 · 전승희 옮김 미국대학위원회 선정 SAT 추천도서

309 보이체크 · 당통의 죽음 뷔히너 · 홍성광 옮김

310 노르웨이의 숲 무라카미 하루키 · 양억관 옮김

311 운명론자 자크와 그의 주인 디드로 · 김희영 옮김

312·313 헤밍웨이 단편선 헤밍웨이 · 김욱동 옮김 노벨 문학상 수상 작가

314 피라미드 골딩 · 안지현 옮김 노벨 문학상 수상 작가

315 닫힌 방 · 악마와 선한 신 사르트르 · 지영래 옮김

316 등대로 울프 · 이미애 옮김 《타임》 선정 현대 100대 영문소설 | 《뉴스위크》 선정 100대 명저

317·318 한국 희곡선 송영 외 · 양승국 엮음

319 여자의 일생 모파상 · 이동렬 옮김

320 의식 노터봄 · 김영중 옮김

321 육체의 악마 라디게 · 원윤수 옮김

322·323 감정 교육 플로베르 · 지영화 옮김

324 불타는 평원 룰포 · 정창 옮김

325 위대한 몬느 알랭푸르니에 · 박영근 옮김

326 라쇼몬 아쿠타가와 류노스케 · 서은혜 옮김

327 반바지 당나귀 보스코 · 정영란 옮김

328 정복자들 말로 · 최윤주 옮김

329·330 우리 동네 아이들 마흐푸즈 · 배혜경 옮김 노벨 문학상 수상 작가

331·332 개선문 레마르크 · 장희창 옮김

333 사바나의 개미 언덕 아체베 · 이소영 옮김

334 게걸음으로 그라스 · 장희창 옮김 노벨 문학상 수상 작가

335 코스모스 곰브로비치·최성은 옮김

336 좁은 문·전원교향곡·배덕자 지드·동성식 옮김 노벨 문학상 수상 작가

337·338 암 병동 솔제니친·이영의 옮김 노벨 문학상 수상 작가

339 피의 꽃잎들 응구기 와 시옹오·왕은철 옮김

340 운명 케르테스·유진일 옮김 노벨 문학상 수상 작가

341·342 벌거벗은 자와 죽은 자 메일러·이운경 옮김 퓰리처상 수상 작가

343 시지프 신화 카뮈·김화영 옮김 노벨 문학상 수상 작가

344 뇌우 차오위·오수경 옮김

345 모옌 중단편선 모옌·심규호, 유소영 옮김 노벨 문학상 수상 작가

346 인야서 한사오궁·심규호, 유소영 옮김

347 상속자들 골딩·안지현 옮김 노벨 문학상 수상 작가

348 설득 오스틴·전승희 옮김

349 히로시마 내 사랑 뒤라스·방미경 옮김

350 오 헨리 단편선 오 헨리·김희용 옮김

351·352 올리버 트위스트 디킨스·이인규 옮김

353·354·355·356 전쟁과 평화 톨스토이·연진희 옮김

357 다시 찾은 브라이즈헤드 에벌린 워·백지민 옮김

358 아무도 대령에게 편지하지 않다 마르케스·송병선 옮김

359 사양 다자이 오사무·유숙자 옮김

360 좌절 케르테스·한경민 옮김 노벨 문학상 수상 작가

361·362 닥터 지바고 파스테르나크·김연경 옮김 노벨 문학상 수상 작가

363 노생거 사원 오스틴·윤지관 옮김

364 개구리 모옌·심규호, 유소영 옮김 노벨 문학상 수상 작가

365 마왕 투르니에·이원복 옮김 공쿠르상 수상 작가

366 맨스필드 파크 오스틴·김영희 옮김

367 이선 프롬 이디스 워튼·김욱동 옮김 퓰리처상 수상 작가

368 여름 이디스 워튼·김욱동 옮김 퓰리처상 수상 작가

369·370·371 나는 고백한다 자우메 카브레·권가람 옮김

372·373·374 태엽 감는 새 연대기 무라카미 하루키·김난주 옮김

375·376 대사들 제임스·정소영 옮김

377 족장의 가을 마르케스·송병선 옮김 노벨 문학상 수상 작가

378 핏빛 자오선 매카시·김시현 옮김

379 모두 다 예쁜 말들 매카시·김시현 옮김

380 국경을 넘어 매카시·김시현 옮김

381 평원의 도시들 매카시·김시현 옮김

382 만년 다자이 오사무·유숙자 옮김

383 반항하는 인간 카뮈·김화영 옮김 노벨 문학상 수상 작가

384·385·386 악령 도스토옙스키·김연경 옮김

387 태평양을 막는 제방 뒤라스·윤진 옮김

388 남아 있는 나날 가즈오 이시구로·송은경 옮김

389 앙리 브륄라르의 생애 스탕달·원윤수 옮김

390 찻집 라오서·오수경 옮김

391 태어나지 않은 아이를 위한 기도 케르테스·이상동 옮김 노벨 문학상 수상 작가

392·393 서머싯 몸 단편선 서머싯 몸·황소연 옮김

394 케이크와 맥주 서머싯 몸·황소연 옮김

395 월든 소로 · 정회성 옮김

396 모래 사나이 E. T. A. 호프만 · 신동화 옮김

397·398 검은 책 오르한 파묵 · 이난아 옮김 노벨 문학상 수상 작가

399 방랑자들 올가 토카르추크 · 최성은 옮김 노벨 문학상 수상 작가

400 시여, 침을 뱉어라 김수영 · 이영준 엮음

401·402 환락의 집 이디스 워튼 · 전승희 옮김

403 달려라 메로스 다자이 오사무 · 유숙자 옮김

404 아버지와 자식 투르게네프 · 연진희 옮김

405 청부 살인자의 성모 바예호 · 송병선 옮김

406 세피아빛 초상 아옌데 · 조영실 옮김

407·408·409·410 사기 열전 사마천 · 김원중 옮김 서울대 권장도서 100선

411 이상 시 전집 이상 · 권영민 책임 편집

412 어둠 속의 사건 발자크 · 이동렬 옮김

413 태평천하 채만식 · 권영민 책임 편집

414·415 노스트로모 콘래드 · 이미애 옮김

416·417 제르미날 졸라 · 강충권 옮김

418 명인 가와바타 야스나리 · 유숙자 옮김 노벨 문학상 수상 작가

419 핀처 마틴 골딩 · 백지민 옮김 노벨 문학상 수상 작가

420 사라진·샤베르 대령 발자크 · 선영아 옮김

421 빅 서 케루악 · 김재성 옮김

422 코뿔소 이오네스코 · 박형섭 옮김

423 블랙박스 오즈 · 윤성덕, 김영화 옮김

424·425 고양이 눈 애트우드 · 차은정 옮김

426·427 도둑 신부 애트우드 · 이은선 옮김

428 슈니츨러 작품선 슈니츨러 · 신동화 옮김

429·430 세계의 끝과 하드보일드 원더랜드 무라카미 하루키 · 김난주 옮김

431 멜랑콜리아 I–II 욘 포세 · 손화수 옮김 노벨 문학상 수상 작가

432 도적들 실러 · 홍성광 옮김

433 예브게니 오네긴·대위의 딸 푸시킨 · 최선 옮김

434·435 초대받은 여자 보부아르 · 강초롱 옮김

436·437 미들마치 엘리엇 · 이미애 옮김

438 이반 일리치의 죽음 톨스토이 · 김연경 옮김

439·440 캔터베리 이야기 초서 · 이동일, 이동춘 옮김

441·442 아소무아르 졸라 · 윤진 옮김

443 가난한 사람들 도스토옙스키 · 이항재 옮김

세계문학전집은 계속 간행됩니다.